虹のジプシー

完全版

式貴士

論創社

目次

虹のジプシー　5

『アステロイド』版　虹のジプシー（間羊太郎名義）　274

アステロイドな私（間羊太郎名義）　299

私はプロ（清水聰名義）　301

SFとはお伽話だ、と思っている。　304

『最後の極道辻説法』あとがき（清水聰名義）　308

角川文庫版解説　土屋裕　325

巻末資料　単行本版と『奇想天外』版の差異について　332

編者解説　五所光太郎　346

プロローグ 7
紫の章 πの哲学 9
藍の章 Down, down, down 45
青の章 ヤコブの梯子 69
緑の章 マリー・セレステの幻影 101

黄の章　狂った向日葵　137
橙の章　ジベレリンの精　169
赤の章　血まみれのアンドロギュノス　205
エピローグ　243
赤外の章　日輪の大団円　245
ほどほどに長いあとがき　262

虹のジプシー

十八の時に大病を患って以来
「早く死にたい！」
と、毎日のように言い続けてきた
厭世的で病弱な
八十三歳の母へ

プロローグ

ある時、地球のまわりに無数の月が出現した。もちろん月ではない。月と同じ大きさくらいの星というべきか。いや、それも正確ではない。見た目には月と同じくらいの大きさ、明るさだが、距離は月よりも数倍も遠く離れていた。ということは、地球と同じくらいの大きさ、ということになる。

そう、それはもう一つの、いやもう二つの、三つの……地球だったのだ。月よりも青味がかった地球たちは、日を経るごとにふえていった。数十、数百……。それは縁日の夜店のヨーヨーみたいにぽっかりと宙天に浮かび、地球の集団となって太陽を回り始めた。

人類は月までは行けたが、新しい他の地球に行くほどには文明は進歩していなかった。子供たちのもつ天体望遠鏡やふつうの双眼鏡ででもそれらの地球の大陸、海、雲などがはっきり見えた。それらのどの地球にも、アメリカ大陸、日本列島、オーストラリア……など、そっくり同じ形で存在していた。ということは、地球の年齢とほぼ同じ、同じ程度の文明もあり、そこにはもしかしたら、もう一人の自分がいるかもしれない……。

紫の章　πの哲学

東京の街の空に、薄墨《うすずみ》色の夏の雨雲が低く動いていた。流水五道《つるみごどう》が神田の古本屋街を歩いている時、急に夕立がきた。

灰色の舗道にアルミ貨大のシミがポツンポツンと広がると、どんどんふえてゆく。大粒の雨だった。通行人の足も、速い雨足にせきたてられて速くなる。

流水五道は、数軒先にあるなじみの古本屋にとびこんだ。今日、神田の古書店街を歩いていたのは、べつにとりたてて用があるわけではなかった。大学の授業が速く終った時には神田の古本屋をひやかして歩くのが五道にとっての唯一の楽しみであったからである。仲間が麻雀屋に入るように、五道は古本屋に入る。古本屋特有の、あのカビくさい古書の匂いが、彼にとっては空腹時にかぐステーキの匂いのように、たまらない魅力だったのだ。

そこには無限の夢があった。人間の脳髄が何千年にわたって築きあげてきた文明の果実が、活字に変身してぎっしり並んでいた。古本の背表紙の文字を見ているだけでも倦きなかった。

文学部に籍をおく五道にとっては専門外であるべき法律、政治、経済、電気、工学の書棚でも、本のタイトルを見ているだけで楽しい空想の散歩ができた。

『日本貨幣経済史』——ふと目の前にある古びたクロース装の、うすはげた金文字を見ると、五道はその本を手にとる前に、日本の貨幣についての貧弱な知識を総動員して想いをはせる。

まず、小学校で習った和同開珎の写真が目に浮かぶ。「開珎《かいほう》」か「開珎《かいちん》」かの呼び名の問題があった。中学時代、家庭で埼玉県の秩父鉱泉郷を旅した時、和銅鉱泉という温泉ホテルに泊ったことがある。

「ここが和同開珎を作った銅が出た所だ。ほら、向かいの山に立看板が見えるだろう？　奈良の大仏を造る銅が足りなくなった時、奥武蔵の山から良質な銅が発見されたって、歴史で習ったろう？」

「うん。覚えているよ。日本からはじめて銅が出たんで、年号を和銅と改めて、それを記念して作ったコインがあの和同開珎だった……」

「コインはよかったな。ほんと。まさしく記念コインだったわけだから」

「あの和銅がここなの?!　なんだか全然ピンとこないな。あの大昔の名所が、東京のすぐ近くのこんな所にあるなんて……」

「名所とは恐れ入ったね。ま、あんな山の上にあんな立看板を立てているくらいだから、ここを名所にしているつもりなんだろうけど。そういわれると、パパにもピンとこない」

おとなしい無口の母は、黙って微笑んでいたのを五道は思いだした。

なんでもよく物を識《し》っていた父。そして、いつも静かに微笑んでいた優しい母。二人とも、一人息子の五道が大学に入った年、やっと肩の荷をおろしたかのような安堵《あんど》の日々を迎え、「旧婚旅行だ」といってヨーロッパ一周の団体ツアーに旅立ったまま不帰《ふき》の人となった。航空機事故であった。

あれからもう三年。五道はいまだに父母が死んだという実感がわかない。紺碧に地中海に沈んだまま、遺体が一つも発見されていないということもあり、彼には両親がもうこの世にいないとはどうしても思えないのだった。

「おい、五道、ちょっと散歩にいかないか」

父の声がすぐ後ろで聞こえたような幻聴をもう何度経験したことか。そんな時、不思議に母の声は聞こえない。五道はなぜか母の笑い声を想いだすことができなかった。瞼に浮かぶのは、いつも黙って笑っている母の面影だった。

『日本貨幣経済史』の本をパラパラめくっているいまも、ふいと肩を叩かれ、父の声を聴いたように思った。

「五道、何を読んでるんだ？」

ふり向いたが父がいるはずがない。が、その視野の端にあるものを見て、五道はギクリとした。彼のふり向いた斜め右の後ろの上方に、万引き防止のための大きな凸面鏡があった。天井まで届く書棚が何列もある古本屋では、奥にある店番のカウンターからは死角になって目が届かない位置がどうしてもできてしまう。そこで道路の曲がり角にあるような凸面鏡やふつうの鏡を、本棚の上部につけて、客の様子が見えるようにしている古本屋がけっこうふえている。

その古本屋にもそれがあったのだ。

ところがこの店は、人の好い老夫婦が経営しているせいか、そんな鏡をとりつけても肝心の店番が一人もいないことがよくあった。二人暮しなので、一人が外出でもしていようものなら、トイレにいくだけでも店番が無人になるわけである。

五道はこの店のそんなのんびりした雰囲気がなんとも好きで、古本を整理する時には必ずこの店を利用していたくらいである。だがいまは、老人が店番をしていた。店番をしながら本を読んでいる。客が顔なじみの五道一人だけだったからだろう。

だがびっくりしたことに、いつの間にかもう一人、他の客がいた。その客の姿が凸面鏡に奇妙に歪んだ形で映っている。白い、半袖の夏のセーラー服を着た女子高生だった。

この店は、もともと専門書ばかりおいてある古本屋であった。だから、客のほとんどが大学生以上といってもよい。高校生、それも女子高生の姿を見ることはまずないといってもよい。

主人は彼女が入ってきたのは知っているのだろうが、たんなる雨宿りの客ぐらいに思っているのかもしれなかった。外の夕立はますます烈しくなり、ただでさえ薄暗い店の中が、夕闇の中に沈んでいるように暗くなっていた。それなのに電気をつけていない。

その暗さと、店の人気のなさと、棚の上にある万引きよけの鏡に気がつかなかったことが少女を大胆にさせたらしい。五道がふり向いた時、凸面鏡の中で少女の白い手が動き、読むふりをしていた古本を持っていたサブバッグに滑りこませていたのだった。それはまさに、彼がふり向いた瞬間のことだった。一秒早くても一秒遅くても、五道はすぐに向き直っていて、その万引きの瞬間の動きをキャッチすることはできなかったろう。

(万引きだ！　こんな女子高生が……)

鏡の中の奇妙に細長い映像から、五道は視線を本物の少女に移した。

傘もないのに、少女は夕立の雨すだれに煙る通りに出ようとしていた。一方店の主人は、この犯罪行為にまったく気がついていなかった。眼鏡を外して、老眼の目で、本に顔をすりつけるようにして読み入っていた。

それはほとんど反射作用といってもよかった。何も考えない前に、五道の体が先に動いていた。少女が入口の敷居をまたぐ寸前に、大股で近づいた五道は、彼女の背後から、サブバッグをさげた少女の手首を握っていたのである。瞬間、少女の全身がギクッと硬直するのが手首からはっきりと五道の掌《てのひら》に伝わってきた。少女がふり向いた。恐怖と狼狽で見開かれた、びっくりするほど大きな瞳が五道の目の前にあった。

「……………」

とり返しもつかない罪を犯したという後悔と、「どうかこの場は見逃して……」というようなすがりつくような哀願の表情が、少女の蒼ざめた顔に浮かんでいるのを、五道は胸が痛くなる想いで、はっきりと感じとっていた。かたく握りしめた五道の掌の中の、少女のか細い手首から、若い肌のぬくもりが伝わってくる。

二人とも無言であった。

店の奥の主人は、二人が入口に立ったままじっとしているのをチラリと見たが、雨足の烈しさに戸惑っているくらいにしか思わなかったらしく、また手もとの活字を追いはじめていた。

五道はすぐ目の下にある小柄な女子高生の顔を見てそう思った。細っそりとした顔だちだが、もう思春期に入り、年頃の女性特有のふっくらした柔らかい線が顔の輪郭ににじみでている。

(綺麗な少女だな……)

声も出せず、わずかに開きかけた唇が、まだ幼なさを残していた。

五道は黙って少女の手首をひきよせると、その手から布製のサブバッグをもぎりとった。

バッグのジッパーは開いたままになっていた。もしかすると、最初から開けてあったのではないだろうか。万引きしやすいように……。となると計画的である。万引き常習犯なのか、この美しい少女が？

五道は少女の顔を見直すように見た。

（とてもそんな風には見えないな。気性は烈しそうだが、くずれた感じは全然ない。学校でも勉強のできるガリ勉タイプだ……）

バッグの握りを両手でもち、左右に開くと、薄い教科書やノートの間にはさまって、ひと目でそれとわかる部厚い本があった。

教科書やノートはふつうA５判だが、小説などの単行本はB６判で、一まわり小さい。それが、教科書と同じサイズの古書であった。単行本としては大判の方だ。薄い教科書やノートにはさまれたその背表紙を見て、五道は、首筋から背中にかけて戦慄が走るのを感じた。

（まさか?!……）

ひきだしてみると、やっぱりそうだった。ハードカバーの白表紙にハトロン紙をかぶせて、はがれないように糊づけしてある。そのハトロン紙も色褪せ、時の経過を感じさせた。奥付にはたしか昭和一桁の発行日が記されているはずであった。五十年近く前に出版された研究書である。

背には『ブレイク論攷　山宮允著』というかすれた文字。

それは五道の父のもっていた本であった。父母が死んだ時、その保険金で、まだ残っていた家のローンを払った。その家を売った金で、五道は都心にアパートを借りて移り住んだ。優しい両親の想い出の染《し》みこんでいる家にたった一人で暮していく勇気がなかったからである。残った金は銀行に預け、学費と生活費はそれでまかない、足りない分はバイトで稼ぎながら、就職するまでの四年間はなんとかやっていけるはずであった。

狭い下宿の部屋には、高校の英語教師をやっていた亡父の膨大な蔵書は収めきれない。五道は一年がかりで少しずつ名残りを惜しみながら売り払っていった。

それでも、いつまでも手もとに置いておきたいものが多すぎた。下宿へ越してきても、五道は部屋いっぱいの本を持ち込み、むさぼるように読了しては一冊ずつ始末していったのだった。

いま、少女のバッグからとりだした本が、なんとその一冊だったのだ。手にとった本の感触は、想い出だけでもずしりとしている。この店に売った時にもいい値で売れたのだから、相当な値がついているにちがいなかった。

五道は少女にサブバッグを戻すと、彼女の手首をにぎったまま、もう一方の手に古本をもって店の奥に戻った。

「これ、ください」

老人はびっくりしたように顔をあげると、五道と少女を見くらべた。

「なあんだ、流水さんのお連れだったんですか」

「ええ。この店で待ち合わせていたんです」

主人は本を手にとり、表紙をさすりながら、

「それにしてもこの本、あなたがお売りになった本じゃないですか」

「ええ。急に必要になったもんですから」

「そりゃあどうも。でも、もとの値段というわけには……」

「もちろんです。そちらでつけた値段で結構ですよ」

「でも、そういわれても……。それじゃあ、少しおまけして……」

五道は、いざという時の用意にいつも持っている呼びの1万円札をだした。

「まあ、雨がやむまで少し休んでいらっしゃい。おーい、婆さん、お茶を二つ！」

少女はすすめられた丸椅子におずおずと腰かけると、体のむけ場のないような羞らいをいっぱいに見せて黙って小さくなっていた。

奥さんのだしてくれた茶を飲みながら、最近の古書の話など、とりとめない話をしているうちに、スーッと薄明のカーテンを引いたように外が明かるくなった。嘘のように雨がやんでいた。

「じゃあ天気にもなったし……失礼します」

五道が立ち上ると、少女も操り人形のようにピョコンと立ち、老人に黙って頭をさげた。長い黒髪がハラリと白い顔に垂れるのが五道の目に映った。

老人の愛想を背中に聞きながら、雨あがりの黒くつやつやかに濡れた舗道にでると、

「少し歩こうか。ああ、これ」

五道は包装紙に包んださっきの古本を少女に手渡した。反射的に受けとったものの、思いがけない五道の出方に、少女はびっくりしたように眼を見開いて彼を見上げた。

「欲しかったんだろう？　さっきも聞いたように、これはぼくが売った本なんだ。ほんとは父の

本だったんだけどね」

「でも、わたし……」

「なにかそれなりの理由があるんだろう？　これを盗んで他の店に売りとばして、お小遣いを稼ぐ、という風には見えないし」

「そんな……」

「だったら、特に、これが欲しかったんだろう？　本というのはね、一番それを必要としている人に持ってもらうのが、一番本にとって、また、その本を書いた人にとって嬉しいことだと思うんだ。さ、とっておきたまえ」

「……」

少女の眼が、ふっと靄がかかったようにうるんだように五道には見えた。

「いただきます」

大事そうに顔をうつむけてサブバッグにしまいこむ。

そのまま黙って、二人はお茶の水の駅の方へ歩きだした。大通りを通らずに、静かな裏通りに入り、ニコライ堂の前を過ぎて聖橋《ひじりばし》の上にでた。人通りの少い大きな聖橋の上から下をのぞくと、国電のお茶の水駅のホームが真下に見える。

「凄い人だね」

「ええ……」

小さな声が答えた。

「この橋、はじめてだろう?」

少女がコックリする。

「向こうの橋はいつも凄い人通りだけど、この橋はこんなにすいているんだ。あそこの森、なんだか知っている?」

駅と反対側をふり向いて五道がいった。

「いいえ」

「孔子の霊廟《れいびょう》があるんだ。湯島聖堂っていうんだけどね」

「あらっ!」

少女が突然に小さな嘆声をあげた。

「虹!……」

湯島の聖堂の、濃緑色に沈んでいる木立の上に、大きな虹が、まるで江戸時代の昔からずうっとあったかのようにかかっていた。

「ほんとだ……」

(虹か……ずいぶん久しぶりだな)

五道には、それが何年ぶりかで見る虹のように思えた。父も虹が好きだったっけ……。

(さっきの父の声といい、いまの虹といい、なんだかきょうは父がずうっとぼくのそばについていてくれているみたいだな。もしかしたら、ぼくをこの少女に逢わせてくれるために、父が仕組んでくれたのではないだろうか?)

東京の下町の上にかかる大きな虹に、うっとり見とれている少女の白い横顔が、まるで空の虹を映したかのように淡い七彩《なないろ》に光っているように五道には思えた。

神田の古本屋で、万引きの女子高生と出会ってから三ヵ月が経った。

あの日、二人は聖橋からすぐの神田明神まで散歩し、名物の甘酒を飲んだ。東京のど真ん中に、まだこんな風情《ふぜい》が残っていたのかとびっくりするくらい、江戸情緒が感じられる甘酒屋であった。

「ここはね、パパがママとはじめてデイトした所なんだ」

古本屋歩きの楽しさを教えてくれた父が、はじめて五道をこの店に連れてきてくれた時の父の言葉であった。昔さながらの緋色の毛氈《もうせん》を敷いた縁台に腰かけ、夏だというのに舌の焦げるような熱い甘酒をすすりながら、五道は少女の名を聞いた。

「淀《よど》志津子です……」

自分の名前、流水も珍らしいが、淀という名前も珍らしいな、と五道は思った。あまり喋ることはなかった。なにしろ、少女は万引きという恥ずべき犯罪の現場を見られているのだ。一方、五道としても、相手の弱味を握っているということもある。無理にいろんなことを聞きだすのは、相手の弱味につけこむような罪悪感がともなった。ましてや、相手はまだ未成年の少女である。彼女に貸しのある立場でデイトなどの約束をするのは、なにか脅迫めいた行為のように思えた。暗い喫茶店の代りに、神田明神の境内の前にある開放的な甘酒屋を選んだのも、少女――淀志津子に気まずい思いをさせないための心づかいででもあった。それだけに相手の住所を聞くのも何となくはばかられた。

「もし何か困ったことがあったら、いつでも電話くれたまえ。ぼくにできることだったらいつでもお役に立つから……」

五道は学校の在籍科名と下宿の住所電話番号を刷りこんである名刺を渡しておいたのだった。

数日後、本の代金の入った現金書留が届いたきり、彼女からは何の連絡もなかった。それにはじめて住所が記入してあった。

それ以来、毎日、ふと彼女のことを想うことがあった。甘酸っぱい期待で、音の出ない電話器に視線がいってしまう。そのたびに、五道は自分の甘さに舌打ちしたくなるような気持になるのだった。

(彼女を恋したのだろうか?)

五道は何度も自分の心に問いかけてみた。しかし、そのたびに〝NO〟の返事がもどってきた。それは、恋というには、あまりにも淡く、一方的で、しかも透明すぎた。

こうして夏休みが終り、前期の期末試験も始まって毎日が勉強で忙殺される頃には、五道の頭からはいつしか淀という風変りな苗字をもった少女の面影が薄れてゆき、あの日聖橋の上で見た虹のような淡い想い出になっていったのだった。それに、卒論にとりかかる時でもあった。試験が終ると同時に、五道は本格的に卒論にとり組み始めた。

そんな、ある秋の一日。

伯父の流水久道《ひさみち》から電話があった。

「どうだ、忙しいか?」

「ええ。いま卒論にとりかかったところですが……」

「そうか。もう卒業するわけか。早いもんだな」

伯父の感慨深げにつぶやく声が受話器から洩れた。死んだ五道の父、流水正道の兄である。流水家では、代々男の子の名前には〝道〟という文字を入れる習慣があった。久道は医者で、小さいながらも病院を持っている。自分が院長で、他に数人の医師を雇ったり頼んだりして、病室も二十近くある。

五道の両親が死んだ時、彼が大学を出るまでうちに来ないか、と誘ってくれたが、五道はその好意を断った。

「なんとか自分だけでやってみます。でも、どうしても困った時にはお願いします」

「そうか。お前の好きなようにやるがいい。もちろん、そっちから頼みこんできた時には、いくらでも援助する。それでいいな?」

「ええ。そうお願いできれば」

「よし。じゃあ決定だ」

さっぱりした気性であった。ちょっと風変りなところもあるが、それは彼が徹底したリベラリストだからであろう。久道は自分の好きな通りに何でもやり、その代り人の自由にも一切干渉しないという生き方を貫いてきた男である。その伯父からの久しぶりの電話であった。

「どうだ。またちょっと血を売ってくれないか?」

「いいですよ。その代り……」

「わかっている。夕食にはサーロインのぶ厚いステーキを用意しておこう。4ポンドもあればいいだろう?」

「4ポンドはちょっとオーバーでしょう。それにワインも」

「当然だ。何がいい?」

「ロマネ・コンティとはいいませんが、せめて、ロマネ・サン・ヴィヴァンくらいは……」

「あきれた奴だな。だんだんうるさくなってきおって。こんなことだったら、ワインの味など教えこむんじゃなかった。どうも間尺に合わんな。輸血用の血をとり寄せた方がどれほど安上りかわかりゃしない」

「Rhマイナスがそんなに簡単に手に入るんですか?」

「わかったよ。冗談だ。それよりも五道、きょうの患者《クランケ》はとびきり美人だぞ。気だてといい、年ごろといい、これが不治の病におかされているんじゃなかったら、是非ともお前の嫁に世話したいところだ」

「助からないんですか?」

「ああ、いまの医学じゃまだ無理だ。悪性のガンでね。それも骨髄腫の一種だからな」

「骨髄というと血を造《つく》る所じゃないですか」

「うん。毎日造りだされる血液がガン細胞におかされているわけだ。その血液が全身くまなく循環しているんだから始末が悪い」

「そうとう重態なんですか?」

「いや、それほどでもないが、あとせいぜい一、二年というところかな。もっとも容体が急変することもあるからなんともいえないがね」

「若いんでしょう? ぼくのお嫁さんに、というくらいだから」

「大学二年というから、二十歳《はたち》だな」

どうせ助からない命に、わざわざ生きた血を与えることは無意味のように五道には思えた。その一方、自分の血でも、一つの生命の灯をともしつづけるための油の役目を果たしてくれるのなら、それはそれで生まれてきた甲斐があるような気もした。こっちは栄養さえ補給すれば、いくらでも新鮮な血が泉のように湧いてくるのだ。それにひきかえ、彼女の方は汚染された沼であった……。まして、その相手がとびきりの美人だったら、なおさらであった。

「じゃあ、夕方に伺います」

「ああ。頼むよ。いい肉を買っとくからな」

こんなやりとりを経験するたびに、変った伯父だな、と五道はいつも思う。自分の血のつながる甥に平気で血を売らせるのも変なら、それを職業医師としての採算をまったく度外視しているところも変っていた。そこがまた五道には抵抗できないところであり、伯父の魅力でもあった。ステーキ代、ワイン代で、輸血代なんか軽くふっとんでしまうではないか。

夕方、病院に行くと、伯父が、やあ、というように大きな腕をふり、五道を病室に案内した。

「この部屋だ」

輸血器具一式をのせたワゴンを押す看護婦と一緒に三人が病室の前に立ちどまった。患者には直接その場で輸血するのである。

入口の壁に患者の名札が二枚あった。相部屋らしい。その一枚の名札の苗字が、五道の眼にとびこんできた。淀——。だが名前はちがっていた。志津子ではなく、貴美子とある。

(あの少女は、同じ名字でも名前はたしか志津子といった……)

五道は胸の動悸が高なるのを感じた。同時に、志津子への懐しさがこみあげてきた。

(会いたいな。彼女はその後、どうしているかな)

三人は病室に入った。つき当りの窓側に頭を向けて、ベッドが左右に並んでいる。看護婦は右側のベッドに近づき、ワゴンをベッドサイドにつけると、輸血の準備をはじめた。

伯父は五道を患者に紹介した。

「血をくれる青年だ。Ｒｈマイナスの持主でね。うちの病院のおかかえ給血者みたいなものだ。身許もたしかだから安心していい。若くて丈夫な血だから物理学的には信用できるが、ちょっと厭世的な因子も含んでいるので、生物学的には完全とはいえんがね」

五道の眼が、久道の冗談で微笑んだ患者の視線とバッタリ合った。五道は心の中で、あっ、と小さな叫び声をあげた。当然、志津子ではなかったが、その女患者の顔だち、顔の表情のすべてが、五道の心に異様なショックを与えたのである。のどもとに、何か焼けるような衝撃がこみあげてきた。

(この女《ひと》だ！　ぼくが心の中のどこかで描いてきた理想の女性は……。この女にめぐり逢うために、いままでのぼくの人生はあったのだ……)

貴美子の顔にも、一瞬複雑の表情が浮かんだ。五道が目顔で挨拶をすると、貴美子の蒼白く血の気のうせた顔にボーッと血が上るのがはっきり見てとれた。そして、どこか生気の失せたかすれ声で、

「よろしくおねがいいたします……」

病にやつれた骨ばった顔だが、やはり年頃の女性特有の柔らかさがあり、気品と知的な聡明さが滲《にじ》みでていた。

五道は小さな椅子に腰かけ、腕をワゴンの台の上にのせた。貴美子も細くやせた白い腕をだすと、ベッドに仰向けになったまま、軽く眼を閉じた。その美しい横顔にむさぼるような視線を当てたまま、五道はひと目惚れの苦悩と幸福感と闘っていた。

(ああ、こんな女性《ひと》と、何もかも燃えつきてしまうような強烈な恋をしてみたかった!)

だが、まだ間に合うかもしれないじゃないか、と五道は思う。問題は、彼女の方だ……。

何気なく、彼女の枕もとのサイドボードに視線を移した五道は思わず、

「あっ! これは……」

あの『ブレイク論攷』が、そこにあった。やけて古びたハトロン紙のカバーと、見覚えのあるインクのシミのついた表紙。

「お静かに……」

看護婦が注意した。五道の声にびっくりした貴美子が、思わず眼を開けて、体を動かしたから

である。もう輸血は始まっていたのだった。五道の若い生命力にあふれた血が、細いチューブを通って病んだ蒼白い女の体内に吸いこまれていく。五道は、あとの言葉を呑みこんで、輸血が終るまでじっとするしかなかった。

輸血が終ると、伯父の久道が口を開く前に、五道が、

「先生。ちょっと話をしてもいいですか?」

久道が五道をただの〝青年〟として紹介した以上、五道も伯父を〝伯父さん〟と呼ぶわけにはいかなかった。患者に余計な心理的負担をかけまいという伯父の思いやりが五道には手にとるように感じられたからである。

「いいだろう。ただし、五分間くらいだよ。五分たったら院長室に来たまえ」

あくまでも他人行儀を装いながらそう言うと、久道は看護婦をうながして出ていった。部屋には二人以外に反対側のベッドに寝ている老婆の患者だけである。その患者とも、仕切りの白いカーテンで仕切られ、五道の方からは姿は見えなかった。

狭い空間に二人きりになると、若い二人はさすがにぎこちなく固くなった。

「あのう……」

五道と目が合うと、貴美子が頬を染めた。

「もしかしたら、妹さん――志津子さんという妹さんがいらっしゃいませんか?」

すっかりあがって、声がかすれているのが五道には自分でもはっきりわかった。貴美子はびっくりしたように、大きな眼で五道を見つめた。

（やっぱりそうだ。この眼だった！　あの時、ぼくにつかまって、ぼくの顔を見た女子高生の眼は……）

「はい、おりますけど……志津子をご存知ですの？」

「ええ、ちょっと……」

さすがに、妹の万引きの現行犯をつかまえたんですよ、とはいえない。それきりで返事のしようもなく、気まずい沈黙が見えない壁のように、若い二人の間に立ちふさがった。

「あのう、その本、ブレイク、ウィリアム・ブレイクの本ですね？」

「ええ」

「よく手に入りましたね。珍らしい古本ですよ、それ」

「ええ。妹が神田の古本屋で探してきてくれましたの」

「そうですか……」

「わたくし、値段を見てびっくりしましたのよ。よくこんな高いもの、買ってきてくれたもんだって……」

まさか、自分が立てかえたともいえず、

「はあ」

「だから、妹には当分頭があがりませんの。で、妹とはどこで知り合ったんですか？」

「何も聞いてませんか、ぼくのこと？」

「ええ、なにも……。なにしろ、妹は女子校でしょう？　男の人の話、一度も出たことございませんのよ」

　何も話していないらしい。それはそうだろう、事情が事情だから……。そして嘘のつけない五道にしては珍らしくもっともらしい嘘を思いついた。

「実はですね。妹さんの定期券を拾ったことがあるんです。交番に届けたんだけど、苗字が変っているんで覚えていたんです。だから、妹さんは知らないかもしれませんね。ぼくのことは……」

「まあ、そうでしたの。ありがとうございました。妹にそう申し伝えておきますわ。でも何かの縁ですのね。姉妹そろってお世話になるなんて……」

「いや、それは、もう、いいんです。妹さんが喋らなかったということは、そんな失敗を姉さんに知られたくなかったんでしょう。どうも余計なことを喋っちゃったな。どうか、妹さんには黙っていてやってください」

「でも……」

「いや、どうってことないんです。じゃあ、そろそろ五分たちましたから、ぼくはこれで……」

　もっと長く、いや、いつまでもいつまでも喋りつづけていたい気持をぐっと抑えて立ち上ると、

「あのう、ぼくの血でしたら、いつでもどうぞ。遠慮なく院長先生におっしゃってください。バリバリ、モリモリ栄養をつけて待機してますから……」

　五道のそんな表現がおかしかったのか、貴美子の頰に微笑が広がった。

「はい……ありがとうございます」

その時、ノックとともにドアが開いて女の顔がのぞいた。

「あっ！」

五道の顔を真正面に見て、セーラー服姿の少女が声をあげた。

覚悟していたとはいえ、あまりにも〝噂をすれば影〟の出現に、帰りかけた五道は棒立ちになったまま言葉が出ない。眼と眼をじっと釘づけにしたまま数秒が過ぎた。

懐しい顔であった。その少女の後ろから、さっきの看護婦の顔がのぞいた。

「あら、妹さんもいらしてたのね」

約束の五分が過ぎたので様子を見にきたらしい。

「お姉さん、いま輸血し終ったばかり。少し安静にしてなけりゃあいけないのよ。お二人とも、一、二時間、外に出ていてくださいね」

貴美子が妹に目顔でうなずいた。口をきくのもおっくうらしい。緊張がほぐれて疲れがでたのだろう。仰向いたまま軽く目を閉じた。長い睫毛だった。

がらんとした待合室で、五道は簡単に事情を話した。

「びっくりしましたわ……」

あの日とはうって変って、明かるい感じの志津子であった。濃紺色のセーラー服がよく似合う美少女だった。V字型に大きく開いた襟もとが、若い五道にはひどく眩しかった。

（あの時は夏服だったのか。女子高生はやっぱりセーラー服に限るな……）

五道はしみじみと志津子を眺めた。陽が傾きかかった明かるい夕方の陽ざしをまともにうけたかのように、志津子は五道の視線の中で恥しそうに目をパチパチさせた。

「本の代金、たしかに受け取ったよ。よかったのに……」

「でも、いやなんです。人に借りを作るのが……」

「きょうは、すごく明かるいんだね」

「だって、あの日は……。あんな恥しい思いをしたの、生まれてはじめて。腕をつかまれた時、このまま全身がこの世から消滅してくれればどんなにいいかしらって思いましたもの」

「あるいは、どこか誰も人のいない所にテレポートしちゃうとか、ね」

「もう、なにもおっしゃらないで！　恥しいわ」

「ごめん。もう、あの日のことはなかったことにしよう」

あの日は最後までぎこちなく、他人行儀だったのがまるで嘘みたいな二人だった。

「でも驚いたよ。さっき、お姉さんの枕もとにあの本があったのには……」

「まあ、気がついたんですか」

「あっ、その話はしない約束だったね」

「いえ、いいんです。本当のこと話してしまいますわ。姉は女子大の英文科に籍をおいているんですが、ウィリアム・ブレイクが大好きなんです。いずれ卒論のテーマにもするつもりらしいんですけど。でも、入院しちゃったでしょう？　それでブレイクの資料を姉に代って探していたら……」

「いいのを見つけたけど、ちょっと高すぎた。でも、そのまま帰ってしまうと、売れてしまうかもしれない。それよりもなによりも、一刻も早くお姉さんに読ませてあげたかった。お姉さんの喜ぶ顔が見たかった……」

志津子がびっくりしたように大きく目を見開いた。あの日の眼だった。

「いや、ぼくも古本漁りが好きでね。探していた本にであうと、よくそんな衝動にかられたもんなんだ。昔、江戸川乱歩っていう作家、ほら、『怪人二十面相』や『少年探偵団』の原作者だけど、終戦直後、神田の大きな古本屋で、進駐軍のペーパーバックスの本が一束あるのを見つけた。店員にきくと、『それは春山行夫先生が予約なさったものです』という。『なんだ、春山君のか……』と思って、その本のタイトルを見ていったら、中に『幻の女《ファンタム・レディ》』というミステリーの大傑作が入っていた。日本ではまだ訳されていないけど向こうの評判で前からよく知っていたが、現物を見たのはそれがはじめて。乱歩はそれこそダイヤモンドでも見つけたように、大喜びして無我夢中で束の中からそれをひっぱりだし、店員に『これだけでもいいからゆずってくれ！』と頼んだがOKしてくれない。売れ！　だめです！　とすったもんだしているうちに、本人の春山行夫がやってくるのが見えた。とたんに乱歩は、その本をポケットにしまいこむや、呆気にとられている店員のそばをすり抜け、春山行夫に『失礼！』と一言いったなり、金も払わずに店からとびだした。その晩一晩で読みあげた乱歩は予想以上の傑作なのに大感激して、日記にその日のことを詳しく書き残しているくらいだ。それっきり、乱歩はその本を自分のものにしちゃったっていうからひどい話。だから、君の場合もそれに似ているし、あの時ぼくがいったように、本というのは、一番それを必要としている人のもとにあるのが一番ふさわしいんじゃないかな。もっとも、だからといって、万引き常習犯になったらおしまいだけど、ね」

「………」

志津子は「すみません」とでもいうようにコクンと頭をさげた。

「そうそう、お姉さんには、ぼくが君の定期券を拾って交番に届けたことがあって、君の名前を知っていた、といってあったんだ。でも、さっき、君がぼくの顔を見たとたんにびっくりした声出したから、なんか他のいい口実を考えておくといい」

「もう、いいんです。みんな話してしまいます」

「そう、それの方がいいかもしれないな」

「はい。それよりも、今日輸血してもらうことは知っていましたが、まさか、それが流水さんだとは……」

「因縁だろうな。ぼくもびっくりした」

「いいえ、そんなことじゃなくて……。あのう、大事なご本を売るばかりでなく、血まで売っていらっしゃるのに……。それなのにあの時は……」

志津子が五道のことをバイトに追われ、本や血まで売る貧しい学生だと勘違いしているらしいのに、五道は思わず苦笑した。

「なあんだ、そのこと。たしかに豊かとはいえないけど……」

五道は本を処分した理由《わけ》を話した。

「血だって……。もうほんとうのこと、話しちゃおう。ここの院長はぼくの伯父なんだ。だから、血を採《と》られたあとは、うんとご馳走してもらえる約束になっているんだ。それをいうと、お姉さんが気にするといけないと思って伯父も内緒にしていたらしい」

「あっ、いやだ。そういえば、ここの病院、流水総合病院っていう名前でしたのね。どうして気がつかなかったのかしら。ますます、不思議な因縁だわ……」

そう、ほんとに不思議な縁だ、と五道は思った。これはやっぱり、亡き父の霊が仕組んでくれた、孤独なぼくへのプレゼントだろうか？

こうして、五道と、貴美子姉妹の交際が始まった。

彼女たちの両親は現在アメリカにいた。父親が商社に勤めている関係で、どうしても外国に行く場合が多い。二人の娘が幼かった頃は単身で赴任していたが、今度のアメリカ駐在は妻を同伴していた。

「あなたたちも、もう二人でお食事の仕度ぐらいできるでしょう？　貴美子も、もう来年で二十歳なんだし……」

母親がそういって父と一緒にアメリカに発《た》ったのが去年の春であった。だが、今年の春、貴美子が倒れた。母方の祖母が、入院その他の細かい面倒を見てくれた上、まだ高校生の志津子が一人ではなんだからと、病院の近くにある祖母の家に同居することになった。祖母も歳だし、そうそう病院には来られないので、妹の志津子が学校の帰りなどに立寄ることが多かった。

母親から、娘の病気のことをきいた貴美子の母も、いったんは帰国を思いたったが、逆にそんなことすると病人が不治の病の重さを気にするのではないか、ということもあり、表面上のん気な態度をとることにして、来年の春までは帰国しないことにしたのだった。

自分の体の中で、ガン細胞が体内での造血作用を破壊し、新鮮な酸素や養分を体のすみずみにまで運ぶ血液の機能が弱まっているということまでは、貴美子は知らない。だが、日毎に体力が弱まり、なにもしないのに肉体が消耗してゆくことは、誰よりもよく自覚していた。そしてとう、見も知らぬ男性から血をもらうまでになってしまった自分の情ない体……。

あの日、五道の体からはじめて輸血してもらってから、ふっと目が醒めた時、妹の志津子は黙って教科書を読んでいた。姉と目が合うと、志津子は詳しく五道との出会いの事件を話してくれたのだった。

(そうだったの。あの人はそんな人だったの……)

妹が帰ってから、貴美子はブレイクの研究書を両手でそっと撫でながら、五道のことを想った。

病院の夜は侘《わび》しい。相部屋だとはいえ、向こうも老いた病人である。あれほど陽光をあふれこませてくれた窓は、夜になると暗く重くるしい闇を送りこんでくる。もうそれだけで気が滅入り、このまま蠟燭の火が消えるように、スーッと死んでしまうのではないかとさえ思えてくる日が多くなってきていた。そんな時に想いだすのは、いつも昔に読んだ哀しい物語ばかりであった。一晩中、雨が降りそぼっていた昨夜は、O・ヘンリーの「最後の一葉」を思いだしていた。あれも、二人の姉妹の話だった……。あの主人公の病人のように、自分も秋が深まり、壁のつたの葉が一枚落ちるたびに死を考えつづけてゆくのだろうか、と貴美子は思うのだった。

(わたしは死ぬのかしら?　やっと二十歳になったばかりだというのに……。結婚どころか、まだ恋らしい恋もしていないのに。これじゃあ、まるでなんのために生まれてきたのかわからないわ。いやだ!　死ぬなんて……)

だが今夜はちがった。さっき別れたばかりの男のことが頭にいっぱいに広がっていた。小、中、高とミッションの女子だけの学校を卒業し、大学も女子大に入ったため、男性と接触する機会がほとんどなかった彼女にとって、男らしい男と短い間ではあったが親しく口をきいたのは初めてといってもよかったのである。

(あんな方と、デイトしてみたかった……)

そして文学を語り合い、コンサートへ行き、一緒に山を歩き、絵を描いたり……。そこまで考えてきた貴美子はハッとした。

(そうだ!　わたしの体の中にはあの人の血が流れているんだわ!　これは恋人よりも、夫婦よりも強い結びつきじゃないの!　二人は、ほんとの血で結ばれているんだわ。あの人の体の一部が、いま、わたしの体の中に流れている……)

そう思うと、体が燃えた。生まれてはじめての体験であった。貴美子は毛布をずりあげて顔を埋めた。そうしないと、誰かに自分の心の動きを気づかれそうで恥しかったからである。

数日後、五道がふらりと貴美子を見舞いにやってきた。

「血のご用はありませんか?」

ご用ききの真似をして五道が冗談めかしていうと、貴美子は自分の体の中に流れている五道の血を意識し、思わず顔を赤らめた。五道は手にした見舞用の花束の置き場に困ったようにモソモソしている。男の、そんな不器用さに、貴美子は頬がほころぶ思いがするのだった。

「妹からうかがいました。その節はほんとにお世話になりました」

「いやあ、余計なことして、妹さんに恥かかせちゃって。ほんとにすみませんでした」

話が五道の大学のことに移った。

「四年ですと、もう卒論ですのね。大変なんでございましょう?」

「まあね。なにしろ初めての体験なもんで、何をどう書いてよいやら……」

「名刺を拝見させていただきましたけど、東洋哲学科とか……」

「まあ、名前だけはいかめしいけど、なあに、そんなに高尚なことやっているわけじゃありませんよ」

「卒論のテーマはなんですの? もっとも、わたしなぞがうかがってもわからないでしょうが……」

「タイトルだけは大袈裟で凄いんです。なんと『老子及び荘子の宇宙生成説に対する科学的論攷』」

「まあ……」

「ということにしてあるんですが、はたしてうまくまとまるかどうか。もしかしたら卒論が書けずにもう一年留年ということになるかもしれないし……」

「まさか、そんな……」

急になにかに憑《つ》かれたように五道は饒舌《じょうぜつ》になった。

「ぼくは小さい頃からひどい厭世家なんです。ふだんは今日みたいに明かるいんですが、一度落ちこんじゃうと、死ぬことばかり考えるほどでしてね。軽い躁鬱《そううつ》の気があるんでしょうな」

「まあ。とてもそんな風には見えませんわ。明かるいスポーツマンみたいで……」

「今日は特に躁の方だから」

あなたとお話ししているから、という言葉をのみこんで五道は熱っぽく喋った。

「でも、うつの時には、いつも生まれてきたことを後悔するんです。芥川の小説に『河童』っていうのがあるでしょう？　あの中で、子供を産む時には、まず母親の河童は、腹の中にいる胎児に、大きな声で聞く場面があったでしょ？」

「ええ。おうい、お前は生まれたいか、生まれたくないか、って。それで、生まれたくないって答えると、その胎児は自然に溶けてなくなってしまう、というんでしたかしら？」

「そう。ぼくは高等生物なら、いや、人類がもっともっと知的に生物学的に進化したら、あそこまでいかなくては嘘だと思う。胎児にも生命の選択権があるべきだ、と」

「………」

「変ですか？　生とか死とかって、ふつうの人が考えるほど、ぼくには深刻なものには思えないんですよ。なぜ、人が死ぬとあんなに大騒ぎするのか。その人が死ぬことにより、一家の収入が途絶えて一家離散なんていうことになるんだったら話はわかるけど……」

「まあ……」

ひどい、という言葉が言外に感じられる言い方であった。五道はおかまいなく、

「いったん生まれてきたからには、いまさら生きることを歎いてもはじまらない、というより、死にたい時が来るまで、なにも死を急ぐ必要もない。だが、死にたくなったら、さっさと死んでもかまわないじゃないか。人にそれをとめたり、説教したりする権利なんかありはしない」

「でも、親は？　子供に先だたれた親ほど気の毒な人はないんじゃないかしら」

「そりゃあ、悲しむかもしれないが、子供が自ら死を選んだ場合は、話がちがうと思うな。生きることが苦しいなら、死ぬことで子供が救われると思うなら、親は子供の幸せのためにも、子供の死を認めてやるべきだと思うんだけどね」

「そんなに簡単に割り切れるものかしら？」

「それはふだんの心がけじゃないかな。こんな話があるんだ。荘子《そうし》の『養生主篇《ようじょうしゅへん》』にある話なんだけど……」

老子が死んだ時、その友人の秦矢《しんいつ》は弔問《ちょうもん》には行ったが、型どおりの礼をつくしただけで、さっさと帰ってきてしまった。

それを見た老子の弟子が彼に、あれではあんまりでないか、というと、秦矢はこう答えた。

大体、人が死んだからといって、泣いたり叫んだりするのは、天の道理にそれた行為である。あくまでも天から授けられたものであり、また自然によって生かされているのだ。その寿命が切れたからといって、歎き悲しむというのは、まったく不埒《ふらち》なことだ。昔の人はこれを「遁天《とんてん》の

刑《けい》」とさえ呼んだものである。君の先生がたまたま生まれてきたのは、ちょうど生まれるべき時節であったにすぎず、たまたまこの世から去るのは死すべき順番が回ってきただけのことだ。時節に安んじ、順番に従うというだけのこととすれば、生の楽しみも、死の哀しみも、心に入りこむ余地はないはずだ。これに達することを「帝《てい》の県解《けんかい》」という。それに人間の個々の肉体は死によって消滅するかもしれないが、人類の生命は永遠なものだ。ちょうど、たき木を人間の肉体とすれば、それを燃やす火が生命だ。ひとつひとつのたき木は燃えつきても、火そのものは薪《まき》から薪に燃えうつって、あくまでも燃え続けていくようなものだ……。

「というんだけどね」

「でしたら、それは自然死、すなわち、寿命をまっとうした場合のことをいうんでしょう？　問題なのは、その自然の法則に逆らってまで、自分で死を選ぶということは罪悪なんじゃないんでしょうか？」

「ぼくにはそうは思えない。生も死も、神や自然に与えられたもので、それほど大げさに考えるものじゃないんじゃないか。自然の植物や動物を見てもわかる通り、彼らは自然の本能のおもむくままに生きている。生とか死とかを意識しているようには思えない。ところが人間は考える力があり、しかも〝自殺〟という他の動植物にはない衝動性というか、能力というか、があるわけだ。もしかしたら、これは神が授けてくれた特権じゃないのだろうか？　だとしたら、その能力を使ってもいいではないか、と思うんだがね」

「でも、生きる本能を与えてくれているわけでしょう？　だとしたら、自殺は敗北じゃないのかしら。生を与えてくれた自然に対する謀反《むほん》でなくて?」

「本人がそれを望んだ時は、それが神の意志だと思うんだ。死が罪悪だ、とするのは、一つの道徳観念であって、本能的なものじゃない。たとえば、映画を見ようと思って映画館に入ったが、ちっとも面白くない。つまらないなら、途中まで見ただけで外に出てしまったとしても、別に罪悪ではないはずだ。人生だって、一つの劇場だと思う。その芝居が面白くなかったら、さっさと退場したっていいじゃないか」

「問題はそこじゃないかしら?　もし、その人が観客じゃなく、芝居をしている人だったら?　一人、配役が抜けたことで、そのお芝居は目茶苦茶になるんじゃない。それは無責任にも通じるわけで、やっぱり、一つの罪だと思うんだけど。たとえば、ある家族の中で、誰でもある種の役割を果たしているわけでしょ。もしその人が勝手に抜けたら、そのホームドラマは目茶苦茶に混乱するんじゃないのかしら」

「そう、その人が重要な役割をしている場合には、ね。子供を養ったり愛してくれる妻をもっていたりしたら、たしかに生きなければならない義務がある。だが、もし、いてもいなくてもいいような通行人の役だとしたら?　たとえば、ぼくみたいに、両親も兄弟もいない、ひとりぼっちの人間だとしたら?」

「あら……」

五道は照れて赤くなった。

「ごめん、つい個人的なことまで入れちゃって……。また、たとえば」

あと一年しか寿命がないとわかっていたとしたら、その一年ぐらい、はしょって早く死んだってたいした変りはないじゃないか、と言おうとして五道はハッとした。

(なんという議論をしているんだ!　あと一、二年しか寿命がない人間を相手に……)

　思わず絶句している五道に、

「たとえば?」

「いや、その話はやめます。話すと長くなりますから。ぼくは、ぼくのこんな厭世観というかぼくなりの人生観を哲学めかしてこう呼んでいるんです。〝π《パイ》の哲学〟と」

「パイって、円周率のπのことですの?」

「ええ。例の3・14のこと。あれ、小数点以下、いくつまで知ってますか?」

「さあ……3・1415……だめですわ。それくらいしか知りません」

「あれはですね。この紙とボールペン、かりますよ」

　サイドボードの上にあったメモ用紙の上に、五道は数字を並べ始めた。
　3.14159265358979……
「ほら、これ見てください」

　その紙を彼女に手渡し、顔をのぞきこむようにしながら、指で数字を一つずつ指し、

「これを日本語流に読むと、『身一つよい。生くに無意味、曰《いわ》くなく……』」

「まあ……知りませんでしたわ」

「実は両親を飛行機事故でいっぺんになくしましてね。大学の一年の時です。それ以来、すっか

り人生が空しくなっちゃって……。ま、忘れてください、くだらないことです。自分の考えを人に押しつける気は毛頭ありませんしね。しかも、相手が病人だっていうこと、きれいに忘れちゃって……。毎日、こんなことばかり考えて、論文を書いていたものだからつい夢中になっちゃった。今日言ったこと、なかったことにしてください」

いいえ、忘れないわ、きっと。いつまでも覚えているわ、と貴美子は思った。彼の言う主張は一つ一つ自分の思いに当てはまることばかりだった。それをわざと反論したのは、彼の考えとあまりにもそっくりな自分の考えの正しさを、彼に裏づけてもらいたいがためでもあったようだった。

(そうよ。わたしにも自殺する権利があるんだわ。妹や両親は悲しむかもしれないけど、それはそれで仕方がないことじゃないの。こんな苦しみ、もうたくさん！　薬も効くどころか、だんだん衰弱する一方だし、苦痛も烈しくなるばかり。これが不治の病で、寿命があと一、二年と限られているなら、早く、安らかに死にたい……)

五道は十分ほど喋ってから帰っていった。しかし、貴美子は、すっかり死の想いにとりつかれてしまっていた。彼のいうように死が、自殺が正当化されるならば、人生はどんなに楽だろう。人生に倦きたら、疲れたら、苦しすぎたら、いつでも人生劇場から姿を消すことができるなんて、なんと気楽なことだろう！

(だけど、わたしはだめ。わたしが自殺などしたら、妹がどんなに悲しむか。あれほど幼い頃から仲が良かった姉妹だもの。せめて、妹が結婚するまでは、生きて、何かの支えになってあげたい。そして母と父。両親にいままでの恩を返せないうちに死ぬなんて。そんな贅沢な行為、とてもわたしにはできない……）

貴美子もまた、五道と同じように、昔から生への執着が無い方であった。友達と遊び回るよりも、ひとりで、家の中でじっと本を読んでいる方が好きな女だった。そして五道と同じように、生きることの空《むな》しさを何度も反芻《はんすう》したことがある人間であった。

そしていま、死への想いと同じくらいの大きさで、自分の心の中に五道への想いが息吹き始めていたことを、貴美子は気づいていた。

（ああ、せめて、こんな病気になる前にお会いしたかった……）

五道の面影が、明かるい男らしい声が、まざまざと甦ってくる。同時に、彼の血を、自分の体の中に流れている愛しい人の血のことを思うと、貴美子は全身が熱病患者のように熱く燃えてくるのをどうすることもできなかったのである。

藍の章　Down, down, down

五道が見舞いにいくたびに、貴美子は弱っていくようであった。

（なんだか、また痩せたな）

心ではそう思いながらも、さり気なく陽気に話を交わすつらさ。伯父の久道の話では、骨髄を冒したガン細胞が、そこを食い荒らす時の激痛は言語を絶するものらしい。

「なにしろ、おまえ、骨の髄が痛むんだ。その苦しみといったら……」

「相当悪いんですか？」

「悪性だからな。もう手遅れだな。以前、おれの友人がガンで死ぬのを見たことがあるが、ガン患者の末期的症状は、そりゃあ凄いもんでね。苦しさのあまり、無意識のうちに胸をかきむしって、パジャマがボロボロに引き裂かれているのを見た時は、思わずゾーッとしたな」

「助からないとわかっている人間を、無理に生命をひき伸ばしてまで生かしておくのは罪悪じゃないですか？」

「安楽死の問題か。むずかしいところだ」

「で、そのお友達の方、死ぬ時まで苦しんでいたんですか？」

「ああ。どうしようもないほど苦しんでいた。大人が上にのっかって抑えても暴れに暴れてね。あんまり、見るに忍びないっていうんで、柔道のできる医者が柔道の術《て》で締め落としたよ」

「………」

五道は伯父が柔道五段の猛者《もさ》だったことを思いだした。ピンときただけに、それ以上は何も言えなかった。嘘のつけない伯父を困らせたくなかった。

「貴美子さんも、助からないとわかっているのに、ぼくが血をあげるのは、なんだか血をドブに捨てるみたいだな」

「そう思うか？」

五道はニヤッと笑った。明かるい笑顔だった。

「全然。そう思わない。彼女を見ていると、やっぱり血をあげたくなってしまう。別に好きだからというわけじゃないけれど……」

「そうだろう。それが人間なんだな。医者もつらい職業でね」

伯父はふと五道の顔から視線を外らすように窓の外を眺め、ぽつんと呟くように言った。

「そうか……。あの人がそんなに好きか……」

伯父のその言葉が、五道のモヤモヤした感情を、くっきりと一つの想いに結晶させたようだった。

(好きだ！　死ぬほど好きだ！　もし彼女が死ぬ時、ぼくも一緒に死んでくれと頼んだら、それで彼女の死への恐怖と寂しさが少しでもまぎらわせるものなら、ぼくはいつでも死出の旅への供をしたい！　彼女が心中してくれと頼んだら、大喜びで心中するだろうな)

死、か。五道はふと自分の名前の由来を想った。

「五道っていう名前は、だな。仏教の言葉で死後の世界のことを意味するんだ。人間は死んでから、その善悪の軽重により、それぞれ違った世界に送りこまれる。その五つの世界というのが、地獄、餓鬼、畜生、人間、天上の五つだ……」

父の声がはっきり聴こえるようであった。

「人間っていうと、また人間にもどれるの？」

「ああ。またどこかの人間となって生まれ変るわけだ。昔、恋人同士だったものが死に別れて、何百年か後にまた恋人同士としてめぐり会えるかもしれない。よく、一目惚れとか、この人は前世でぼくの妻だったんじゃないか、と感じることがあるはずだ。いや、小説なんかでよくそういう話がでてくるね。それはきっと、その人の前の人が前世で人間の世界へ行くように選択されたんじゃないかな」

五道はそこまで父の言葉を想いだしてきてハッとした。貴美子とは、もしかしたら、やはり前世で恋人同士だったのではないだろうか？　そしてまた、もし、貴美子とこの世で結ばれなくとも、あの世で、あるいは別の世界で彼女と一緒になれるのでは？　また、父の声がした。

「おまえに五道という名をつけたのはね。この世だけではなく、あの世ででも、おまえがおまえなりに生きて欲しいと思ったからでもあるんだ。もし、この世がおまえにとってつらいものであったり、つまらんものだったら、さっさと死んでもかまわんよ。それで幸せになれると思ったのなら。よく昔から、自殺ほど親不孝なものはない、というが、父さんはそうは思わないな。母さんとのセックスの楽しみの最中におまえを作ってしまったんであって、おれたち両親がおまえにひけ目は感じても、おまえはおれたち両親に対してほんのちょっぴりでも恩など感じなくていいんだ。おまえを産んだ責任上、おまえを育てただけであって、それが親の恩などとは思う必要はまったくないと思うね。母さんも同じ意見だ。死にたくなったら、さっさと、親に気がねせずに死んでもいい。おれも若い頃、一、二度自殺しようと思ったことがある。しかし、おれの両親はおれが死んだら大いに歎くし、おれを親不孝者と思うことがわかっていたのでそんなこと、とてもできなかったからね。でも、おまえにそんなつらい思いはさせたくない。好きなようにやってかまわないよ。そして、五道は、次の世界の五道で生き直せばいい」

変った人生観の持主だったな、と五道は思う。あの世の存在をはっきり知覚していたようであった。

「それとね、五道。もう一つ、父さんは五という数字が大好きなんだよ。神秘思想家たちは数字というものをなんでも神秘めかしてしまうくせがあるんだ。特に西洋ではね。まず一という数字。これは〝唯一のもの《ユニティー》〟を象徴するものである。故に一は神そのものである、とするわけだ。一は他のどの数をも足したものでも、かけたものでもない。即ち、それだけで、何らの創造過程を経ずして存在する唯一の数である。そして唯一存在は神しかない、というわけだな。数字の二は多様性というか、不同性というかを象徴している。三という数は、その一と二とを加えたものだ。即ち唯一性と多様性との複合体である。また二は数の上で最初の偶数であり、三は最初の複合体である。だからこの二つの数を足した五という数字は、数字のもつあらゆる神秘的な要素を含有する最も小さな数である。だから、これはもっとも神秘的な数である――というわけだ。わかったような、わからんような説だな、なあ、五道? うちの家系では代々、男の場合には名前に必ず〝道〟という字を入れる習慣がある。おれは正道だし、兄貴は久道だ。その〝道〟に、おれの好きな神秘的数字の五をくっつけただけ、ということもできるな。実はネタをバラせば、意外とそれだけだったりして……。アハハハ」

父がそのまま笑いでごまかしてしまったので、五道は実際の話を聞きそびれてしまった。なんとなく五の字を道にくっつけただけの方が本当のようにも思える。それで、あとで仏教の五道にこじつけたのかもしれなかった。

そんな父をもっただけに、五道は死を少しも恐いと思ったこともなかったし、自殺を卑怯だとも逃避だとも臆病だとも思ったことは一度もない。

死はたしかに、一生に一つしかない。しかし、その一つしかない尊いものを、この世でもっとも尊い存在の人に捧げてもいいのではないか？　悔いることなどまったくないではないか？　もし、その尊い存在の人がそれを望むならば……。

（親父も相当な厭世家だったけど、おれも親父に輪をかけた厭世家みたいだな……）

五道はふっとそんなことを思い、なんとなしに一つの格言を思いだしていた。

藍より出でて藍より青し。

ちっとも自慢にもなんにもならぬ出藍《しゅつらん》の誉れだな。五道の心を、苦い笑いがよぎった。

貴美子はひとりきりになり、恋しい五道のことを想うたびに、自分の心が急速に五道の方に傾いていくのを感じていた。これが恋というものなのか？　と思う。

恋とは、もっと明かるく、熱く、灼熱の太陽のようにいつも心の中を眩《まば》ゆいくらいに照らしてくれるものだとばかり思っていた。それなのに、いざ恋をしてみると、このおしひしがれるような重さ、息苦しさはどうしたことなのだろうか？　異様な心の昂《たか》ぶりが喜びとなって全身を燃やしてくれる時もあるが、それが一瞬のうちに暗く反転し、重いガスの立ちこめた稀薄な空気のなかで喘《あえ》いでいる自分を見出しては、貴美子はやりきれない絶望感に捉《とら》われるのだった。

そんな時、五道が無性に懐しく、また同時に彼を恨めしくも思う。そしてそんな時、思いだすのはブレイクの「病める薔薇《ザ・シック・ローズ》」の詩だった。

O Rose, thou art sick!
The invisible worm,
That flies in the night,
In the howling storm,

Has found out thy bed
Of crimson joy;
And his dark secret love
Does thy life destroy.

おお、薔薇《そうび》よ、汝《な》は病《や》みぬ！　吹きすさぶ嵐のさ中、夜に翔び来たりし目に見えぬ虫が、深紅の悦びを汝が寝床の中に見出しぬ。その暗き秘めたる愛が、汝が命を滅ぼしつくす。

恋に蝕ばまれていくのがはっきりわかる。だがその、なんと苦しく、またなんと快いことか。

二人の心の奥底の襞《ひだ》にとりついた虫が、音もなくその深紅の寝床を食い、蚕食《さんしょく》していくにつれ、二人の恋は燃え上り、五道も貴美子も救いのない袋小路へと追いこまれていった。

五道が、君が死ぬ時はぼくも一緒だ、といった時、貴美子は当然強く拒絶した。

「そんなの、ちっとも嬉しくありませんわ。あなたには、私の分まで生きていただかなくては……」

「なんだか、生きることの空しさというか、うつろさというかが、この頃とくにひどく感じ始めてきちゃって……。もともとひどい厭世観の持主ではあったけど、君を知ってからそれがひどくなったみたいなんだ。理由はよくわからんが。恋をすれば人生は楽しくなると思っていたのに」

（それは恋人である私の寿命がもう尽きかけているからなのではないかしら？）

貴美子は心の中でそう思ったが、口にだすことのできる性質のものではなかった。

「ぼくは、人生って、なんだか一本の金太郎飴と似ているような気がしてきてね。喜怒哀楽、恋、結婚、家庭生活、などの人生の要素をすべて一枚の絵、たとえば金太郎という顔で象徴したとする。そうすると、人生はそれらの単なる繰り返しにすぎないと思えてきた。どこまで行っても金太郎。それが長いか短いかだけの違い。金太郎飴をどこで切断しても人生の縮図がそこにある。その飴はどこでボキッと折れようと、同じことの繰り返しなら、もうそれで十分、生きてきたことになるんじゃないだろうか？　たしかに、子供を産み、いままでに存在しなかった生命を育てることは、十代で死んだ人間にはできないことかもしれないけど、それが一体、どれだけの存在価値があるんだろうか？」

五道はいままで漠然と思っていた、人生というものの一端が、自分で喋り始めたおかげでなんだかわかってき始めたような気がしてきた。貴美子は黙って、白い顔で聴いている。

「ほら、ブレイクの詩に、例の有名なやつがあったじゃないか」

五道は「無心の前兆」という長い詩の冒頭の一節を暗誦した。

To see a World in grain of sand,
And a Heaven in a wild flower,
Hold infinity in the palm of your hand,
And Eternity in an hour.

一秒の砂に世界を、そして一輪の野の花に天国を見る。君の掌《てのひら》の中に無限を、一時間の中に永遠を捉える――この詩の中に、五道はいまの自分の、人生への悟りを感じたように思った。この一瞬、心から慕い、恋い、慈しみ、自分のすべての魂で優しくかき抱いてあげたいほど愛している貴美子と共に語り、ともにいるこの一瞬が、五道にとっては永遠であり、すべての宇宙であるように思えるのだった。あの広い広大な宇宙を、それがたとえどんなに美しく尊いものであっても、自分の小さな掌中に収め、楽しむことはできない。だが、一粒の砂の中に、見ようと思えば、その広大無辺の宇宙を見ることもできるのではないか？　狂気の詩人といわれたブレイクの心の中が五道にはいまこそ理解できるように思えたのである。

この一瞬、この刹那の尊さは、これからの一生と比較して、決して軽いものとはどうしても思えない——五道はそんな意味のことを貴美子に語ったのだった。もちろん、貴美子には貴美子なりの反論はいくらでもあった。だが、男の純情一筋な自分への想いが、優しさが、貴美子の理性を抑え、情感的な悦びで貴美子の心を満たしてくれたのである。

もう、何も言うことも、言う必要もないのだ、と貴美子は炎のように燃えさかる恋の幸福感の中で、じっといまの、この一瞬の悦びを嚙みしめていたのである。

貴美子の寿命があと半年ももつまい、と思われた頃、白血病やガン患者特有の緩解《かんかい》期が訪れた。まるで病気が完治したかのように、いままでの病状が一切姿を消し、冬の暖かい日だまりのような平穏な肉体が一時的に戻る現象であった。それはまさに、嵐の前の静けさにも似た、あるいは、猛威をふるった台風のさ中、台風の目の中に入った時の青空さえ見える無風状態にも似ていた。この緩解期が終ると同時に、最後の、想像を絶した激痛と死闘が始まるのである。敗北することがはじめからはっきりわかっている死闘が。

そんなある日、五道が伯父の久道に、

「伯父さん、田舎の邸はどうなっているんですか？」

「例の斎藤老人が時々掃除してくれているはずだが」

「二、三日したら、遊びに行きたいんだけど……。その時、貴美子さんを連れだしてもいいですか？　卒論の提出も終ったし、一度、いまのうちにドライブなどに連れていってあげたいんだけど……」

久道は、第六感で、この若い甥が、死の病にとり憑かれた少女と心中するにちがいないことを感じた。いくら説教したところで無駄なことはわかっていた。

（死ににいくのか？）

という言葉をのみこんで、久道は決断を下した。

「いいよ。貴美子さんの家の方にはわしから詳しく話しといてあげよう。緩解期も、そろそろ終るはずだし……」

久道はふと思う。これは自殺幇助罪になるのだろうか。

出発の日、毛布や座ぶとんで凭《もた》れかかれるように細工をした車の後部座席に貴美子が病にやつれた体を横たえるようにして乗った。

貴美子の一家が見送りに来ていた。

志津子が明かるい声で言った。

「お二人の新婚旅行ですのね。お姉さま、お義兄さま、お気をつけていってらっしゃい！」

貴美子の母が眼頭を押えた。

（そうだった。どうせなら、結婚式を挙げておいてやればよかった）

と、久道は思う。だが、世間の常識ではそれも不可能に近いだろうし、死期を本能的に自覚している貴美子も承知しなかっただろう。

「五道、貴美子さんをたのんだぞ」

久道に言えることは、いまはもうそれぐらいしかなかった。「変な気をおこすなよ」と一言つけ加えたかったが、新婚旅行ムードのいまはそれも変なものであった。だが、久道がもし五道が、人生を金太郎飴にたとえた話を知っていたら、きっとこう言ったにちがいない。

「五道、それはちがうんじゃないかな。自分がもらった金太郎飴をだな、一寸かじっただけであまりうまくないから、と、残りをポイと捨てちゃうなんて、それじゃ苦労して金太郎飴を作った人に対して失礼とは思わんかね？」

それに対して、五道は五道でこう答えただろう。

「飴を作って、ぼくにくれた人といえば、ぼくの両親ということじゃないでしょうか？　でしたら、両親は何も言わないと思いますよ。父は、つまらない人生だったら、好きな時に捨ててもかまわない、と、よくぼくに言ってましたから……」

どっち道、五道は死ぬ気だった。貴美子がどう拒絶しようと、二人で、同時に、死出の旅に出るつもりだった。貴美子に、あのガン患者の断末魔の苦しみを味わわせたくなかったし、貴美子がいない人生など、考える気にもなれなかった。

そう、志津子がいる。しかし、志津子の気持はわからないし、まだ女学生だ。それに、志津子は貴美子ではない。

貴美子は、五道にとって、たった一人の、この世ではかけがえのない女性だった。一目見た瞬間に、「ああ、この人はぼくの妻になる人だ！」と本能的に感じたあの霊感のような戦慄を、ふたたび自分に味わわせてくれる女性が、この世にいるとは五道にはとても思えなかったのである。

五道、いや、流水《つるみ》家の本家は、山国の奥深い山あいにある旧家であった。久道がそのあととりになるのだが、若い頃から東京に住むようになったため、家屋敷はそのまま別荘のような形で保存し、流水家の一族が休暇になると時々自由に使っていたのである。屋敷の一隅にある小さな住居に、斎藤という老夫婦が住み、屋敷の管理をしていた。

屋敷の槇塀《まき》が遠くに見えた。

ついさっきまで、空は夕焼けで真っ赤に燃え立っていたのに、いまはその残照も消え失せ、村は夕闇の中に音もなく沈んでいた。夕靄が低く、雲のように野面を這っている。

そして空には、数十の月が丸く輝いていた。大小さまざまの月。夕空に乳白色のヨーヨーをバラ撒いたように、数十個の月が貼りついたように浮かんでいる。その月あかりのため、夜にはいつも白夜のような仄白い薄い闇しか訪れない。それらの地球そっくりの惑星が現われてからもう一年になるが、いまだにその原因はわかっていなかった。月そっくりの大きさの地球がふえ始めた時には世界中がひっくり返るような大騒ぎになったが、それもこの頃では慣れっ子になってしまい、さほどの注意は惹かなくなっていた。大きさは月と同じでも、距離が数倍も離れているため、やっと月へ人間が到達できた現在の科学の力では、他の地球まで探査機を飛ばすことはまだできない相談であった。そして、向こうからも全然来ないところを見ると、他の地球の文明の程度も似たりよったりのものらしい。

降るような月々の淡い光を浴び、道沿いに長く続いた槇塀を回って入口に入り、ホーンを鳴らすと、老人夫婦がとびだしてきた。斎藤老人と奥さんであった。

「ようこそ、遠いところを……。ほんとに立派になられて」

小さい頃はよく遊びに来たが、中学時代にきたのが最後だったな、と五道は思いだした。

「それにしても、正道様にはお気の毒なことで……奥さまも。ほんとに、いまだに信じられませんです……」

斎藤老人が五道の両親の不慮の死に対して悔みを述べるのを、五道はなにかよそごとのように聞いていた。そうだった。両親が死んでからもう三年になるのか……。五道は、自分の頭が、この数ヵ月、貴美子のことだけでいっぱいだったことを、いま改めて思い知らされた。

「お嬢さま、遠くて大変でございましたでしょう。もうお部屋に床《とこ》をとってございますから、どうぞお休みくださいな」

斎藤老人が車のドアを開けた。五道が両手をさしだし、貴美子の体を抱きあげようとすると、

「大丈夫ですわ。わたくし、歩けます……」

自分で、もう用意していたらしく靴をはいた足でしっかりと地面に立った貴美子が老夫婦に挨拶を交わした。

それでも、五道と老夫人に両脇からかかえられるようにして邸に入ると、寝床の上に仰向けに寝た。

「ここで食事をするから、食膳、ここに運んでください」

五道が言った。

二人きりの食事だった。二人にとってははじめて一緒にする食事だった。燕の親のように、一口ずつ箸で食物を貴美子の口もとへ運んでやりながら、五道ははじめて、心底からの幸福感を味わっていた。

「もう一口、どう?」

「ええ……。おいしいですわ……」

ふだん食欲のほとんど無い貴美子もまた、ほんとうにおいしそうに食べた。

(まるで、おままごとみたい……。夫婦っていうのも、考えてみればおままごとと同じことじゃないかしら?)

おままごとが夫婦生活を模したものなのに、いまの貴美子にはなぜかそう思えるのだった。ほんとに、新婚旅行に来たみたい……。「来たみたい」じゃなくて、これがわたくし達の新婚旅行なのだわ。そう、帰りのない新婚旅行。片道だけの旅だち……。

その夜、二人は初めて口吻《くちづけ》を交わし、夫婦の契《ちぎ》りを交わした。古びた、古い旧式の日本間で、二人は抱きあい、愛し、慈しみ合った。それは、セックスという言葉のイメージとはほど遠いものだった。場所からくるムードのせいもあったろう。古い言葉だが、契りを交わす、という言葉しかふさわしい言葉のない夫婦《めおと》の契りであった。

細く薄い貴美子の裸身が、大きくたくましい五道の腕の中で折れるように撓《たわ》んで、のけ反った。男と女の情《なさけ》が一つに溶け、青白い情炎の焰となって二人の肉体と心を包んだ。男の慈しみが女の肉体の芯に浸透した瞬間、貴美子の緩解期が終った。

「あぁっ！」

恍惚の喘《あえ》ぎが骨を引き裂く激痛の呻きに代った。

瘠せ細り、ほとんど骨と皮ばかりの蒼白い裸身を丸め、反り返らせ、胸をかきむしり、もがき悶える様が、五道に決断を下させた。

（この緩解期が終ったら、最終の段階に突入だ。もう助かるまい……）

伯父の言葉がはっきり甦った。

五道は伯父からもらっていた痛みどめの薬と睡眠薬を貴美子に飲ませた。

痛みが薄れてゆくのか、貴美子の顔に平穏さが戻った。安らかな微笑が浮かんだ。

「わたくし、死にますのね……」

直感で悟っていたらしい。

「ぼくも一緒だ」

「わかっていますわ。あなたにお逢いできて幸福でした……」

「ありがとう」

「抱いてくださいません？」

「こうかい？」

「ええ。もっと、きつく……ああ、とてもいい気持」

軽かった。この世のものとは思えないほどの軽さであった。頼りなげで、抱きしめると全身の骨がポキポキ折れてしまいそうにはかなげであった。五道は幼い頃、お盆の時に霊迎えで燃やした麻幹《おがら》を抱いているような気がした。軽く、あくまでも軽く、脆《もろ》い麻幹を。

定量の三倍も飲ませた睡眠薬が効いてきたらしく、貴美子の体から力が抜けてゆく。

「唇を……」

唇を重ねると、熱病患者のように熱い吐息が五道の五感に染《し》みわたった。もう舌を絡ませる力もないらしい。そっと唇を離すと、貴美子は、かすかに眼を見開き、五道の顔を眺めながら、最後の言葉を呟いた。

「う……れ……し……い……」

五道の眼からとめどなく涙が溢れ、深い眠りに沈んだ貴美子の頬に、顔に、唇にポタポタと滴り落ちた。

数時間後、斎藤老人は、二人の寝間が空っぽになっているのを発見した。家中を探し回っているうちに、広間の仏壇の扉が開けられ、そこに五道の両親の位牌が二つ置かれているのを見つけた。かすかな線香の残り香が漂っていた。

その位牌の前に、白紙が広げられ、二房の髪の毛が別々に置かれていた。五道と貴美子のものであった。そして遺書らしき書き置きが一通。

「水簾洞《すいれんどう》から冥府への旅へ出かけます。探さないでください。五道」

数時間前。ぐっすり寝こんだ貴美子にスーツを着せ終ると、五道は、二人の髪の毛を一房ずつ切り、仏壇に供えた。

「お父さん、お母さん。これからお嫁さんを連れてお二人の所へ行きます。叱らないで優しく迎えてくださいね」

遺書を走り書きすると、髪の毛のそばに置いた。

貴美子の体を背負ってから、浴衣《ゆかた》の腰紐を二本つなぎあわせたもので、しっかりと体に縛りつけた。

外に出る。夜はほとんど明けていた。晴れた空に、白ちゃけた地球月がバラ撒いたように光を失って何十も浮かんでいる。

邸の裏手から山道を登り始めた。貴美子は背中でぐっすり眠りこみ、かすかにいびきをかいている。睡眠薬がよほど効いているらしい。細い山道を上り下りしながら、三十分も歩いた頃に五道は昔よく遊びにきた鍾乳洞の前に出た。二メートル四方くらいの洞穴がポッカリ口を開けている。古びた木の杭に、「水簾洞」と書いてあるのがやっと判読できた。

五道は背中の貴美子をゆすりあげ、赤子に語りかけるように眠っている貴美子に言った。

「ここは昔、洞穴の上から水が滝のように流れていたそうだ。暑い夏になると山猿がやってきて、この滝の水を浴びて涼をとっていたというんだ。まるで『西遊記』に出てくる水簾洞そっくりだというんで、こんな名前がついたんだけどね。ぼくが小さい頃よく遊びに来たけど、もうその頃から滝なんかなかったけどね」

ズボンの膝から下が下草の朝露でぐっしょり濡れて足に貼りつき気持が悪かった。五道は洞窟に入ると手にした懐中電灯をともした。もう一方の手には小型の金梃《バール》を持っている。どれも家を出る時から用意しておいたものだった。

　小さな鍾乳洞なので、洞窟探検家の研究対象にもされずにいままでひっそりとこの山奥にあったのだが、五道はこの奥にある秘密を知っていた。くねくねと曲がった洞穴を二十メートルもいくといきどまりになっていた。角材で柵が作られ、「危険！　この先、入るべからず」と書かれている。

　外からの光は、もうここまでは全然届かない。五道は貴美子の体をそっとおろすと、地面に横たえた。バールを力一杯角材にぶちこんで柵をこわしにかかった。もう何年も前に作ったものらしく、木質も半分は朽ちかけていて、面白いように簡単にこわされていく。やがて柵をこわし終ると、五道は貴美子を抱きあげた。

　露をおびた朝の冷気でひんやりと冷たくなっている貴美子の頰にそっと頰ずりをし、かすかに開き、寝息をたてている唇にキスすると、

「さあ、いよいよ二人の旅立ちだ。この先には深い深い縦穴があるんだ。地球の向こう側にまで抜けているといわれているくらい深い穴でね。まだ誰もその深さを測ったことがないんだよ」

　貴美子を抱えた片手に懐中電灯をもち、足もとを照らしながら、奥へ奥へと進む。やがて微かな音がした。空気が何かにこすれるような音だった。洞窟はいくぶん細くなり、上り坂になっている。天井から垂れ、床から突出している鍾乳石や石筍がだんだん太くなっていた。小腰をかがめないと通れなくなった時、懐中電灯の光が突然闇に吸いこまれたように、何も照らさなくなった。一歩先はねばたまの暗闇であった。風の音が大きくなった。巨大な縦穴にぶつかったのであ

る。電灯の明かりにやっと向こう側の壁面が浮かび出た。十数メートルも遠くであった。

「どのくらい深いか見てみようか」

貴美子の体を闇の崖っぷちにそっと置くと、崖から半身をのりだすようにして五道は暗闇の淵をのぞいた。風が下から吹きあげてくる。懐中電灯をさし向けたが、巨大な縦穴の底はとても見ることができない。

「ほら、いくぞ!」

五道はスイッチを入れたまま、懐中電灯を穴の底に投げこんだ。電灯の小さな光がスーッと尾を曳いて沈み、やがて蛍火のように小さくなっていく。何十メートル、いや何百メートル? 目をこらしていると、その蛍火がいつまでもいつまでも消えずに小さくなり、点となっていく……。やがて、闇がいつしか針の先のように小さな点を飲みこんでしまった。

五道は真の闇の中に取り残されていた。手さぐりで貴美子の体を抱きあげると、

「じゃあ、行こう!」

闇の中に翔んだ。

体が一瞬フワッと宙に浮いたように感じたが、やがて果てしのない墜落感が五道の全身を包んだ。しっかりと貴美子の体を抱いたまま、五道は、『不思議の国のアリス』の中の文句を頭のどこかで復誦していた。

Down《ダウン》, down《ダウン》, down《ダウン》………

どこまでも、光を失った藍色に塗りつぶされたような闇、闇、闇。貴美子の体のぬくもりが、

まだ生きているんだ、という五道の実在感を裏づけてくれていた。

恐怖はない。あるのは限りない寂寥《せきりょう》感と虚無感であった。加速度が増すにつれ、次々に過去の想い出が映画のラッシュを眺めているように、とりとめもなく浮かんでは消えてゆく。

父の顔、母の笑顔、中学時代の親友、久道伯父、そして志津子。古本屋の匂いがした。聖橋の虹が大きく輝く。神田明神前の甘酒屋。熱い甘酒が舌を焦がす。そして貴美子の病にやつれた蒼白い顔。昨夜の思い出。白い裸身がのけぞり、腕の中で喘ぐ……。

五道は腕の中の貴美子の体を思いきり抱きしめた。闇の中を、どこまでも舞い降りていく二人の若者のイメージが、五道に『神曲』の冒頭シーンを想起させた。

悲恋に死んだパオラとフランチェスカ。哀しげな表情を浮かべた二人が、地獄界の中空をさ迷う。髪が流れ、二人はかたく抱き合ったまま闇の中に消えてゆく。ギュスターブ・ドーレの華麗なエッチングの絵。

おれたちも、あの二人のように哀しげな表情をしているのだろうか、と五道は思った。

いや、ちがう。ここは地獄界《インフェルノ》ではない。無の世界だ。そう、老子のいう「無」であろう。「天下の万物は有より生《う》ず。有は無より生ず」の無である。天地は無名より生じ、万物はそれぞれ名を与えられてはじめて万物となる。名無きは、天地の始めにして、名有るは、万物の母なり。

無から生じ、五道の名で生きたおれは、いままた無に帰そうとしている。それは地獄でも天国でもない。無への旅立ち。二人で。愛しい妻と。いま、無に還る。そして、もしかしたら、その無から何か有が生じるかもしれないし、永久に無のままで終るかもしれない……。

卒論作製のために読んだ老子の言葉が、次々に脳裏を駆けめぐる。人の目を盲《もう》ならしめる五色《ごしょく》も、この暗闇の中にはない。青・黄・赤・黒・白の五色の要素で描かれた絵画も、織物も、この闇の中では、すべて有から無に帰す。音楽を構成する宮・商・角・徴《ち》・羽の五音《ごいん》も、この音の無い藍色の洞窟の中では無だ。

老子のいう「道」もまた、視《み》れども見えざる、聴《き》けども聞こえざる、捕うれども得ざるものである。次々と連続して名状のしようもなく、何物もないところへ戻ってゆく。姿も形もないがゆえに「これを状《じょう》無きの状、物無きの象《しょう》という」。惚《こつ》にして恍《こう》、はっきりとせず、ぼんやりとした様なるが故に惚恍《こつこう》という……。

おれにとって、人生は惚恍、いまように言えば、恍惚。ぼんやりとしておぼろな「道」のようなものだった。おれは一体、何を悟り、何を学んだというのだ？　何かを学ぶたびに、人生に何かを悟ったと錯覚するたびに、心はいつも無の闇に還っていったのではなかったか？　喜びも哀しみも、幸福も不幸も、時の闇の中に洗い流されれば何も残らない。刹那に生きても、それは刹那だけのものであり、未来永劫に連なるものではない。何もかも空であり無である……。

Ｄｏｗｎ《ダウン》、ｄｏｗｎ《ダウン》、ｄｏｗｎ《ダウン》……

落ちる、落ちる、落ちる……

五道が落ちることにかすかな倦《う》みを感じた時、突如として全身が引き千切られるようなショックに襲われた。

上下左右の感覚が麻痺するような、烈しい、見えない衝撃波が五道の全身を包み、彼の体をもみくちゃにした。波乗りに興じている最中、一つタイミングを誤って大波に呑みこまれ、何がなんだかわからないうちに海底の砂に叩きつけられ、全身にすり傷を負わされる時のような、目茶苦茶な回転が五道の体をぶん回していた。

叫び声をあげたに違いない。かたく抱きしめていた貴美子の体が、まるでもぎとられるようにして五道の腕の中から消失していた。

五感がきしみ、皮肉が剝ぎとられるような烈痛に打ちのめされた。

五道は意識を失った。失う瞬間、貴美子の顔が仄白く闇の中に浮かび、微笑をたたえて、彼に語りかけたような気がした。

「う……れ……し……い……」

闇が、彼の心を覆った。

五道の心は無に帰した……。

青の章　ヤコブの梯子

五道は眼を開いた。

青い天井が見える。

天井なのか、空なのか、それとも何もない青の空間なのか判然としないまま、それが何であるかも深く考えることもなく、ポカンと見つめていた。意識がまだ半睡の状態であった。

(青空かな？　それとも海の底かな？……)

そこまで思考力が戻った時、

「眼が醒めたかな？」

ど太い、しかし、よく透るサビのある男の声がした。

「ええ……」

かすれた声で答え、声のした方を見た。その時になって、五道は自分が素裸のまま仰向けに寝ていることにはじめて気がついた。かすかに首をねじ曲げただけで、キリキリと首筋が痛んだ。その痛みが、全身の神経を呼びさましたらしく、全身が痛んだ。体中の骨をバラバラにされたような、鈍い関節痛である。

青い光の中に、白く、銀色に光る大きな軀が眼に入った。

全身を銀色の白毛《はくもう》に覆われた人間の大男ぐらいもある巨猿《おおざる》であった。

五道は、あまりのことに、小さな悲鳴をあげていたのかもしれない。

巨猿がニッと笑った。

「そんなにびっくりすることはないさ。まあ体は猿だが、知能はここの人類よりは進んどる」

「……」

言葉がうまく出ない。猿を相手に何を喋ればいいのだ?!

床の上に、巨猿はあぐらをかいていた。その前に座り机があり、部厚い本が何冊も積みあげられている。

五道はやっとの思いで体を起こした。あたりを見回す。

青い空間であった。部屋なのだろうが、広さがない。どこまでもあるようでもあり、数メートル四方ぐらいのようでもある。距離感がいだけない空間であった。

ハッと気がつき、あわてて、前をかくすようにしてあぐらをかくと、手で前を覆った。

大きな笑顔が目の前にあった。優しく、慈愛にあふれた笑顔だが、どこか皮肉っぽい。巨猿——オランウータンでも、ゴリラでも、チンパンジーでもない。強いて分類すれば日本猿をそのまま大きくしたような感じの巨猿であった。それも全身、針のような銀毛に覆われている。

その巨猿の前では、五道はまるで自分が退化した裸の猿のように思えてくるのだった。ちっぽけで、無知で、みじめで……。

「よく生きていたもんだな。あのバリヤーを通り抜けてきたのは、この二千年間で君がはじめてだ」

(あの、全身をバラバラにしてしまうようなショックは、バリヤーを突き抜けた時の衝撃だったのか……)

「二千年間に……」という言葉の重味に、五道はまだ気がついていない。

「まあ、生命体には危害を与えないようにしたつもりなんだが、たいていはショック死してしまうもんでね。生命体といっても、意識がない人間は物体と同じ扱いだから、墜落する途中でみんな意識を失い、物体同然になるもんだから、物体と同じ末路を辿るわけだ。君が抱いていた女性と同じようにな」

(抱いていた女性？　そうだ。貴美子！　貴美子はどこだ?!)

五道には、あの瞬間の記憶がまざまざと蘇《よみがえ》った。腕の中からもぎとられるようにして引き離された貴美子……。

「彼女はどこです?!　無事ですか？」

巨猿は、困ったような表情を浮かべた。

「ほれ、そこだ。君の後ろだ……」

「えっ？」

あわててふり向いた五道は、そこにある物を見て、全身が凍ったような悪感に襲われた。胃袋が絞りあげられるようなショックの次に、胃の中味が一気に逆流し、口から奔《ほとばし》りでた。

「ウッ！　ゲェッ！」

苦い胃液にむせびながら、涙があふれてかすんだ五道の網膜に、目の前のシーンが焼きついていた。

そこに、貴美子が、あった。

貴美子の生首が、青い光の床の上に、ちょこんと置いてあった。

安らかに眠っているような生首であった。蒼白く、瘠せ細り、気品のある﨟《ろう》たけた貴美子の顔が、蠟人形の首をもぎとったように、そこにあった。切断された首の縁に、かすかに血がこびりついているのが妙に生々しく気味悪い。

そして、手足、胴体……。無残に引き千切られた肉体のかけらが、あちこちに投げだされたように散らばっていた。血も、内臓も、意外なほどとびだしてはいなかった。だが、五道に嘔吐と目まいを起こさせるには十分すぎるくらい、凄惨な貴美子の屍体であった。

(むごいっ！……)

これが、あんなに、天使のように心の美しい、何一つ罪も犯さない、幸せの薄い女性の末路とは……。昨夜、いや、ついさっきまで、自分の、この腕の中で悶え、恍惚の笑みを浮かべた美少女の姿とは……。

わずかではあったが、吐き散らした胃の中味が、青の床を汚していた。

床――何という床なのだろうか？　手では触ることはできても、眼ではっきり捉えることのできない床であった。ぼうっと青くかすみ、資格ではどこまでが空間で、どこから床になっているのか判別ができないのだ。青の空間に、汚物が散らばっていた。海の水の中に浮遊しているのともちがう。一つの眼に見えない平面上に、五道も巨猿《おおざる》も、そして貴美子の部分《パーツ》もあった。まさに、パーツとしかいいようがない、それは〝物体〟であった。

「岩なんかが落ちてこられてはかなわんのでね。一応、バリヤーで、その娘さんの体の千切れた大きさぐらいには分断する仕組みになっとるんだ。ま、悪く思わんでくれ」

巨猿がすまなそうに言った。

「これ、このままにしておくのでしょうか?」

「君の好きなようにしていいさ。君のものなんだろう?」

「ええ。でも、ここでは葬ってやる場所もなさそうだし……」

「葬る? なるほど、そうだったな。そんな風習もあったっけ。だが、ここでは、無か有か、どちらか一つだ。首が欲しかったら、いつまでもそこに置いといてかまわんよ。ここでは何も腐らんし、虫もつかんから」

愛しい! と思う。だが『赤と黒』のマチルダのように、ジュリアンの首に接吻する勇気もないし、それをいつまでも自分のかたわらに置いておくだけの度胸もなかった。それは、愛情の深さには関係がないように五道には思えた。

(これはもう、ぼくが愛したあの美しい貴美子ではない……)

名残りは惜しかったが、それはあの崖の上から身を投げた瞬間に断ち切ったものではなかったか? 心の中の貴美子だけをいつまでも抱き続けるだけで、貴美子への愛は十分に立証づけられるのではないだろうか?

五道は、昔からこういう時には驚くほどの思いきりの良さを見せた。

「わかりました。始末してくださって結構です」

「あとで、返してくれ、とねだっても、ぼくは知らんぞ」

「大丈夫です。はじめから見なかった、意識を失った瞬間に彼女はあの世へ直行した、と思いますから」

「わかった。では片づけよう」

巨猿がそういうと、貴美子のパーツは青の床の空間に吸いこまれるようにして消えた。

「なあに、手品でもなんでもない。ここは全てオートメーションでな。念波を送るだけで、機械がそれに反応し、それなりのことをやってくれるというわけだ。君にも簡単にできる。図書室もあるから、なにか読みたい本があれば、本のタイトルや著者名を心で念じるだけで、コンピューターがそれをはじきだし、あとは小型テレポート・マシーンが君の眼の前にそいつを届けてくれるという寸法だ。どうだい、ちょっとしたもんだろうが」

なにもかもが現実とは思えなかった。

この奇妙な青の空間、化け物のような、それでいて人間以上に人間らしく、親しみと優しさを感じさせる巨猿、そして、貴美子の、あまりにも変り果てた無残な遺体。

「あのう、あなたのお名前は?」

「そうか、これは失礼した。姓はソン、名はゴクウ」

「孫悟空?」

「あははは、冗談さ。でも名前なんて符牒みたいなもんだ。なんだって君の好きな名で呼べばいい。ぼくが本名を言ったところで君は知るわけがないし。じつは、あの『西遊記』の原作というか、原案というかは、ぼくが作ったもんでね」

「……」

「えへへへ、信じられんか」

巨猿は悪戯《いたずら》っぽく笑った。

「あれは、たしか呉承恩という人が……」

「明代の男か。たしか十六世紀の男だったな。まあ、彼が何らかの形でまとめたのかもしらんが、君も知っとる通り、十一世紀の南宋時代に『大唐三蔵時経詩話』という小説がもうでているわけだ。もちろん、もうそれ以前にも数々の伝説が生まれ、巷《ちまた》では講釈師が物語っていた。その頃に、ぼくが講釈師用に台本を書いてやったことがある。それが、『西遊記』の大筋を形づくったわけでね。その証拠に、孫悟空は、このぼくを自分でモデルにしてでっちあげたもんでしてね」

いかにも幾星霜、いや、数千年の風雪を生きながらえた風格と叡智を備えた巨猿であった。ふつうのイメージでは、「儂《わし》」とか「俺《おれ》」とか言うところを、「ぼく」と言っているのが、またいかにも謙虚でナウな感じがした。それだからこそ、自分みたいな若造の裸猿をつかまえて、「貴様」「お前」などと言う代りに「君」と言ってくれるのだろう。五道は知らないうちに、この巨猿の魅力の虜になっていた。

「覚えとるかね、孫悟空の名の由来を？」

「はい。たしか猿のことを〝猢猻《こそん》〟というんでしたね？　猢の字を獣扁をとって分解すると、古と月。古は老にして、月は陰。老と陰では育つことができない。一方、猻から獣扁をとりさると、子《し》と系《けい》になる。子は男子を表わし、系は女子を表わす。まさに嬰児の本論に合するが故に、姓を孫とした……」

「ふむ。その通り。君は大学生ですか?」

「まあ。卒業寸前のですが、ね」

「その孫という文字の解釈。男と女を一つにしたもの。実はぼくの体がそれでね」

巨猿は、あぐら座りの前の部分をちょっと指さし、

「見たけりゃあ、お見せもするが……。ま、いいだろう。いうなればフタナリ、半陰陽、ドイツ語の医学用語で言えばヘルマフロディティムス。ギリシャ神話のヘルメスとアフロディーテとを一緒にした言葉だったな。まあ、猢猻にもひっかかるが、もとはといえば孫という文字から考えついた名前さ。悟空の方は、門に刻まれた十二の文字の中から悟を選んだわけだが、空の説明がしてなかったろうが」

「ええ。それ、覚えています。どうして孫と悟まであって、なぜ空の説明がないかひどく不思議に思ったものですから」

「まあ、説明のしようが無かった、というわけだ。ヒントは簡単、この場所からふと思いついただけのことでね」

「あっ……」

五道は小さな声をあげた。

そうか、ここは空《そら》の青さであり、空そのものであり、同時に空《くう》の世界でもあったのか?!

「空《そら》ですか、それとも空《くう》ですか?」

「どちらでもいいし、両方ともいえるね。君は大学で何を専攻したの?」

「東洋哲学です。ほんのちょっとかじっただけですが」

「それならその線で話をしよう。空《くう》、サンスクリット語のSunya《スーニャ》の思想を具象化した空間と思ってくれれば手っとりばやいかな。空は空無なり、空寂なり。空は無なり。しかし、空は空でも虚無《ナースティ》とはちがう。人空、法空の空だ」

話はいつしか、自性《スバブハーバー》の問題を否定する縁起に移った。

「釈尊が悟ったものは一言で縁起《えんぎ》という言葉に集約できる、といわれているだろう？　物が生ずるのはすべて縁の助けによるものだ、とし、それ自体で存在する自性を否定したことに端を発するわけだ」

「ええ。例の『これ有るとき彼れあり、これ生ずることより彼れ生ず。これ無きとき、彼れなし、これの滅するより彼れ滅す』の原理ですね？」

「うん。それがやがて、なぜ凡夫の人生が苦しみだけの〝苦の生存〟となっているか、その根拠を理論的に説き明かしたのが〝十二縁起〟だった……」

「〝無明を縁として行あり、行を縁として識あり……〟と続き、最後に〝生を縁として老死あり〟とした〝流転門《るてんもん》〟の縁起、そしてその逆を辿る〝無明滅すれば行滅す、行滅すれば識滅す……〟で始まり〝生滅すれば老死滅す〟で終る〝還滅門《げんめつもん》〟の縁起……」

五道は原始仏教の原理をおぼろげな記憶からたどりながら、人空、法空の空の意味に思いを馳せた。

巨猿の、仏教、思想、哲学に関する蘊蓄《うんちく》の深さは、五道の想像を絶した。次々に五道の口からとび出る質問に、彼はいとも簡単に答えを出した。五道は知らないままに、自分のいまの境遇を忘れていた。そして以前の記憶も。貴美子への想いも、その面影も、ついいましがた見たばかりの生首の記憶も、巨猿と話をしているうちに遠い昔の出来事のようにしか感じなくなってしまっていたのである。

空《くう》についてさんざん論じあったあとで、巨猿は皮肉っぽい笑いを浮かべ、

「と、まあ、ここをそんな風に解釈してもいいわけだ。というか、そんな解釈の遊びもできるというわけだな」

「えっ？　それじゃあ、いまの空の論理はここには当てはまらないんですか？」

「何を言っとる。当てはまると言っとるんだ。何ごともこじつけようと思えば、どんな風にでもこじつけられる、といういい例でね」

五道はポカンとした。この巨猿にからかわれていたのか?!　その考えを表情から読みとったのか、

「いや、からかっていたのではない。お互い、知的なプレイを楽しんだわけだから、それはそれでいいじゃないか。この世の中には、なんでもかんでも、たった一つの真理しかない、というものはないんでね。よく、真実は一つだ、とか、真理は一つ、などというが、見方をちょっと変えるだけで、真理なぞ、いくつでもでっちあげることができるわけでね」

五道は煙に巻かれた思いであった。じゃあ、学問ってなんなんだ？　真理の探究とは一体、何を意味するんだ？

巨猿は五道の当惑した表情をおかしそうに眺めていたが、そこには軽蔑はかけらほども浮かんでいなかった。生徒を、難問で困らして喜んでいる教師のような感じであった。

「ところで、君の名前をまだ聞いていなかったな」

「流水《つるみ》五道といいます。流れる水の五つの道」

「ほほう、流水《りゅうすい》に、五道冥府の五道か。恐ろしい名前をつけたもんだな、君の親父さんも。これじゃあ、自殺したくなるのも無理はない」

こうして、この奇妙な空間での、五道と、自称・孫悟空との生活が始まったのである。

そこでは気温を意識することがなかった。素っ裸でいて、寒さも暑さもまったく感じなかった。床は固く、そして柔らかかった。あぐらをかいた時には、座ぶとんの上にいるようであったし、歩く時は固い床の上を歩いている感じだったし、ゴロリと横になると、クッションのよく効《き》いたベッドに寝そべっているようだった。

食事は、なんとなく空腹を感じた時だけ、白い小さな錠剤を一粒飲むだけで、何日も平気でいられた。水もあまり飲まない。水分は適時に発汗として消失していくので、大便、小便の排泄作用の心配をすることもなかった。いうなれば、生きていくための、生身の人間としての、もっともわずらわしい部分がきれいに削除された理想的な環境といえた。そこで、五道は眠い時には眠った。別に運動しなくとも、奇妙にいつも健康が保てた。それもあの錠剤の作用らしかった。そして五道は毎日（といっても、一日という単位はなかったが）、本を読み、倦きると、巨猿との会話を楽しんだのである。それというのも巨猿の読書好きの影響をうけたからだ。

斉天大聖孫悟空《せいてんたいせいそんごくう》——あの『西遊記』からうけるコミカルなイメージとはほど遠い、どっしりとした感じで聖《ひじり》という名称の方がぴったりの巨猿《おおざる》は、終日読書に耽《ふけ》っていた。次から次へ、古今東西の本を片っ端からとり寄せては、読むというよりも、めくるといった感じで、原書を読破していった。

「先生は、読んでいらっしゃるんですか？」

五道はいつの間にか巨猿を先生と呼ぶようになっていた。

「ほんとは読む必要もないんだがね。ぼくには、君などが想像もつかない力、まあ、君たち流に言えば〝超能力〟が備わっているんだ。本は一々開かんでも、中の活字から内容まで読みとることぐらいわけはない」

「では、なぜいちいち、活字を追って読むんですか？」

「活字が大好きでね。活字への憧れが強いんだろうな。活字から知識や知恵を吸収するのがたまらなく好きなんだ。どんなに科学が進んでも、文明が進んでも、いつまでも活字や文字を愛し続ける人は必ずいると思うね。活字に対して、貪欲なまでの欲望を示すぼくみたいなのを〝目乞食《めこじき》〟というんだ」

「目乞食……」

「超能力といえば、テレパシーくらい造作なくできる。しかし、君とはなんとなく話をしたくてね。まあ、猿の姿をしていることだし、孫悟空も人語を喋っていたからな」

「猿の姿、というと、他の姿にもなれるんですか？」

「自由自在に、ね。もともと、ぼくの星の住人は、地球の人類や生物とは構造が根本的に違うんだ。姿はあるが形は一定していない。君の好きな老子の言う〝道〟みたいなもんだな。之《これ》を視《み》れども見えざる、捕うれども得ざる、是れ、状無きの状、物無きの象……」

五道があの暗闇の中を落下している最中にふと思いだした言葉であった。まさに、何でもお見通し、か……。

「じゃあ、地球でも、他にいろんな姿で現われることがあるんですか？」

「ああ、気晴らしに方々に行くことがあるね。まして、いまみたいに、地球がいっぱい大空に出現したとあっては、昔みたいに遠く離れた他の地球にまで行く必要はないわけだ。だが、何でも便利になりすぎるとやる気がなくなるようなもんで、やっぱり、時空を超えて、はるばると遠い所に出現した方が面白いな。だから最近はここにこもりっきりさ。君も丁度いい時にきたわけだ」

「この前はどんな所へ？」

「同じ他の地球さ。そこではカラスの姿でしばらく滞在したよ。受験生の話し相手になどなってやったりしてね。それもおかしいことに、勉強部屋のガラス窓の中に入って驚かしてやったもんだ。これがほんとうの〝窓ガラス〟だもんな」

巨猿は思いだし笑いをするように、声を立てないで笑った。ギョロリとした大きな眼が優しくなごんでいる。

濃い茶色い人間のような眼をしていた。五道はその時はじめて、巨猿の瞳が二重になっていることを知った。瞳の中にもう一つ瞳がある！　小さい頃読んだ『太閤記』を思いだした。豊臣秀吉の眼がたしかそうだった。

「先生は、もしかすると秀吉だったのではありませんか？」

「豊臣秀吉か？　そういえば、そんな役もやったことがあったな。実はね、三蔵法師もやったことがある」

「玄奘《げんじょう》三蔵……」

　そういえば、歴史上で彼ほどの〝目乞食〟はいなかったのではないか？

　わずか二十三歳の若さでその名が長安の内外に知れわたり、師の法常をして、

「そなたは釈門千里の駒である。将来、釈尊の教えを輝かすのはまさしく御身であろう」

と言わしめた天才の玄奘。中国にある聖典だけではあまりにも未解決の問題が多すぎることを痛感し、二十六歳で国法を犯して国外へ。天山北路から大雪山を越えて北インドに至る。やがて奇蹟的としかいいようのない苦難の旅行の末、マガダ国王舎城の那爛陀《ナーランダー》寺で五年間、最高の長老らから教えを受ける。この時、すでに玄奘はサンスクリット語をマスターし、高僧と対等に仏教論争をしているのだ。四十三歳で帰国した時、彼は二十二頭の馬に五二〇夾、六五七部の経典を積んでいた。やがて時の皇帝、太宗のすすめで旅行の体験記を十二巻にまとめた。有名な『大唐西域記』である。アグニ国からさまよえる湖ロプ湖の桜蘭に至るまで一三八ヵ国の見聞を著したこの名著は、やがて世界にほとんど知られることもなく文献の少い西域地方やインドの重要資料となり、近代の考古学者や歴史家、探検家の有力な指針の役割を果たすことになる。スタインも、

フーシェーもヴィンセント・スミスも、玄奘のこの名著なしにはあの業績はあげ得なかったかもしれない。

だが、五道に大きくうなずかせたのは、玄奘のあの驚くべき翻訳の力であった。あれこそ、この巨猿の化身ならではなし得なかったのではないか？

持ち帰った六五七部のうち、『瑜伽師地論《ゆがしじ》』『大般若波羅蜜多経《だいはんにゃはらみつたきょう》』『菩薩蔵経《ぼさつぞうきょう》』など七五部を訳したにとどまったが、これだけでも一三三五巻という膨大な量に及ぶ。それをすべて梵語《サンスクリット》から訳したのだが、もちろん彼一人で何もかもやったのではない。全国各地から粒よりの高僧学僧を選び、玄奘がまずサンスクリット語の原文を訳す。それを、まずその訳語が正しいか、適切かを十二名の「證義」が検討する。その結果でき上った訳文を九名の「綴文」たちが文体を統一するわけである。その他にも口授する訳文を筆記する「筆受」や、最終的に浄書する「書手」もいた。これらの翻訳集団が難解で意味深遠なるサンスクリット語の聖典を次々に訳していったわけだが、この翻訳に玄奘は全精力を注ぎこんだ。

毎日四時起床、原典を読み、その日訳す箇所に赤を入れ、夜明けとともに翻訳を開始。午後に四時間、経論の講義と質疑応答、そして僧職上の管理、運営、裁決の仕事が続く。そして翻訳。夜十時頃にやっと筆を置き、納経、礼拝の行を済ませ、やっと眠りにつくのが十二時。睡眠は四時間しかとらなかった。これが約二十年間続き、六十三歳で大往生を遂げる。死の寸前まで翻訳を続けていたという。

（あの玄奘が、この方だったのか……）

いろいろな姿に身を変えることができるとはいえ、その時には〝人間〟玄奘としての生涯を全うしたのだろう。それとも、玄奘という人間の中に入りこみ、その知性とエネルギー源の一役を荷《にな》っていたのかもしれなかった。そんな五道の感慨にうたれた心のうちを見透して、巨猿はにやりと笑いながら、

「ま、そう考えるのもロマンがあっていいじゃないか。な？」

「えっ!? また冗談なんですか？」

「さあね。それは君の好きな風にとりたまえ。ぼくの言いたいのは、ぼくにはそういうことも可能だ、ということだ。前にも言った通り、真実など、世の中には幾通りもあるものでね。自分がそう信じれば、それがその人にとって真実になるわけだ」

（またはぐらかされたか……）

五道は、いつも肝心な所にくると捉えどころのなくなる巨猿に、かすかないらだちを感じたが、逆にますます惹かれていくのだった。

いくら読書好きとはいっても、巨猿は本ばかりを読んでいたのではない。趣味の広さではちょっとしたものであった。

ロクロと土をとり寄せて茶碗を作ったり、書《しょ》を書いたり、篆刻《てんこく》をしたり、油絵を描いたりした。陶芸にしろ、書にしろ、篆刻にしろ、仏教にしろ、東洋的なものに惹かれているらしい巨猿にしては、絵だけは珍らしく西洋風の油絵を好んだというのも、五道には何かほほえましく思えるのだった。それも主にヌード専門であった。

「こんなとこじゃ風景を持ってくるわけにもいかんだろうが、五道君」

親しくなるにつれ、巨猿は五道を若い友人扱いにしてくれた。それも五道にとっては面はゆい反面、嬉しくもあった。

「だからといって、女性なんかをよく。注文とはいえ、どこからまた……」

目の前で大胆なポーズをとっている若い全裸の女性から眼を反らすようにして五道が言った。

「まさか、誘拐してきたのでは？」

「まさか、ね。ありゃあ人間じゃない。人間そっくりのロボットさ。ヒューマノイドとでもいうのかな。ぼくはふたなりだからどういうこともないが、どうせならやっぱり女のヌードの方が芸術味があるからね。どうだい、抱きたいだろうが」

「はあ……」

五道は照れて、チラッとロボットの方を見た。ロボットといっても、生身の女と寸分違わない精巧さである。人間と同じように喋りもすれば呼吸もし、生毛もあれば、羞恥で頬を染めることもする。もしかしたら、ワギナも膣もあるのではないだろうか？

「あのう、あれ、セックスもできるんですか？」

「もちろん。といってもある程度は、ね。ダッチワイフよりは精巧さ。声もあげるし、それらしい動きもする。しかし、濡れるところまではいかんな」

「先生も、あのう、なさったこと、あるんですか？」

「まあ、ね。したくなったらするさ。この体じゃ、人間の女や、猿の雌とするわけにもいかんからな。ぼくも嫌いな方じゃないし」

「……」

五道の心に、貴美子のイメージが湧き上った。病院でのやつれた、透きとおるような白い肌。初夜の、骨ばった蒼白い肌……。そして突然、美しいイメージが、あの生首とバラバラに切断された四肢で無残にも微塵に打ち砕かれてしまうのだった。

「どうだい。君の恋人のヒューマノイドを作ってあげようか?」

巨猿のその提案が、またしても五道の吐き気を誘った。

「その話は、もうしないでください!」

いま、ここに、万が一にも、貴美子が甦ったとしたら……。いや、甦らずとも、巨猿のいう貴美子そっくりのヒューマノイドが現われたとしても、もうおれには抱くことはできないだろう、と五道は思った。あの生首と分断された屍体を見たいまとなっては……。

「気の毒なことをしたな……」

五道の心を読んだ巨猿が、ぼそっとすまなそうに呟いた。

「あなたのせいじゃない。どうせぼくたちは自殺したんですから……。それも飛び降り自殺だし。体がどんなひどい状態になったとしても文句は言えません」

そう、自殺、死の問題についても、五道は巨猿と話し合ったことがある。

「自殺か。まあ、わざわざ自分で自分を殺すこともあるまい。貴美子さんだったか、あの人みたいなケースは、苦しみから早く逃れられるためにも、また死期がほんの少し早める程度のことだし、自殺しても別にどうということはあるまい。だが、君の場合には、何も死を急ぐことはなかったろうが。彼女は君が一緒に死んでくれなくとも、死ぬ時にそばにいてくれるだけで十分幸せだったはずだ。それが証拠に、彼女は死ぬ時にはすでに睡眠薬で意識を失っていたわけだし、君があとで死のうと逃げようと関知しとらんわけだろうが」

「良心の問題はどうなります？　ぼくの良心というか、彼女への義理立てというか。いったん男として、人間として彼女にそう誓った以上は、やはり……」

「それは君個人の考えであってね。君が裏切っても許してくれるさ。問題は、そんなことよりも、あたら若い丈夫な命を、なにを女への操立《みさおだ》てくらいで棄てることもないだろう、ということだ。神さまからか、両親からかもらった命は、やはり、死ぬまで使いきった方が良いだろうに」

「でも、大して面白くもない短い人生でしょうが。早く死のうが、遅く死のうがたいして変りはないと思うんですがね」

「面白いか、面白くないか、それは終りまで生きてみなけりゃわからんじゃないか。君は前に、人生を映画にたとえたことがあったな。ちょっと見て、つまらん映画だったら、何も終りまで見る必要はない。金を払ったとしても、つまらん映画を、つらい思いまでして終りまで見る必要はない、と」

「ええ」

「それにも一理はあるさ。しかし、終りまで見て、意外に面白い映画だとわかる場合もあるんじゃないか？」

「と同時に、終りまで見てもやっぱりつまらなくて、終りまで見るんじゃなかった、ああ損した、と思うこともありますよ」

「つまらない映画だったら、途中で映画館を出て、その代りになにかもっと面白いことができる、という可能性がある。だが、人生からおさらばして、他に行くところがあるのかね？　あの世で時間をつぶした方が、有意義だと思うのかね？」

「あの世に行かなくとも、こんな世界に来れたじゃないですか。やっぱり、なんでもやるべきだ、と思いませんか？」

「これは例外中の例外だ。何十億、何百億に一人の幸運さ」

「でも、あの世にも同じことが言えるんじゃないんですか？　もしあの世があったとしたら、そして、それの方がこの世よりももっと楽しい、という可能性もなくはないんでしょう？　だったら、早くその世界に入った方が有利じゃないんでしょうか？」

「君はあの世があると信じているのか？」

「あの世が無い、というたしかな証拠があるんですか？」

さすがの巨猿も五道のこの理論まではは ね返すことができなかった。

「わかった。しかし、それは大変危険なギャンブルだとは思わんかね？」

「べつに。どうということ、ないんじゃないですか？」

「そういうことか」

巨猿は憮然《ぶぜん》とした表情で言った。

「人間にはいろんな人間がいるもんだ。物を粗末にする人、金を粗末にする人、女を粗末にする人、時間を粗末にする人、そして命を粗末にする人……。だが五道君にきくが、いまでも死にたいかね？」

そう言われて、五道はここに来てから、一度も死を考えたことのない自分に改めて気づいた。それは貴美子への裏切りのようにも思え、その問いに対する反応として、五道はひどい後ろめたさを覚えたくらいである。

「貴美子君を裏切ったことにはなるまい。君はちゃんと死ぬつもりで一緒に奈落の底に飛び降りたんだから。だが、もう一度、いま、ぼくが君に自殺のチャンスを与えたら、君はすぐに自殺するかい？」

しないだろう、と五道は思う。もう、死ぬ理由が無いから。かといって、地表に戻る気もない。貴美子のいない世界に戻ったとて何になろう。自分はたしかに貴美子に一服盛った上、崖から一緒に飛び降りたのだ。これは立派な殺人ではないか⁈　心中未遂の片割れとはいえ、殺人であることには変りはない。だが、この無なる、空なる世界のなんと居心地のいいことか。

「そこなんだよ、五道君。人間、気が変るということがいくらでもある。同時に長い間には性格までが変ることがある。いままで君が生に執着がないのは、君の人生において、執着をもてる物がなにもなかったからだ。もし、野心なり、物欲なり、色欲なり、なんらかの業《ごう》というか煩悩《ぼんのう》とかを持っていたら、あんなにまで命を粗末にすることはなかったろうね」

「仏教はその業や煩悩から脱却することではないんですか？」

「そういう解釈もあるな。その意味では、五道君はまさしく俗世から解脱《げだつ》していたわけで、生まれながらにして仏法の極意を会得していたともいえる。だが、ぼくに言わせれば、それこそくだらん！　というよりも、人間として、そんな不幸なことはないと思うね。どうせ生まれたからには、業や煩悩をもった人間の方がどれほど楽しく、充実した人生を送れるかわからん」

「ぼくもそれを考えたことがあります。なんの趣味も執着もないぼくは何と不幸な人間だろうか、と」

「そうだろうな。しかし、そんな人間でも、長生きしていれば、ああ、生きていてよかった、と思うことが必ず何度かあるはずだ。五道君ですら、貴美子君に会えた時、そう思ったろうが」

「ええ」

「だったら、彼女が若く死んだとしても、君はまた新しい人生を、他の、もっと素敵な女性との幸せな結婚を送れたとは思わんかね？」

「………」

「それだけじゃない。君のおかげで、もっと幸せになれたかもしれない女がいるかもしれんし、君が残りの人生で成し遂げたかもしれないなにかで、より多くの人々が楽しんだり、感謝したり、幸福になれたかもしれん。まだ使えば使えるものを、無駄に、あわてて棄てることもあるまい」

それもそうだ、と五道は思う。もっと他の、新しい人生が、ひょっとしたら開けていたかもしれない。そして、自分も、こんな消極的で、内気で、陰気な性格から抜け出せるかもしれない……。五道は心のどこかになにか、ぽっと明かるい灯がともったような気がした。そして、巨猿の次の一言が、その灯を燃え上らせたのだった。

「どうだ。空にいっぱい浮かんでいる、他の地球に遊びに行っては？　まだ、誰も往き来していない他の地球を見たいとは思わんかね？」

「そんなこと、ぼくにもできるんですか？」

「できるさ。テレポーテーションのマシーンを君の体の中に埋め込めば簡単だ。だが、その前に、三年ばかり、じっくり、ここで勉強しといた方がいいと思うな。遍歴時代に入るにはまだ少し早いようだ。もう少し、修業時代を続けなさい」

「ええ、そう願えれば……」

五道の、真剣で本格的な学究生活が始まった。そして、彼ほど、いい師に恵まれた者はいなかったろう。地底の巨猿は五道にとって、地下牢の中のエドモン・ダンテスにとってのファーリア法師に匹敵した。いや、その数倍も良き師であったといえる。五道は文学、哲学ばかりでなく、あらゆる分野の知識を身につけた。

「いまは知識を身につける時だ。知恵はあとでその知識から自然に芽生えてくる」

そして、格闘技までもマスターしたのであった。なにしろ、先生はあのべら棒に強い孫悟空なのだから……。

巨猿の故郷の星について、五道が尋ねたことがある。

「まあ、この地球よりは大きいな。そして、我々には肉体というか、内臓というか、そういうものはない。たとえば、人間はその細胞の一つ一つに核があり、その中にDNAその他、あらゆる要素をインプットしているわけだ。ぼくたちの肉体——まあ、仮りにそう呼べばの話だが——は、その細胞に相当する一つ一つが、一人の人体に相当する、とでも考えてもらおうか。それらの粒子の集合体なわけだ。どの一粒をとってみてもぼく自身ということになる。まあ、金太郎飴みたいなもんだな。あれは各断面だが、ぼくの場合にはどの一カケラも金太郎になっている」

「だとすると、ぼくたち地球人が先生たち星の人を肉眼で見た場合、どんな姿に見えるんですか?」

「細かい粒子の集合体だから、それに光が当たると、丁度、虹みたいに見えるね。それも一本の棒状の虹ではなく、各部分によって粒子の密度も形状も異なるから、複雑な形の虹になる。それがたえずゆらゆら揺れ動き、移動するわけだ」

「すると、虹の星人というわけですか」

「虹星人《こうせいじん》とでもいうのかな」

巨猿の全身の銀毛の一本一本が、虹の玉虫色に光っているように、五道には思えてきた。この人が、虹の塊なんて……。そして五道は、孫悟空を思いだした。悟空は体毛をひとつまみ抜きとり、フッと息を吹きかけるだけで、その一本一本が小さな悟空となって敵を襲ったのではなかったか?! 細胞の一つ一つが一個の個体だという巨猿の話とどこかひどく似ている……。

「この地球へは?」

「ぼくたちの星の文化程度は、ちょっと君たちには想像がつかんだろう。第一、時間の観念というか、単位というかがケタ違いなんでね。宇宙のいろんな星に中継ステーションを作って、希望者が交替でそこに出張するわけだ。ぼくがこのステーションに来てから、地球の時間にすれば数千年はいたことになるけど、ぼくたちの単位に換算すれば一年かそこいら、ということになるかな」

「地球にあるステーションは、ここだけですか？」

「まあね。ここにもいたりいなかったりでな。時々気晴らしと人間探究やらお節介やらで地表に出て、三蔵法師になったり、カラスになったりするわけだ」


三年の修業期間は、アッという間に過ぎた。五道には、何もかもが夢のようであった。自分に、これほどの才能があるとは予想もしなかったのである。よくもまあ、たった三年の間に、これだけの知識と技を身につけたものだと思う。外界と隔絶された無の世界だから、そして、この世に二人といないよき師につけたから、だと思うより他なかった。

「いいだろう。これだけ身につければ、まずどこの地球へ行ってもなんとかなるはずだ。それに、超小型の自動翻訳機も頭に埋めこんでおいたから、コミュニケーションで困ることもあるまい。それに、このテレポート・マシーン」

巨猿はその大きな掌を開いて見せた。ちょうど殻ごとの南京豆の大きさ、形をした金色の物体が光っている。

「どうだい、瓢箪《ひょうたん》そっくりの形をしているだろうが」

巨猿はお気に入りの玩具でも眺めるように嬉しそうな顔をして、掌の上の南京豆大の瓢簞をころがした。無邪気な笑顔であった。

「金角、銀角を吸いこんだやつも、これと同じ型の圧縮吸引機でね。ぼくはこの瓢簞というのが大好きなんだ。いかにもとぼけた形をしているだろうが」

手術器具も一通り揃っていた。巨猿は器用な手つきで五道の左足のふくらはぎにその瓢簞を埋めこんだ。

「これでよし、と。頭に行きたい所を想念し、念波を送れば、こいつが作動してそこにテレポートしてくれるはずだ。それに、もう一つ、プレゼントをあげよう」

巨猿は右手を上向きに広げると、念波を送った。その掌の上に、フッと小さな生き物が送られてきた。

五道は最初、二十日鼠《はつかねずみ》かと思った。大きさも色もそっくりだったからである。だが、よく見ると、それは小さい白い象であった。

「どうだい、可愛いだろう」

巨猿は眼を細めて言うと、

「こいつは物は言えないがテレパシーが使えるし、知能も人間以上だ。寂しい時、困った時の相談相手になってくれるはずだ。これをいつもポケットに入れておくといい。丈夫だからつぶれる心配はないいし、餌も、君の食物の食べ残しでもあげれば十分だ。もちろん例の栄養剤を一粒もあげれば、一ヵ月ぐらいは何も食べなくても平気だがね」

手渡された白象は、五道の掌の上で、太いマッチ棒くらいの小さな鼻を巻きあげるようにして「ウォーン！」と吠えた。耳もとで蚊が唸り声をあげたくらいの声であった。

『どうぞよろしく……』

白象がテレパシーで語りかけてきた。

『ぼくの方こそ、よろしく』

五道も心の中で答えた。巨猿が、

「名前は五道君の好きなようにつけたらいいだろう。白象でも小象でもいいし……」

「あっ！　これは白象じゃないですか?!」

五道が巨猿を、いたずら小僧のいたずらの現行犯を見つけた父親のような顔で見返した。

「白い象がどうかしたかね？」

と言いかけた巨猿もまた、あっ、というような表情をした。

「まさか、先生、これ、悪い冗談なんじゃないでしょうね。英語の白象《ホワイト・エレファント》の意味ぐらいは、ぼくでも知ってますよ」

「そうだったな。そんな意味もあったっけ。だが、これは大丈夫。そんなひどいことはせんよ」

白象――インドやタイ国などの仏教国では、昔から白い象は神様としてあがめられた。そして、それらの国では、王様は家臣に嫌いな者がいたり、邪魔な奴だと思ったりすると、それに白い象をプレゼントする。象を一頭養うには大変な費用がかかる。しかも新聖な白象とあってはおろそかにできない。かくて、白象をもらった家臣はあっという間に破産して夜逃げ、ということにあいなるわけだ。要するに「白象」とは、その価値に比べて、途方もない出費を必要とする所有物を意味する言葉になったのである。

「ま、そいつは君の考えすぎだ。下手な教養を身につけるとうたぐり深くなるようだな。あっは
は、これは冗談だ。それにこの白象はその点でも心配ない。なにしろ栄養剤一粒で一ヵ月だから
……」

象も眼を細め、鼻の先から五道の掌に暖かい息を吹きかけながら、

『だいじょうぶ。邪魔になったら、どこにでも捨てていい。私は私で、どこででも生きていかれるから』

「この象君も、テレポートできるんだ。だから、不用になったらおっぽりだしてもいい。ぼくの所にもどってくるから。そうだ、伝書鳩代りに使ってもかまわん。どうしても困ったことが起きたり、君の身が落ちついたりしたら、こいつを送り返してくれればいい」

「はい、そういたします」

旅立ちの日がやってきた。

五道は無限に青い、青一色の空間を懐しそうに眺めた。

たった三年間だったが、なんと充実した、それでいて空《くう》なる歳月だったことか。世俗のことも、貴美子のことすら殆ど思いだすことがなかった。ここは、やはり死の世界だったのだろうか？

そしてあまりにも常識を超えたことの数々。

いま、この青を突き抜けて、未知の地球への旅立ち。大空に浮かぶ無数の地球の中から、もっ

とも近くにある、もっとも大きく見えていた青い月を、五道は思い浮かべた。あそこへ行こう！

ふくらはぎの瓢簞は、五道の思いを受け、分析し、方向と距離を計算しているにちがいない。

（そうだ、ここは天国への入り口、昇り口だったのだ）

五道がそう思った時、巨猿がその思いをなぞるように、呟いた。

「ヤコブの梯子《はしご》」

「あっ……」

五道は、ブレイクの描いた「ヤコブの梯子」という絵を想い出していた。アブラハムの孫のヤコブが、ある時、野原で石を枕にして眠った。その夜、彼は夢を見た。彼が枕にしている石から天上へ一本の梯子がかかり、天使たちがその梯子を上り下りしているのだ。ああ、ここが天国への上り口だったのか、とヤコブは知った。

そうか、ヤコブの梯子か……。ヤコブ、のちにイスラエルという名を神から授かり、自分の名をつけた町を作り、やがて子孫を生み、それがイスラエル人の祖となった。ひょっとしたら、先生はヤコブの役もやったことがあるのではないだろうか？　天使と格闘《レスリング》し、天使をうち負かした非凡な力と業の持主。天使、いや、神は、ヤコブのその力の強さに驚き、「神と闘ったレスラー」を意味するイスラエルという名を与えたのではなかったのか？　孫悟空なら、それくらいのことはできるはずであった……。

「いくら非現実の世界にいるからといって、ものごとをあまり飛躍して考えたり短絡させてはいかんな。でも、面白いアイデアではある。もしかしたら、五道君には小説家の才能があるのかもしれん。ま、それはさておき、服を着なさい。丸裸じゃ風邪をひくし、露出狂と間違えられて精神病院にぶちこまれんとも限らんからな」

五道はジーンズにTシャツでたくさん、といったが、

「ポケットがたくさんあった方が便利だし、どこに現われても、どんな気候でも大丈夫だから……。必要品はみんなポケットに入っとる。象もな」

という思いやりから、背広とネクタイを用意しておいてくれたのだった。

「ほう、裸猿も、ドレスアップすると一寸したもんだ」

巨猿はリューとした背広姿の五道を、まるで自分の息子がはじめて社会人になった時のような嬉しそうな表情で眺めた。

「じゃ、先生。ほんとうにありがとうございました。この三年間、ほんとに楽しかったです……」

「おお、そうかい、そうかい。まあ、元気でいろんな所を見てくるがいい。落ち着いたら、白象を送り返してくれよ、な」

「はい。では、参ります」

「うん」

五道がスタートの念波を送った。

一瞬、五道の全身をショックが襲った。

ガーンと足の爪先から頭のテッペンまで、電撃にも似たショックが貫き、目の前が白くなった。

が、意識ははっきりしている。青から白に変った世界がやがて自分の体を吸いこんでいく。昇揚感が三半規管を占領した。ぐーん、ぐーん、ぐーんと体が流体となって流れていくような感覚……。

巨猿は五道の姿が消えていくのをじっと大きな眼で見守っていた。

細かい震動とともに五道の体が白くぼやけ、やがて一本の太い虹になった。その虹もあっという間に薄れると、あとに青い無の空間が残った。虹の残像が、巨猿の網膜にかすかに焼きついていた。

「虹のジプシーか……」

ぽつりと言葉がもれた。

「そういえば、おれも虹のジプシーみたいなもんだな」

巨猿は机に向かうと、この三年間何もなかったように、また本の活字を追い始めた。十分もした頃、ハッとしたように本から眼をあげると、ボソリと呟いた。

「しまった！　うっかりして言うのを忘れておったわい。あのテレポート・マシーンには副作用があるっていうことを……。五道の奴め、テレポートするたびに、自分の心体の異変を知って、さぞやびっくりするだろうて。ま、いいだろう、そんなことは象が教えてくれるだろうから……」

青い世界で、銀毛の巨猿は身じろぎ一つせずいつまでも読書に耽っていた。

緑の章　マリー・セレステの幻影

見はるかす、緑の原野であった。

真夏の、眩ゆい陽光が、緑をいやが上にも緑色に燃やしている。高原でありながら、これだけ緑の平原を思わせる樹林帯も、このあたりでは珍らしい。〝六里ガ原〟の名の通り、六里四方の樹林が原っぱのような平らな芝生に見える。

ふり向くと、浅間が、青い大空に白煙を一筋あげていた。

右手には榛名、赤城がけぶって遠くに望めた。

流水《つるみ》五道は奇岩の一大堆積、鬼押出《おにおしだ》しの塊状溶岩《ブロック・ラバ》の上に、一人ぽつんと立っていた。白い夏の雲が、動くともなく、青空に漂っている。

ここに来て、はじめて、五道はあの青の空《くう》の世界で、なぜここにテレポートする気になったかが自分でも納得できた。事実は三年あまりなのだろうが、時の観念のないあの青の世界では、それは永遠とも、またほんの一ヵ月とも思えた。その指の先から心の芯まで青い色に染まりきってしまったような想いの中で、これから最初に行く所は？　と自問した時、真先にここを思い浮かべた理由が、いまはっきりとわかったのである。

あの時は、無性に緑が恋しかったのだ！　緑が懐しく、一日でも緑の中に自分を置いてみたかったのだった、きっと……。

伯父の久道の別荘が旧軽井沢にあり、五道親子も毎年利用させてもらっていた。いつも霧に包まれている感じの旧軽に比べ、中軽井沢から六里ガ原に抜けると、そこは大抵夏の青空が広がっていた。その六里ガ原を一望に見おろす、浅間山の麓に鬼押出しがあった。

一七八三年八月五日の浅間山大噴火で、流出した溶岩流は厚さ五〇メートルという大規模な流れとなり、非常な高速度で北麓に流れ広がり、村落を埋め流し、川をせきとめ洪水をひきおこした。死者は千人を越えたという。

その流出の中途で、溶岩の固結した部分が破砕されて巨大、かつ異様な岩塊の集合体を形成した。溶岩流の上にはいつの間にか樹木が生い茂り、緑に覆われていったが、この塊状溶岩団だけは、小さな木や草は生えても緑の木立に覆われることがなかった。それが鬼押出しの奇岩団である。

その奇岩の一つの頂きに、五道は独り立って、夏の緑を眺めていた。

山々の形は、五道のいた地球（便宜上、これから次々に出てくるそれぞれの地球を区別するために、番号で区別しておこう。五道のいた地球をただの〝地球〟、二番目の、いまいる地球を〝地球Ⅰ〟と呼んでおこうか）と、さほど変りはなかった。

五道がよく遊びに来た鬼押出しには鬼押出し園というのがあり、入園料を払うと岩窟ホールや溶岩台地を一巡できる散策コースがあり、中央に浅間観音堂があって鬼押出し全景を見渡すことができた。そしてその上方数百メートルの所、鬼押出し園を見下す位置に浅間園があり、そこには円形の展望台がそびえ、展望台の中は火山博物館となっていて、噴火当時の資料や岩石の標本などが飾ってあった。

いま、五道の立っている鬼押出しには、それらしい建物の跡はあるが、廃墟同然となり、蔓草が生い茂り、見る影もない。はるか彼方にあったはずの火山博物館の展望台も緑に覆われ、それがあったのを知らなければ、単なるふくらんだ山肌と見まちがえるくらいであった。

人っ子一人いない。観光客や小、中学生の団体で賑わった鬼押出ししか見たことのない五道にとって、この、荒涼とした廃墟は、胸苦しささえ覚えるほどの寂寥たる風景であった。

色とりどりの車が絶え間なく走っていた緑の高原を貫いて白く走る道路も、夏の日射しだけが音もなくふり注ぎ、異様な孤独感をかきたてるだけであった。

(みんな、何処へ行ってしまったのだ?!)

ゴツゴツと、けがしそうな溶岩塊の上に背広姿のままそっと腰をおろした五道は、あまりの荒涼とした緑の廃墟の寂しさにたまりかね、ポケットから白い小さな象をつまみだして、掌の上にのせた。

「ねえ、見てごらん。緑の大自然はいいけど、なぜ人間はいないのかね?」

二十日鼠ほどの小さな白象は、その細く小さな眼であたりを素早く一瞥すると、細い鼻を高々とあげてからくるりと巻き、テレパシーで答えてきた。

『この草の生え具合から見て、人間が来なくなってから五年くらいになるかもしれない……。ということは、もしかしたら、もうどこにも人間はいないのかも……』

五道の背筋を、不吉な予感が走った。

(まさか……。人間のいない地球なんて!)

もう一刻も、がまんできなかった。五道は白象をあわててポケットにしまうと、東京の町並を頭に描いた。そして念波をふくらはぎに埋めこんだ瓢簞形のテレポートマシーンに送った。

あの衝動が五道の全身を包んだ。一秒もたたないうちに、五道は東京のど真ん中、お茶の水駅前の聖橋の上に立っていた。

そのほこりにまみれ、所々に雑草が生えている橋の歩道から見おろしたお茶の水駅のホーム……。

人っ子一人いないガランとしたホーム。雑草に覆われつくした線路。朽ち果て、廃墟同然の駅の建物。たった一つ、昔より美しくなっているのは、目の下を流れる神田川であった。ドブ川同然だった神田川には、水量が増し、まるで谷川の水のように美しい水がゆったりと流れている。その川の岸辺だけが、自然の中から切りとってきたかのように、緑の田園風景を現出していたのだった。

「人間は、人間は何処へ行ってしまったんだ?!」

五道は聖橋を渡り、駅の前に出た。ほこりと雑草に覆われた駅の構内をのぞくと、五道の気配にびっくりしたらしい大きなネズミが数匹、構内の陰に隠れた。

(ネズミだ!　生き物がいる!)

ふり向き、駿河台の通りを見た。少し下り坂になり、病院や大学の大きな建物が両側に続いている。その人気のない通りのあちこちに、犬や猫の姿がチラチラしていた。

『動物が生きている、ということは、核爆発などによる結果ではないようだ……』

手の上の小象が呟くようにテレパシーで言った。五道はずうっと掌を上に、象をのせたまま歩いていたのだった。

彼の記憶しているお茶の水駅前風景とは、もちろんそっくりではなかった。町並も、店や大学の建物の形も、彼のいた地球とは少しずつ、どこか違っていた。ふと見あげた喫茶店の看板を見て、五道は、はじめて異世界にきたことを骨の髄から感じとった。

そこには、見たこともない文字が記されていたからである。あわてて、駅の表示も見た。やっぱり、そこも地球のどの国の文字とも思えない、異様な書体の文字が記されていた。

五道は掌の上の象に言った。

「君には、ここの文字が読めるかい？」

象は駅の表示を見た。その細い小さな眼が、その瞬間、ピカッ！　と光った。小さな小さなフラッシュが眼の中で閃いたように……。

しばらくして、象は小さな鼻を高く持ちあげ、

『うん。解読できた。地球人の文字ではないな』

「やっぱり……」

象は、もっと何か言いたげだったが、そのまま心を閉じた。五道も、象のその言葉の持つ意味の深さには、その時はまだ気がついていなかった。

「病院はあるだろうか？」

『伯父さんの病院かね？』

「ああ。行ってみよう！」

象をポケットにもどすと、五道は翔んだ。

懐しい街はなかった。駅とか、大学とか、各所とか、自然や大きな公共物はほぼ地球と同じ場合が多かったが、個人の家や町となると、地球Iでは大きな相違ができていた。見覚えのある大通りや目印の教会塔などはあったが、流水総合病院は無かった。そして、どの町も、ひっそりと静まり返り、夏の暑い陽ざしの中でほこりと雑草にまみれ、犬と猫とネズミが徘徊するゴーストタウンになっていたのである。

家々の戸は、どこも開け放しになっていた。洋品店のウインドーには、マネキンが流行服を着けたままほこりをかぶり、パン屋のガラスのショーケースの中には、コチコチになったパンがそのまま蠟細工のように硬く白くほこりにまみれている。

まるで町中の人間という人間が、ある日、突然一瞬のうちに姿を消した、としか考えようがない、無気味な廃墟のムードであった。

数年前、一体、この地球Iでは何が起きたのか？

戦争？　核爆発？　それはあり得ない。

大地震？　それでもない。マネキンはどれもちゃんと立っているし、どこの家の窓ガラスもこわれているのは一つもない。

それともSF小説の『復活の日』のような、特殊なビールスか疫病が突然、全世界を襲ったのか？　それとも、核による汚染？

いや、それも考えられない。それなら犬や猫も死んだはずだ。人間だけにしか作用しなかったのでは？

ちがう！　その仮定も通用しない。というのも、五道は手あたり次第に家に入ってみたのだった。そして、その仮定が成り立たないことを悟った。

人間の死体が、どこにも無いのだ！

ここまできて、五道は体の芯からふるえ上るような恐怖を感じた。

（人間は、いったい、何処へ行ったのだ?!）

これによく似た情況というか情景を、前に何かで読んだことがあるのを五道は思いだした。そしてそれが、謎の「マリー・セレステ号事件」であることにすぐに気がついた。

百年以上も前のこと。大西洋を航行中の帆船が、大洋を漂流している二本マストの帆船を見つけた。漂流していたというより、漂っているという感じであった。合図をしても返事がない。乗り移ってみると、まったくの無人であった。水夫部屋はきちんと整理され、カミソリにはサビがついていない。調理室の火の消えた炉には料理の入った鍋がかけられたままである。船長室のテーブルには朝食が置かれ、一枚の皿にはオートミールが入っていた。ゆで卵はナイフで切られたまま残っていた。航海日誌は十日前でぷっつりと途切れていたが、船の位置や帆の張り方から考えても、それから数日は誰かが船を操っていたとしか思えない。

とにかく、乗組員全員が、突然、何らかの理由で姿を消してしまったのだ。いつ？　どこへ？　そしてなぜ？

いろいろな仮説が立てられたが、どれもどこかに欠点があり、完全にこの怪事件を解明するに至っていない。

いま、五道はこの地球Iで、マリー・セレステ号を発見した人々と同じような異様な戦慄に包まれていた。

そこには騒乱のあとも、略奪のあともない。戸じまりがしてないということは、住民がいっせいに、どこかへ集団で移動したとも考えられる。それにしては、家財道具も身の回りの品もそっくり残しておく、というのも変な話だ。まるで、ある日、ある時、日常生活を営んでいる最中に、人間だけが、着のみ着のままフッと消滅したとしか考えようのない状態であった。

世界中がこうなのだろうか？　それは確認しておくだけの価値はありそうだった。

五道は即、パリに翔んだ。

夜が明けたばかりのパリ市街にも人っ子一人いなかった。街をうろついているのは野良犬と猫ばかり。

そしてニューヨーク。真夜中の大都会は、灯り一つなく、荒涼としたアスファルトジャングルそのものであった。夜の密林よりもなお無気味であった。電気のない文明都市は、エンジンのない自動車以上に無意味な存在であった。まして、そこに人がいないとなると、それはもはや都会でもなんでもない。単なる廃墟、巨大なる塵芥以外の何物でもない。空に浮かんだ無数の地球月が、青白く白夜のように摩天楼《スカイスクレイパー》の群を照らし出している。それはまさしく、滅び去りし文明の墓碑さながらであった。

いたたまれない恐怖と孤独感で、五道は瞬時のうちに、真昼の東京に舞い戻った。

人類はいったい、何処へ行ってしまったのだ?!

五道は一軒の民家へ入ってみた。ごくありふれた町の、ありきたりの家である。小さな庭もあり、玄関前には狭いポーチもある。庭には子供用のゴンドラ型のブランコが、赤茶けたサビに覆われてひっそりと置いてあった。

ドアを開けて土足で入った。廊下も居間も、とりちらかしたところはない。ソファーに砂ぼこりが白くつもり、テレビもほこりをかぶってそのままだ。テーブルの上には灰皿もライターも無いのに五道は気がついた。

子供部屋らしいのがあった。小学生用のスチール製の勉強机がある。引出しを開けてみると、ほとんどが空っぽだった。本棚に絵本や童話集らしいのが残っていたが、どれも見たことのない奇妙な暗号のような文字が印刷されている。

子供部屋と居間をくまなく調べた結果、五道は当然あるべくして無いものが一つあることに気づいた。アルバム、または家族の写真である。それがどこにも、一枚もない！

人が居を移す時、まず必ず持っていくのは写真やアルバムではないだろうか？　この地球Ⅰに、写真機なるものが存在しているという仮定の上でである。他の日常生活用品はいくらでも手に入れることができても、家族のスナップ写真だけは買い集めることはできない。

五道はふとそれに気づき、そこにポイントを置いて家探しをしたのだった。それでもう一つ、ハッと思い出して洗面所へ行った。歯ブラシを探したが、これも一本もなかった。タオルや石ケンはちゃんと残っているし、歯ブラシかけらしいものも鏡の下にあるのに……。

ということは、ここの人類は、計画的に、身の回りの最低限の必需品だけを持って、地にもぐったかのように、どこかへ消えたのだ。

(そうか、地底大陸という可能性もあるか……)

だが、なんのために？　地上で暮せるというのに、なぜ地にもぐる必要があるのか？

五道は推理が行き詰まったことを覚った。

洗面所の鏡の前に立ったまま、手の指は何気なく目の前の鏡のほこりの上に、いたずら書きをしていた。マルを描いたり、字を書いたりしながら推理を働かしていたのだが、考えに行き詰まった時、ほこりで真白に覆われていた鏡の真ん中がきれいに拭われ、五道の顔が写っていた。その、自分の顔を何気なく覗いた五道は、「オヤッ？」と思った。

あの青の世界での三年間、五道は一度もヒゲを剃らなかったが、宇宙への旅立ちの日に、きれいに顔を剃った。その時、自分の顔をはっきり見ている。それから、まだ、感覚的には数時間しか経っていないはずなのに、いま、鏡の中の顔がさっきの自分の顔とはどこか違っていることに五道は気づいたのだった。

「変だな……おれはこんな顔だったっけ？」

他人の顔を見ているほどの違和感ではない。どこがどう違ったのか、と言われると困るのだが、どこか、なんとなく、自分の顔ではないような感じがしたのだった。

汚れた手を洗おうと水道の蛇口をひねったが、水はもちろん出なかった。手を両手ではたいて、ネクタイを締め直そうとした時、五道はふたたび「おやっ？」と思った。

ネクタイをギュッと締めると、ワイシャツの襟もとが重なってしまうのだ。さっき、出発前に締めた時にはぴったりだったのに、いつの間にか、それもほんの僅かだが、首が細くなっている！

五道はあわてて袖口を見た。手首いっぱいにワイシャツの袖口がきて、親指の下のつけ根あたりに硬い袖口が当たっている。手も短くなっている！　そしてズボンの裾……。そこも、確実に、ほんの五ミリか一センチくらいだろうが、短くなっていた！

地球Ｉ《ここ》の大気は、人間を縮ませる作用があるのか?!　ここの人類は、縮まって、虫みたいに小さくなって、どこかへ消えたり、虫に食われたりしてしまったのか？

五道は一瞬そう思ったくらいである。しかし、その仮説はあまりにも馬鹿げているし、ここの状況とは合わない。縮みゆく人間がなぜ、またどうやって、アルバムや歯ブラシをもっていくのか？

だが、五道の身に変化が起きていることは確かであった。五道のその狼狽ぶりを感知した小象からテレパシーが送られてきた。

『そんなにびっくりすることはない。それはテレポートマシーンによる副作用に過ぎないのだから……』

「えっ？　すると、テレポートするたびに体が縮んだり、人相が変ったりするわけか？」

『まあね。それにもう一つ副作用がある。もう少したったらわかるだろうが』

「どんな?!　教えてくれ！」

『さあ、……教えていいものかどうか。先生が言わなかったことだし……。もしかしたら、私が言ってはいけないことかもしれないからね』

「生死にかかわることか?」

『いい質問だ。核心をついている。ヒントにはなるな、その質問は。結論的には関係はあるといえるだろうが、さしあたっては関係がないと言って大丈夫だろう』

「あまりテレポートするな、ということなのだろうか?」

『それも重要な質問だし、一考の余地はあるんじゃないかな。別に道徳的、倫理的な立場から抑制するための副作用ではないが、やはり、軽々しく使ってはいけないととった方が君のためにもいいと思うね。どうせならこの遍歴を、君の人生の修業にも役立てた方がいいじゃないか。ふつうの凡人が、あまりにも超人的な能力を持つということは、いろいろと問題があるからね』

五道は何かでガツンと殴られたような気がし、心の中で何かがスーッと融け去っていくような気持を味わった。

いまのいままで、心からの親友であり、唯一の味方であり、たった一人(?)の相談相手だった白い小象が、なんだか赤の他人のような冷たさを感じさせたからである。

(おれは甘すぎるのだろうか? 少しでも優しいことを言ってくれる相手を、すぐに心から信頼してしまうのは、おれの甘えなのだろうか?)

そういえば、あの巨猿にもどこかそんな、人を突き放すようなところがあったようにも思える。やっぱり、人は人、吾は吾なりで、頼りになるのは結局、自分一人、ということなのか? と五道は思った。

彼にはもう一つ、行きたい所があった。それは新聞社か図書館だった。白象の力を借りて文字を解読すれば、ひょっとしたら何かをつかめるのではないかと思ったのである。

五道は夏空を見上げた。太陽の光で白ちゃけてぼんやりとはしているが、大空にはまだまだ数十数百の地球が浮かんでいる。テレポーションの回数が有限だとすれば、それを早く、有効に使わねばならない。

この薄気味の悪い無人の地球Iの荒涼とした静寂と、白象から感じた冷たさとが、五道を救いのない孤独地獄へと追いやった。

一人でいることが、こんなにも寂しく、つらく、侘しいものだとは！　あれほど厭世的で、厭人癖のあった五道は、この異様な環境の下で、はじめて、心の底から人間が恋しく思えてきた。

（たった一人でもいい。赤ん坊だろうと、口のきけない老婆だろうと、なんでもいい！　人間の姿形をしたものだったらなんでもいいから会いたい！）

地面の影が長くなりかけていた。陽がようやく傾きかけてきている。こんな所で夜を迎える気はしなかった。一刻も早くこんな無気味な地球からはおさらばしたかった。真相の追求などして、一体何の価値があるというのか？

五道は眼をつむり、次の地球の条件を念波で送った。できるだけ近い地球で、日本に相当する国がまだ昼間であること。そして、もっとも盛り場の人のたくさんいそうな所……。もちろん、人ごみや人の目の前に現われることはないような配慮はマシーンに前もってインプットされていることは巨猿から聞いて知っていた。

念波を送り終った時、五道の立っていた所に一筋の虹が立ち、あっという間に消えていった。

あとには、無人の大都会が、ひっそりと、夏の陽の中に残った。

翔揚《しょうよう》感が徐々に薄れ、五道を取りまく世界に色彩が増し、ものの形がはっきり目に見えるようになってきた。そして一つの旅《トリップ》の終点に着く。

アンモニアの異臭が鼻をつく。人一人入れるくらいの小さな小部屋《ブース》。汚なくて卑猥な落書き、濡れそぼったコンクリートの床。

五道は共同便所の中に降り立ったのだった。着地点、または着地の時点において、人の目につかぬ所、というのがテレポートの必須条件の一つであり、瓢箪《マシーン》にもその条件がインプットされているわけである。

「だからといって、よりによって、こんなトイレの中に……」

五道はボヤいた。たしかに、ここなら誰の目にもつかないよなァ。

ガタピシするドアを開いてトイレから外に出た。人気のない廊下になっていた。どうやら映画館の中らしい。人がたくさんいる新宿の盛り場、という指示をだしたので、そこで人目につかない所といえば、やはりここぐらいしかないわけか、と、五道は瓢箪の賢さに敬意を表した。

ドアをおし開けて暗い観客席に入った。戦争映画をやっていた。客の入りは半分くらい。しかし、人間がいるということで五道は生き返ったような気がした。暗がりなのでよくは分からないが、それでも、人の姿形をし、呼吸し、生きている人間が、映画のシーン、シーンで、手を拍《う》ったり、歓声をあげたりしているのを見て、五道は思わず、ジーンとなった。

何年ぶりに見る人間だろう！　あんなにも短く思えた三年の青の時代だったが、いま久しぶりに人間を見て、五道にはあの修業時代が百年にも相当したような感じを受けたのだった。

人間のいない世界というものが、あの緑の地球が、あれほどの孤独感を与えるものだとは、五道は考えたこともなかった。兄弟もなく育ち、非社交的だった五道には友人らしい友人もいなかった。おれは孤独な男だ、おれにとって孤独こそ慰めであり、親しい友だと信じきっていた五道は、地球Ⅰを経験して、それがいかに浅はかな錯覚だったかをいやというほど思い知らされたのだった。

ああ、人間がいた！

この安堵感と安らぎ。人間はやっぱり人間なしには生きてはいけないんだ……。体の芯から人間への愛が湧きだし、それが温かいぬくもりとなって、寂寥でこごえた体を温めてくれたのだった。

五道はやっと落ちついて画面に注意を向けた。

ソ連映画だった。スーパーが日本語で出ている。久しぶりに見る日本語！　現実には、青の世界を飛翔してから半日も経っていないのに、地球Ⅰでの異様な文字ばかり見つけてきた五道には、いま画面に映っているスーパーのなんと懐しいことか！　しかも、画面で喋っているロシア語が、巨猿がご丁寧にも五道の頭に埋めこんでくれた自動翻訳機のおかげで、日本語として頭に滲みこんでくる不思議さ、便利さ、楽しさ。

映画はちょうど始まったばかりらしい。スクリーンの横の壁に丸い時計があった。四時を少し過ぎたところだった。外に出るには、日暮れ時の方がいいな、と五道は判断し、この映画が終るまで外に出ないことにした。映画なら、この地球IIの社会状勢も推測できると思ったこともある。

ソ連軍の敵の姿を見て、「おや?」と五道は思った。相手はどうも日本軍らしい。しかもなんと戦場は……。

市街戦の場面であった。ソ連軍の戦車が街の中をゴロゴロと走っている。

(あれはたしかJS2型だ！　JS1型の85㎜砲にかわって43口径の122㎜砲を搭載したやつだ。JSはたしかヨセフ・スターリンの頭文字をとったのだった……)

三年間の修業のうちに蓄えた雑学の知識の中から、五道の記憶がそんなデータをはじきだした。だが、五道をして絶句させたのは重戦車ではない。街の風景だった。なんと、それは日本の小さな田舎町の商店街だったのである。看板の文字が日本語だったことが、それを日本の街と、五道に確信をもたせたわけではない。街の通りの向こうに、雪をいただいた富士山がくっきりとあの雄姿を見せていたからである。

(ソ連軍が、日本に侵略している！)

そんな戦争映画が作られているということは……。五道はゾッとした。だが、映画は、彼の不吉な予感を裏書きするように、ソ連兵と、占領された日本の町に住む日本人娘との恋物語になり、やがて終戦が訪れ、市民《シビリアン》に戻ったソ連兵と日本娘が結ばれる、というハッピーエンドで終ったのだった。結婚式で、町の人たちがソ連の国歌を合唱して……。

（どうやら、前の大戦で、日本はソ連に占領され、そのまま終戦を迎えたらしい。ということは、いまのこの地球IIの新宿は、日本は、社会主義共和国だということか?!）

場内が明かるくなった。休憩時間である。何本立てかわからないが、五道は終りまで見ていく気はない。一刻も早く、人ごみの中に入りたかった。人の溢れる街を歩きたかった。人々の顔を見たかった。猿以外の、生きている人間の、たくさんの顔を。

半数くらいの人が席を立った。季節は秋頃らしく、ブラウス、長袖シャツ、背広などまちまちだった。五道の背広姿もそれほど目立たない。

通路からロビーに出た。

そこで五道は目の前を行く二十歳ぐらいの女性の顔を見て、息の根がとまるくらいのショックを受けた。思わず小さな声が口をついて出た。

「貴美子さん！……」

だが女はその呟き声が聴こえたにもかかわらず、注意も払わずに外に出ていった。

（ということは他人の空似か。名前もちがうわけなんだ）

がっかりしたものの、五道は彼女の後を追うようにして新宿の雑踏の中へ出た。ゴワゴワした洗いざらしの木綿のブラウスに黒いスカート。踵の低い汚れた黒い靴……。

街は、五道がまだ小さい頃連れて行かれた十数年前の新宿の面影がどこかあった。人通りもいまほどはげしくなく、町の表情もどこか虚ろで空々しい。映画街の看板も、半分以上はソ連映画らしい絵柄であった。ゲームセンターの代わりに古びた商店が立ち並び、人々の服装も地味で粗末だった。ほとんどが木綿の製品で、女性のスカートから出ている足にも厚ぼったいソックスや茶色のストッキングぐらいしか見当らない。ナイロン製品らしいものはまったくないようであった。

奇妙に明かるい夕映えの中に街は沈んでいた。陽が沈む前のひと時。

（そうだ、今夜泊る所を確保しておかなくては……）

それに通貨の問題がある。ここで暮すための金を調達しておく必要があった。

（まあ、なんとかなるだろう）

テレポートできるという強味が、五道を楽天的にしていたといえる。人間が人間以上の能力を身につけた時、不思議な自信と度胸が生まれてくるものらしい。

見えない糸に引かれるように、五道はその女の後を追っていた。五道の知っている新宿はヤングの街というイメージがあったが、ここの新宿はどちらかというと池袋といった感じ。老若男女、それも家族連れからくたびれた中年のサラリーマンまでが雑然といた。ただ一つ、きわ立って違う所があった。そこには、ソ連の軍人の姿と、同じ軍服を着けた日本の軍人の姿がちらほら見えることである。

女は足早に新宿駅の方へ急ぐ。少し背がちぢんだとはいえ、バリッとした背広姿の五道は人目についた。五道は歩きながらネクタイを外し、背広の襟を立て、だらしない恰好にみえるように服装をくずした。

（良かった！　Tシャツにジーンズ姿だったら一歩も歩けないところだった……）

新宿駅の構内は、さすがにごった返していた。時間が時間だけに勤め帰りのサラリーマンでいっぱいだった。

女が出札口で切符を買っているのを見て、五道は「しまった！」と思った。金がない！　まさか地球の貨幣が通用するとも思えなかった。切符を買ってから、女は私鉄の入口に向かった。改札口を入ったすぐの所に共同便所があるのを見た五道は、構内の柱のかげにかくれると翔んでみた。マシーンがうまく操作してくれることを願いながら……。

奇蹟的に大便所が一ヵ所空いていたらしく無事に着地（？）すると、トイレをとびだして彼女の後ろ姿を探した。

(なぜ、こんなにも彼女にこだわるのだ?!)

五道は自問自答してみる。尾行などしてどうなるというのだ？　どうやって彼女にアプローチするつもりなのだ？　そしてどうしようというのだ？

だが、何かが自分を招《よ》んでいるような気がした。神田の古本屋の盗難防止の鏡の中に、万引きの女学生を見つけて以来、五道は自分のカンというか予感というかを大切にするようになっていた。

あの女の顔を、もう一度ゆっくり見たい。面と向かって話をしてみたい、という耐えがたい欲望が、五道に執拗なまでの尾行をさせていたのだった。

新宿から五つ目の駅で女は降りた。駅の名前は、五道の地球とほとんど変りなかった。この小さな駅には五道の想い出があった。駅から数分の所に進学予備校があり、高校時代、夏休みになるとここの夏期講習に通ったことがあったからである。

改札口は陸橋を渡った向こう側にしかない。五道は女を追い抜くと素早くトイレにとびこんだ。幸い一人もいない。五道は改札口を出たところにある人気のない神社の境内を想像した。そしてそこへ翔んだ。

いくらもたたないうちに、彼女が出てきた。やっぱり貴美子に似ている。貴美子よりもっと健康的でがっちりした感じだった。貴美子も病気になる前はああだったのではないだろうか。

足早に通りすぎる女をやり過ごしてから、少し間合いをとって五道は尾行を続行した。いくつか町角を曲がるうちに、五道は女と自分との間に一人の中年の男がいつもいるのに気がついた。五道はその男の背中に見覚えがあった。新宿の雑踏の中から、その男の背中がいつもあったように思う。

みすぼらしいアパートの外の階段を上り、右から三番目のドアの前に立った女が、急に後ろをふり向いた。五道はその寸前、カンが働いて何気なく視線を外らし、歩き続けていた。中年男は五道よりも間一髪早く、近くの建物の陰に立ちどまっていた。相当尾行なれした男のようであった。

彼女がドアをノックし、しばらくして男の顔がのぞいた。灯りの中に女のシルエットが浮かびそのシルエットがドアに吸いこまれるのを目の端でとらえてから、五道は尾行者の前を通りすぎ、何食わぬ顔で次の町角を曲がった。人気のないのをたしかめてから、五道は通りすぎてきた通りにテレポートすると、男の背中が見える所で立ちどまった。

男はポケットから小型の無線機らしいものをだして何か連絡している。五道は近くをぶらぶら歩きながら、待った。何かを……。

その何かは五分後、数名の武装警官の姿で現われた。戦前の、日本の警察官の服装と憲兵の服装とを一緒にしたような旧式然とした異様なモードである。腰にピストルと、サーベルの代りに旧陸軍の兵士がさげていたゴボウ剣に似たものをさげている。尾行していた男は刑事だったのだろう。刑事に指図を受けた警官たちが、バラバラとアパートの階段の方へ走りよる。

陽はすっかり暮れていた。

五道はアパートのさっきのドアの内側を頭に描くと一気に翔んだ。狭いあがりがまちの上に現われた五道の姿を見て、部屋の中にいた一人の男がギョッとして小さな悲鳴をあげた。

一間きりの八畳くらいの部屋に、三人の男と二人の女がいた。みんな学生らしく、若い連中だった。男の声で他の四人もいっせいにふり向いた。声をあげた男が、拳銃を構えて五道に銃口を向けた。五道は手で制しながら、

「みんな逃げろ！　ここはすっかり囲まれている！　そっちの窓の方ならまだ大丈夫だろう」

五道の人相、風体から、警察関係の者ではないらしいと悟ったらしく、五人は素直に五道の忠告をうけ入れた。

その時、ドアの外に気配がした。

「ここはぼくに任せなさい。みんなは早く逃げて……」

五道は後ろ手にドアのノブをガッチリつかんだままそう言うと、女の顔を見た。

一瞬視線が合う。明かるい電灯の下で見ると、それほど貴美子に似ているわけではなかった。三年間、彼女の面影を頭に描いているうちに、実物の貴美子とは少しずつずれていき、輪郭もぼけていた。それが、あの荒涼とした廃墟の地球Iを見た直後、美しい若い女を見たために、ああ、これが貴美子だ、と錯覚を起こしたのかもしれなかった。

「すまん！　このお礼はいつかする！」

男の一人がそういうと、みんなをうながした。ドアがガシンときしんだ。外から一気に踏みこもうと体当りをくれたらしい。五道がいなかったら、やわいドアはそれだけでふっとんだかもしれなかった。だが、内側から、五道が全身で抑えていたため、かすかにきしんだだけだった。

一人が窓を開けると、一人が素早く手すりにロープを垂らす。女の背を押すようにして男が促した。一人の女が素早く降り、例の女も降りようとして五道と目が合った。五道の、万感をこめた眼の光を吸収するかのように、女の大きな黒目がちの眼が見開かれた。

（ああ、貴美子の眼だ……）

何か言いたそうに二度目ばたくと、女の頭が窓から消えた。

ふたたび大きな体当りがドアをゆるがせた。

「早く！」

五道の必死の叫びと同時に、三度目の体当りで、ドアもろとも、五道の体が室内にふっとんだ。最後の男が窓から消えるのとほとんど同時であった。

なだれこんだ警官は倒れた五道に見向きもせず、窓にとび寄ると下を覗いた。

「あっちだ！」

警官の一人が、早くもロープに手をかけて降りようとしている。五道は畳から跳ね起きると彼にとびかかり、窓枠からひっぱがしざま、首筋に手刀を打ちこんだ。

「貴様、何をするか！」

五道の意想外な行動にびっくりした他の警官が五道に跳びかかってきた。五道の筋肉が撓《たわ》み、弾《は》ね、拳《こぶし》が鳴り、足が躍《おど》り、体が弧を描いた。三人まで打ち倒した時、首筋に激痛が走った。大きな熊ン蜂に刺されたかのような痛さだった。反射的に手を当てると、小さな針のようなものが指先に触った。それを抜きとろうとした時、両脇から抑えこまれて床に仰のけにひっくり返された。跳ね起きようとしたが手が痺れている。同時に眼がかすんでいた。そのかすんだ視野に、最後に映ったのは、尾行していた刑事の顔であった。


底なし沼の泥につかっている。もがけばもがくほど体が沈み、泥が口に流れこんできた。泥をのどいっぱいに呑みこんで、息がつまりかけた時、五道は目を醒ました。

「ガボッ！」

口から水を吐きだした。夢と現実が混交していた。現実の世界でも水をたらふく呑まされていたらしい。というより、頭から水をぶっかけられていたというべきか。

「気がついたか、おい?!」

意識を失う前に最後に見た顔が、また五道の視野に映った。コンクリートの床に打ちこまれた手枷、足枷に四肢を固定されたまま、五道は素っ裸のまま、仰向けに磔にされていた。

（また裸か……）

五道は思わず苦笑いをうかべた。青の世界のことを思いだしたからである。あの時は巨猿の顔があったが、今度は特高警察の刑事か。なんだか、ひどいことになりそうな感じ……。

「貴様、アメリカのＣＩＡの手先か?!」

刑事の手にした竹刀《しない》が唸り、五道の肋骨をしたたかに打った。骨身にしみる痛さだった。

「ちがう！」

「ほう、それなら、なぜあの映画館から女を尾行しとったのか？」

やっぱり気づかれていたのだ。この刑事と五道は後になり先になりしていたにちがいない。

「きれいだったから……」

それが五道の本音だった。たしかにそれ以外の何物でもなかったのではなかったか？

「ほう、痴漢のふりをするわけか。痴漢がいつの間にか女のアジトに入りこんでいた、とはな。痴漢にしてはとびきり上等の服を着ているじゃないか、え？」

立っている刑事の前に机があり、その上に五道の衣類が置いてある。刑事はその服をとりあげ、五道の頭の上でヒラヒラさせた。

「みんなアメリカ製だ！　みんな英語の文字が書いてある」

あの青の世界では、何でも念波一つで手に入れることができた。だが、それらは一体どこからどうやってもってきていたのだろう？　こんな時になって、五道はふと素朴な疑問をいだいた。

あの時にはあまりにも現実離れした世界だったので別に不思議とも感じなかったことだった。

「それにこの万年筆、万能ナイフ、手帳……そしてダイヤとエメラルド！」

地球を飛び回るのに忙しく、ポケットの中味をろくに改めもしなかった五道は、巨猿の心づくしをいま頃になって知ったのだった。

（そうか、金に困るといけないと思ってダイヤやエメラルドまで持たせてくれていたのか……）

「それに、なんだ、この象のオモチャは?!」

刑事は白象を手にとると、それで木の机の上を叩いた。カツン、カツンと、まるで陶器か金属でできているかのような乾いた硬い音を立てた。

（あの白象は、自分の意志で体を物質化することもできるわけか……）

「まあ、あとでゆっくり分解して調べることにしよう。さあ、さっさと白状した方がいいぜ。あの神江里奈《じんえりな》のあとをなぜつけていた?!」

あの女の名前は神江里奈というのか、と五道は知った。無事に逃げのびたろうか。

「おら！　早く返事せんか！」

竹刀が五道の股間にとんできた。

「ウッ！」

急所をしたたかにひっぱたかれ、息が詰る痛さに、五道が悲鳴をあげた。

（いやはや、まったく、ひどいもんだ……）

痛みとうらはらに、五道の心は不思議にのんびりと明かるかった。いまの境遇がまるでドタバ夕喜劇を見ているようにしか思えないのだ。刑事さえ、滑稽に見えてくる。

「おお、痛てェ……」

五道のふざけた口調に、刑事はびっくりすると同時に、相当なプロとでも思ったのか、壁ぎわにある机の上のスイッチの一つを押した。今度こそ、五道は本格的な悲鳴、いや絶叫をあげた。

「ギャーッ!」

コンクリートの床に打ちこんである鉄の手枷、足枷のどれかから電流が流れ、全身がショックで弾ね上った。さっき、頭から水をかけられたため、全身が感電したらしい。

(参ったな、これは……。ぽちぽち逃げださんと、玉をつぶされた上にバーベキューにされちまう!)

「おれを白状させる前に、あの連中に聞いたらどうだ? もっとも、みんな逃げられて、おれしか捕まらなかったから、おれをいじめてるわけか。お気の毒に……」

五道は、そんな憎まれ口がスラスラと口をついて出てくるのに、自分でも驚いていた。これじゃ、まるでしたたかなCIAのエージェントじゃないか。

「アハハハ……こいつはいい」

刑事の高笑いに、五道は思わず鳥肌が立った。いやな感じだった。

「じゃあ、聞いてみるかね?」

刑事の足が動き、五道の足の爪先の方へと移動していく。その動きにつられるように、五道は仰向けの頭を起き上がらせるようにして足の方のつき当りの壁を見た。

灰色の汚ない壁に、これもコンクリートに埋められた手枷、足枷をはめられ、全裸のあの女が大の字に磔にされていた。

「あっ！」

「甘かったようだな。貴様のはかない抵抗も無駄だったわけだ。網は二重三重に張ってあったんでね。さ、娘、この男とはどういう関係なんだ？　ＣＩＡのお兄さんが、貴様に聞いてみろと言っとる！」

手にした竹刀の先端を、江里奈の丸い乳房の中心に押しつけると、ぐいぐい押しこむ。竹刀を回して捻るように押しこむため、乳房のふくよかな薄い皮膚にカメラの絞りのような螺旋状の襞ができた。そのまま、ぐいっとねじこまれ、あまりの痛さ苦しさに、江里奈は手枷の中の両手をきつく握りしめ、ブルブル体をふるわせて耐えた。

「その人は関係ありません……」

「ふん、同じことぬかしやがる！　関係ない人がなんで命がけで貴様らを助けたんだ？　それに映画館で接触した相手はどこの誰だ？　あとの四人はみんな白状しおったぞ！　そんな義理だてしても始まらんだろうが」

「他の四人に会わせてください！」

「その必要はない！　奴らはみんな白状した。だが、貴様が映画館で接触した相手は誰だか知らんと言っておる。貴様が連絡係だということはわかっとるのだ。さあ、さっさと言わんかい！　どうやって連絡をとったのだ？　また、この男はどんな役割をしとるんじゃい?!」

「知りません！　その人は関係ありません。あの映画館にはただ映画を見るために入ったのです！」

「しぶとい女《あま》だな。さっさと言わんと、大切なお道具が使いものにならなくなるぞ」

男の竹刀の先端が、大きく左右に開かれた股間にのび、江里奈の陰阜をこじるようにぐいっと押した。

「うぐっ……」

次から次へ、女の急所を責めてくる恐怖に江里奈の象牙色のつややかな裸身が、脂汗でじっとりとした光をおびてきていた。

えぐられた、捲きこまれた恥毛が微かな摩擦音を立てた。

「ほう、そんなこわい顔をしておれを睨むな！　舌を噛み切るのかね？　おれたちの掟を知っとるだろうが。貴様らの仲間の一人が自決したら、残りの仲間はなぶり殺しに会うということも。それに貴様の家族も一人ずつ消されることになる。こっちのＣＩＡの男もな。万一、こいつが貴様の言う通り関係のないただの男だとしたら、貴様の死は、それをも巻き添えにすることになるっていうわけだ。それでもいいのかね？　え？」

「………」

五道の気持はこれではっきり決った。この地球Ⅱはあまりにも暗く陰惨すぎる！　自分の力でどうかしてやれるものならそれも面白かろう。だが、たった一人の人間の力ではどうしようもないほど、大きな歴史の流れがこの暗黒時代を作っているようだ。ここにはおれの未来はない。一刻も早くおさらばしよう。ただその前に、この女性を救うだけは救わなければ……。

「刑事さん。お遊びの時間は終りだ」

五道の明かるい声に、ギクッとしてふり向いた刑事は、ニコニコ笑いかけている囚人の表情に無気味さを感じた。

「なんか言ったか？」

「ほう、耳が遠いんでしたか。お年ですな。もう引退なさった方がいいんでは？」

「貴様ァ！」

ふり上げた竹刀が空を切り、五道の股間に炸裂する瞬間、五道の姿は消えていた。竹刀がコンクリートの床を叩いた。その痛さに、手が痺れ、思わず竹刀をとり落としかけた刑事の背後で、のんびりした五道の声がした。

「空ぶりっ……。お目々もかすんできたらしい」

「貴様！」

竹刀で突きを入れてくるのを、首をわずかに動かしただけで横に流すと、渾身の力をこめて刑事の股間を膝で蹴り上げた。

「さっきといまの空ぶりのお返しね」

急所を蹴り上げられ、あまりの痛さに息の根がとまり、思わずしゃがみこむ刑事の背中の上に、空中に跳び上った五道が、足の踵に全体重をかけて降り立つ。

「ゲエッ！」

背中を押しつぶされ、踏みつぶされた蛙のような音をだして床に伸びた。

五道はその背中を踏み台にして、ふたたび翔んだ。天井ギリギリの高さまで、瓢箪の力を借り、宙空高く瞬時のうちに姿を現わしたので、見た目にはテレポートしたというより、ただ跳び上ったとしか見えなかった。そしてそのまま、床に伸びて呻いている刑事の背中にとび降りたのである。落下速度と体重を二つの踵だけに集中して。

肩甲骨と脊椎が砕ける鈍い音がした。死んだか、気を失ったか、意識のない刑事の体を、五道は立ったまま足の先で裏返した。

口から血を吐いていた。うつ伏せになったまま吐いたため、口の周りから鼻の頭まで血で真赤に染まっていた。

「あははは。まるでピエロだ……」

江里奈の方を見て笑いかけた五道は、江里奈の表情を見て口をつぐんだ。

（まるで化け物を見るような目でおれを見ている……）

女の顔には助けられたという喜びの表情も、男の強さに対する畏敬の想いも浮かんでいなかった。あまりにも人間ばなれした技に呆然となり、あっという間に刑事の脊椎を砕いていながら、平然と笑っている冷酷さに慄然となっているようであった。

（しまった、やりすぎたか……）

自分でも、いままでの自分とは想像もつかない自分の行動と成りゆきに、五道はさっきと同じ異様な想いをした。

（一体、おれはどうなっているんだ⁈　原因はやっぱりテレポートか……）

巨猿が呟いた、あの効果というか副作用がはっきりと現われ始めていたのである。

五道はズボンをはきワイシャツを着た。上着を袖に通しかけて手をとめ、壁に磔になったままの江里奈を見た。刑事の内ポケットをさぐり、鉄枷の鍵を見つけだすと彼女の体を鉄輪から解き放った。胸もとを片手でかくしもう一方の手で下腹部を覆うようにして、くずれるように床にうずくまった江里奈の肩に五道は上着をかけてやった。

「仲間を助けてくる……」

一言そういい残すと、消えた。

数分後、フッと部屋の中に現われた五道は手にしたものを江里奈の前の床にそっと置いた。江里奈の衣服であった。

「着なさい。早く。他の四人は安全な所まで逃がしておいたから……」

江里奈はふるえる手で素早く服をまとった。その間に、五道は机の上のものをポケットに一つずつしまいこんだ。最後に象を手にとった。手がふれたとたん、陶器製の白い象は二十日鼠のように柔軟な体にもどった。別に喋ることもないので五道は黙ってポケットにしまいこむ。こっちが語りかけない限り象は話しかけてこないようであった。

服を着終り、どうしてよいかわからず、両腕で体を抱くようにして立っている江里奈に、五道は優しく言った。

「ぼくはＣＩＡでもないし、この連中の仲間でもない。またこの地球の人間でもない。空に浮かぶ、他の地球からやってきた日本人だ」

そして君の姿、顔に惹かれたのだ、という言葉を五道は呑みこみ、

「さあ、ぼくの体にしっかりつかまりたまえ。抱きしめるように……」

五道は女の小さな体を両腕で抱いた。江里奈の体がかすかにふるえているのがはっきりわかった。おずおずと男の体に手を回す。

「いいね。いくよ！」

二人は拷問部屋から翔んだ。そして警察署の屋上へ。夜空は晴れ渡り、冴え渡った無数の地球月が皎々《こうこう》と都会の上を照らしている。

「何処が安全かな。君の行きたい所、ないかい？」

「安全な所っていっても……。もう、この日本には心の休まる所なんか、何処にもありません」

「君さえよかったら、ぼくとどこか他の地球へ……」

女の表情を見て五道は、

「そうか、君には家族がいたんだったな」

女がうつむいた。

（そりゃあそうだ。こんな見も知らない男と、家族や仲間と別れてまでよその地球へ行く方がおかしいよな）

五道は両手で江里奈の肩をつかんだ。安っぽいゴワゴワと糊のきいたブラウスの手ざわりが、五道を一層侘しい気持にさせた。

「でも、どう、見るだけでも見に行ってみるかい？　帰りたくなったら、すぐに帰してやるけど……」

このまま、ここで別れたくない気持だった。いま、ここで別れたら、もう二度と、永久に会えないであろうこともお互いに分かっていた。男の気持を察して、江里奈は彼女なりに精一杯の好意で言った。

「あなたは、ここにもっといられないのでしょうか？　私たちを助けてくださると、どんなに嬉しいことか……」

彼女への心の傾斜よりも、もっと他の地球をたくさん見たいという気持の方がはるかに大きかった。それに地球Ⅱ《ここ》はあまりにも危険すぎる！　彼女らの仲間を救いだすために何度もテレポートしたためか、ワイシャツの袖が心なしかまた長くなっているのも気にかかった。これ以上、浪費できない……。

五道は、彼女を街の中におろしてから、別れの言葉をいった。

「もっと平和な日本で、君と逢いたかった。そして二人きりの部屋で、君の美しい裸をゆっくり眺めたかった……」

江里奈の顔が羞恥で真赤に染まった。

「おっしゃらないで……」

思わず江里奈が両手で顔をかくした。

彼女が目を開けた時、男の姿はもうなく、男の立っていた場所に、小さな革袋がポツンと置いてあった。恐る恐る手にとり、中味を掌にあけた時、江里奈は思わず小さな声を上げた。ふっくらした江里奈の掌の上で、無数のダイヤの粒が、夜空に輝く無数の地球月の光を浴び、七彩の光を放ってキラキラと輝いていたのである。

黄の章　狂った向日葵

昼さがりのおだやかな陽ざしが、公園の芝生の上に柔らかく射している。小鳥の群がチチチチと囀《さえず》りながら、緑の梢の間を流れるように飛び交っていた。

五道は地球Ⅲの日比谷公園の中に降り立った。

(どうやら、この国は平和らしい……)

繁みの中から出てきた五道は、草花で縁どられた散歩道を、二人の人影が近づいてくるのを見て、ギョッとした。

なんと、侍と腰元風の女が手を組んで、恋人たちのように親しげに語らいながら近づいてくるではないか！

(地球Ⅲ《ここ》はまだ江戸時代だったか……)

そういえば、日比谷公園といえば江戸城の隣りだ。五道は自分の背広姿を見回して慄然となった。だが、もう隠れるひまはない。

ええい、ままよ、とそのままアベックに近づいた。二人はチラリと五道を見たが別に驚きもせずにすれ違っていく。

(よかった……話に夢中になって、おれの姿が目に入らなかったのだろう……)

五道の脳裏に貴美子の面影がよぎった。彼女ともあんな風にしてここを散歩してみたかった……。

不意に木陰からアフリカの土人が現われた。手に槍をもち顔を白い絵具で模様を描いた、まぎれもない土人である。

ギョッとして立ちどまる五道を、ちらっと見ただけで、土人はまた次の木陰へと走り去っていった。

(なんだ、これは?! 一体、どうなっているんだ?)

道を曲がった所にベンチがあり、そこにも三人の男が腰かけていた。

一人はターバンを頭に巻いたインド人、真ん中に、ルイ王朝風の銀髪のヘアーピースをつけた十八世紀フランスの貴族然とした男、その隣り端に、なんと弥生式衣裳をまとった大国主命《おおくにぬしのみこと》然とした老人……。

ここに至って、五道はやっと事情が呑みこめた。

(そうか、ここは映画の撮影所の中庭になっていたんだ。みんな昼休みで、出演衣裳のままここで休んでいるわけだ。なあんだ、アハハハハ……)

五道のその笑いも、公園から一歩外に出たとたんに冷たく凍りつき、背筋に冷気が走った。

大通りは、地球の東京と同じように混雑していた。その通行人の一人一人が、みんなそれぞれ、古今東西の衣裳をつけ、平然と町を歩いていたのである。

きらびやかな羽根飾りをつけたインディアンの酋長が、相撲の行司姿の男と話しながら歩き、トルコ帽をかむったトルコ人が、毛皮をまとい、手に石斧をもった原始人やインドネシア美人と連れだって歩いている。西部劇スタイルの男、サリーをまとったインド美人、古代ギリシャ人、ダッタン人、中世の騎士から戦国時代の足軽、ｅｔｃ、ｅｔｃ……。

そのどれもが、まぎれもなく日本人なのであった。それらが、まるで古今東西世界民族衣裳のオモチャ箱をひっくり返したような具合に歩いているのである。

そして街並はグリーン一色。歩道も電柱もポリスボックスも、ビルも、ポストも同系統のグリーンに統一されているのだった。ふり向くと、お濠の向こうに聳える宮城も、白壁の代りに緑壁、そして緑色の瓦。なんと、濠に浮かぶ白鳥までもが、緑色に染めあげられていた！

（一体、どうなっているんだ、この街は？）

茫然とたたずむ五道を、何の違和感もなく街はとりこんでしまっている。通行人も別に注意も払わずに通りすぎてゆく。

アメリカは人種のルツボといわれるくらい、世界各国の人種がひしめき合い、同化している国であった。だがそのアメリカでさえ、服装は均一化されていた。東京にいれば世界中の料理が食べられる、といわれるくらい、日本人は世界の文明をとり入れ消化してしまう特徴をもっていたが、その日本人でさえ、服装に関しては、一応の基準をもっていたはずだった。

ところが、ここの日本人ときたら！　それにこの街並の色！

二日後、五道は赤坂に面して建つホテル・タニクラの十五階の窓から東京の街を見おろしていた。

なんとまあ、極彩色《カラフル》な街なことか。眼下の街町は、赤、黄、青、紫、黒、白……と、それぞれ原色に近いカラーがぶちまかれたような様を呈している。まるで世界地図を眺めているような感じであった。地球Ⅲでは、なんと、町ごとにきめられた色彩で家屋や建物が塗りたくられていたのである。

赤坂は真紅、六本木は緑、麴町はグレイ、永田町は黄色、信濃町は青、……といったぐあいである。家の壁も屋根も、ビルの壁面も屋上も、窓ガラスまでが同じ色で統一されているのだ。

五道が緑の日比谷から一気に赤坂の街にテレポートした時、自分の眼を疑ったくらいである。色彩感覚が狂ったのか、自分の眼が兎の眼のように赤くなり、なにもかも赤いガラスを透して見るようにしか見えなくなったのか、あるいは気が狂ったのか、とさえ思った。街の舗道から街路樹までが今度は真紅一色なのである。街路樹も近よってよく見ると人造の樹木に赤いペンキをスプレーでかけたらしい。この街を見た時、五道は英語の熟語《フレーズ》を思いだしていた。

paint the town red——直訳すれば「町を赤いペンキで塗る」ということだが、この熟語の意味は「バーや酒場をはしご歩きして、ドンチャン騒ぎをする」ことを言う。ずっと以前、五道はアメリカの西部劇で、小さな西部の町を酔っぱらいたちが一晩で赤ペンキで真赤に塗りたくったシーンを見たことがあった。登場人物たちはそれを見て呆れると同時にゲラゲラ笑いころげるのだが、その時の五道にはさっぱりその笑いの意味が理解できなかった。あとで英語でこの熟語を知った時、やっとそのプラティカル・ジョークの面白さが理解できたのであった。

赤坂の街は、まさしく、そのジョークに似ていた。しかし、ここの住人が終日ドンチャン騒ぎをしているわけでも、赤い色に特別な意味合いがあるわけでもない。数年前、マスコミで東京の街の汚なさが話題にされたことがある。街に色彩が氾濫し、野放し状態になっているのをなんとかできないか、というのである。

パリでは壁一つ色を塗るにも市当局の許可がいる。カサ・ブランカのように白い屋根で昔から統一された美しい町もある。国際都市東京は、その意味で世界の恥さらしだ、というわけだ。そこでいろんなアイデアが提出され、圧倒的多数で都議会を通過したのが、

「えーい、いっそのこと、町の名前やムードに因んだ色彩で地図のように町ごとに色を塗りたくっちゃえ！」

という案だという。かくして、世界でも類を見ない〝色彩豊かな都市〟が生まれ、観光都市東京の名前ががぜんクローズアップされ、世界中から、このバカげた街を見に観光客があとを絶たなくなった、というのだ。

こうなると、市民も悪のりを始め家の外面ばかりでなく、家具調度品まで同系色で統一し始めたのである。キッチンのユニットも赤で統一し、トイレも赤い便器に赤いトイレットペーパー、流す水にまで赤い染色をぶちこんである。（さすがに水道の水までは染めないが）。飼犬、飼猫も当然毛を赤く染めあげ、ペットも金魚が大流行。ハエやゴキブリまで赤く死ぬ（殺虫剤のスプレーに赤い塗料が混入してありまして……）。庭土も赤土に変え、アリンボも赤アリを移住させた。赤トンボを養成し、学校の黒板も赤板に変え、プールの壁面も赤く塗ったので赤い水の中で泳いでいる感じ。当然、赤坂の住人が購読する新聞も、赤いインキで刷った「赤旗」だ！……。

不便なこともある。背景が赤一色なので、交通信号の赤いランプが背景にとけこみ、見落としがちになり、交通事故が増えた。還暦祝いにせっかく赤いチャンチャンコを着てもさっぱり映《は》えず、結核患者が、赤い絨毯や赤い紙に赤い血を吐いても、さっぱり迫力がない。

服も赤一色だし、髪の毛も男も女も赤く染めているので、どこの街に出かけても、

「あっ、赤坂の人だ。いや、赤羽かな?」と、まあ、どっちかの住人だな、ということが一目でわかるわけである。もっとも、他にも赤を町のカラーに選んだところもあるが、赤坂の赤は本家といった感じで、ズバ抜けた赤なのですぐにわかるのだ。

五道のいるホテル・タニクラは、赤坂を見おろしてはいるが通り一つへだてて、きわどいところで麴町に入っているため、こんな気狂いじみた色彩ではないのが救いだった。甘酒を作る麴《こうじ》の色は白か灰色かでもめ、結局、落ちついた感じの灰色《グレイ》になった。やはり由緒あるお邸町の貫禄というか良識というか。

五道は金には困らなかった。巨猿がくれた宝石はすべて、神江里奈にあげてしまった。彼女のことだ。きっと地下組織の資金として有効に使ってくれているにちがいない。

五道は地球Ⅲが住みよい所だと知るや、白昼堂々と市内の大銀行に行き、昼休みを見はからって金庫室にテレポートして、古い札束をごっそりいただいてきたのだ。地球Ⅲ《ここ》が自分のモラルを育てた地球でない、ということが、これほどまでに罪悪感を感じさせないものだとは、五道は自分でもびっくりしていた。それに例の〝瓢簞効果〟(五道はテレポートするたびにかすかだが生じてくる体の縮小というか退化というか若返りというかの肉体的副作用と、だんだん図々しく、タフに、楽天的になってくる精神的副作用をそう呼ぶことにしたのだった)。

(この調子だと、なんだか人殺しも平気でできるみたい……)

そして現に、地球Ⅱでは刑事を一人、そんな目に会わせているのだ。必要なら殺す――おれが法律だ――というのがいまの五道の自信を支えていた。

何もかも、グレイ一色のホテルの一室で、五道は窓から離れると、ベッドに仰向けに寝ころんだ。こんな退屈なひととき、彼の話し相手になってくれたのは小さな白い象であった。象はベッドサイズの小机の上にチョコンと乗り、小さな長い鼻をブラブラさせていた。

五道が独り言のように象に話しかける。

「結局、あの人間のいない地球、一体どういうことだったんだろうか？　マリー・セレステ号の場合と同じ謎なのだろうか？」

『マリー・セレステ号の事件の真相は知らないが、あの緑の地球の真相は分かったような気がする……』

五道はびっくりした。

「なんだって?!　君は知っていたのか？　どうして教えてくれなかったんだ？」

『君が一度もぼくにそんな質問をしなかったから。ぼくは人に質問されたり、何か依頼された時だけ応待できるように作られているんでね』

「すると、君はやはり機械なのか？　精巧なロボットというわけか」

『機械でもあり、生物でもあり、サイボーグでもあり、そうでないようでもあり……。まあ、君の常識では判断できまい。さっきの話だが、あの地球は少し前、宇宙の彼方からやってきたエイリアンに占領されていたんだ。あそこの文字を見た時、それがわかった』

「じゃあ、そのエイリアンの正体を知っているのか？」

『だいたいね。それは人類とは異った特殊な体質でね。物質転送機を大量に地球に運びこみ、地球人を自分の星に転送するのと入れ替りに地球にのりこんできたのだが、地球の気候が根本的に彼らの星とちがっている所があったらしい。移住が終り、そこでの生活が一段落したあとで、それに気がついた。というより、地球で汎世界的な異常気象が起きた。異常体質な彼らには、それが乗り切れなかったんだろう。そこで、ふたたび物質転送機を使っての大移動が始まったのかもしれない』

「全部、君の憶測か?」

『推理もあるし実証できる部分もあるが、どうでもいいだろう。ただ、そういうことも有り得た、という話だ。それが、真相だ、とは言わんがね』

「だんだん孫先生めいてきたな。それにしても、君の知識は相当なものらしいね?」

『まあね。ぼくの体は小さいが、一種のデータバンクともコンピューターともいうこともできる。そのデータの量は膨大なものだ。何しろ、何千年も生きていれば、いろんなことがあるからね。それを全部記憶しているとなると、やっぱりちょっとした生き字引きというわけだ』

「文字通り、ウォーキング・ディクショナリーというわけか。そうだ、君の名前をやっと思いついた。アゴン。君の名はアゴンだ」

『ありがとう。名前がついて、やっとぼくも有の存在になれたわけだ。〝万物はそれぞれ名を与えられてはじめて万物となる〟わけだからな。アゴンとは阿含経《あごんきょう》の阿含か』

「そう。アーガマ。阿伽摩《あかま》の阿含だ」

仏教の阿含経とは、古来から伝承されてきた仏陀教法の聖典のことだが、もともと阿含とは古来から代々伝承されてきた教説や諸説を集成した聖典のことをいう。言いかえれば、その宗教の教義に関する全資料のデータバンクともいえる。五道にとって、この白象はそのアゴンのような存在に思えてきたからであった。

『うふん。アゴンか。いい名前だ。ありがとう』

テレパシーでそう言うと、アゴンは鼻を高くあげて「クォーン！」といなないた。

「それにしても、ここの住人の感覚というか思考法は少し狂っていると思わんか、アゴン？」

『服装のことか？』

「ああ」

やっとまあ、民族衣裳に慣れたとはいえ、最初のショックがいまだに尾を曳いている。

『狂っている、というよりも、ここでは伝統などというものをありがたいとも何とも思っていないのではないかね。ということは、君の世界の常識では想像できないほど進歩的だということもできる。ここの連中にいわせれば、君のいた地球の方がよっぽど間抜けでバカだ、というかもしれないな。伝統、規則、常識に捉われない自由奔放な生活を愛している人たちなんだろうな』

五道は、ここの住み心地良さに改めて思い至った。何事にも捉われたり縛られたりすることの大嫌いなリベラリストの伯父の久道がここを知ったら、さぞや喜び、

「おお、おれはそこに定住するぞ！　気に入った！」

と言うに違いない、と五道は思った。

五道はふいに立ち上り、服を着がえた。昨日買ってきた明治時代の書生姿である。五道は姿三四郎を気どったつもりだが、なんせ、赤坂のブティックで買ったため、真紅の着物に真紅の袴であった。それに赤い鼻緒の赤い朴歯《ほおば》の高下駄をはいた。

「まるで天狗だね、こいつは」

五道はふところにアゴンと銭入れを入れると、街に出た。地下鉄を乗り換え、ついた所は根津《ねづ》の藍染町《あいそめちょう》である。そこに貴美子の家があるはずであった。

ここの東京をざっと歩き、まず気がついたことは、五道のいた東京と、時代も町名も驚くほど似ている、ということであった。気狂いじみた町の色と衣裳を除けば、ほとんど変りがないといえた。地下鉄の敷設情況までが大体同じだった。ということは、もしかしたら、もう一人の流水五道や貴美子、志津子姉妹が、同じ住所に住んでいる、という可能性も大きい。五道は記憶をたどって淀家の住所を思いだし、ここへやってきたのだった。

町名からあらかじめ想像していた通り、藍染町はまさしく藍一色に染め上げられた藍色の町であった。

ここは戦時中も焼けなかったため、古い家並が曲がりくねって立ち並んでいる。朴歯を鳴らし鳴らし、狭い藍色の露地を通り抜け、やっと目的の番地に辿りついた。

（ここいらあたりのはずだが……）

やっぱり胸が高鳴った。息苦しささえ感じる。古びた一軒の門柱に、「淀」という表札を見つけだした時、五道は思わずそのまま地面にのめりこんでしまいそうな衝撃に襲われた。

（貴美子の家だ！　彼女はまだ生きているのだろうか？　それとも……）

小さな門構えの一軒家である。門のくぐり戸を開き、御影石の踏み石をいくつか歩くと、玄関があった。藍色の格子戸に手をかけるとガラガラと小さな音をたてて開いた。うす暗い玄関に一歩踏みこみ、声をかけた。

「ごめんください！」

奥の方でハーイという女の声がして、十二単《ひとえ》の衣裳をつけ、長い黒髪を背中に垂らした女性がしずしずと現われて三つ指をついた。

「どなたさまでございましょう？」

本来の十二単なら、白小袖に紅袴なのだろうが、さすがに土地柄、ちゃんとタウン・カラーの藍色の小袖に藍袴姿であった。

藍色ずくめの背景と衣裳の中に、白い顔が藍の色を映してか、青白いくらいの白さで浮かぶ。そこに、懐しい貴美子の顔があった。あの藍色の闇の中に、五道と地の底に翔んだ貴美子の顔があった。

「貴美子……生きていてくれたのか……」

呟くように五道の口から言葉がこぼれた。

「はあ？」

小首をかしげ、

「どなた様でしょうか？」

「あなたは、貴美子さんですね⁉」

「はい、さようでございますが……」

言葉づかいまで衣裳に合わせているらしいことを知り、五道は地球Ⅲ《ここ》のゆとりある洒落っ気精神がますます気に入ってきた。

「志津子さんという妹さんがいますか？」

「はい、おりますが……」

もう間違いない！　あの貴美子が、生きて、いま、目の前にいる！　知的で細っそりした顔立ちといい、そのすき透るような声音といい、まさしくあの貴美子であった。あの三年の青い月日が、切断された彼女のイメージを、五道の記憶から拭いさってくれていたのも嬉しい発見であった。あの生首の貴美子は、まぼろし、ただの悪夢。

病床で呻いていた貴美子よりも、ずっと健康的で、生き生きとした貴美子が、いまここにいる！　藍色の十二単に包まれて……。

五道は大きく息を吸った。最後の決定打！

「ぼく、流水五道です！」

貴美子の顔にけげんな表情が浮かんだ。

「は？　つるみ様？」

「知らないんですか、ぼくの名前を……」

顔を知っていないことはさっきから明らかだった。それは瓢簞効果で、自分の顔や身長が変ったからだろうことは想像していた。少しでも昔の背の高さを再現させようと、わざわざ朴歯をはいてきたというのに。だが、いま、名前も知らないことを知った五道の心に複雑な戸惑いが生まれた。

(となると、おれをどう説明したらいいのか？　いや、ということは、まだ彼女が五道とめぐり逢う前の時点におれがここに来たということになる。これはまだガンにおかされていない貴美子なんだ)

五道の心が逆に明かるくなった。

「とすると、まだ女子大には？」

「女子大に？　私がですか？　おほほほ……」

口をたもとで押え、貴美子が笑いだした。

「なにが、おかしいのですか？」

「まあ、失礼いたしました。いいえ、なんでもありませぬ。とにかく女子大には行っておりませんわ」

「ぼくは、じつは、あなたの未来の恋人になるはずなんです……」

「………」

バカじゃなかろうか、というような目つきで女が五道を見上げた。

「いや、正気です。ぼくは、大空に浮かんでいる無数の地球の中の、もう一つの地球から来たんです。そこの地球で、ぼくはあなたと同じ顔、同じ名前、同じ所に住んでいる女性と恋をした。

しかし、彼女は病気で死んでしまった。そこで、ぼくは彼女を探し求めてここまで来た、というわけです」

「でも、どうやって、ここへ？」

「テレポートしてきました。ＳＦ小説によくあるでしょう？」

「ええ、存じてます。だけど、そんなことが実際にあるとは信じられませんわ」

「じゃお見せしましょう」

五道が一瞬、虹に化けたのかと貴美子は思った。だが、目の前から確実に男の姿が消失し、赤い朴歯だけが玄関の三和土《たたき》の上に残っていた。

「まあ……」

その時、家の奥から男の声がした。

「ぼくはここです！　勝手に家の中へテレポートさせていただきました。詳しいことはこれからお話しますから、こちらへいらして下さい」

奥の座敷で五道の話を聞いているうちに、貴美子の表情にだんだん男の話を信じ始めた色が浮かんできた。両親はアメリカへ行って不在であり、妹の志津子はまだ中学から帰ってきていない。貴美子は大学に入らず、家で家事をきりもりしていた。

だんだんうちとけてくるにしたがい、五道の胸に、目の前の貴美子への思慕の念が湧いてきた。それは当然であろう。一回きりの契《ちぎ》りとはいえ、貴美子は自分の妻だったのだ。その貴美子と瓜二つの女性が、生きて、若い女の色気を発散して目の前にいるのだ。

昔の五道だったら、そんなことはしなかっただろう。しかし、五道は変った。それにここの気狂いじみた色の世界。長い間、女を抱いたことのない五道の若い肉体に、フツフツと獣の情欲が湧いてきた。

藍色の世界の白い顔。

（この色が悪いんだ！　この極彩色の街が、この色彩《いろ》気狂いの街が、おれを色情《いろ》気狂いにしたんだ！）

欲情の堰が切れた。女と二人きりで、しかもあれほど恋いこがれていた永遠の妻と二人きりでいることが、五道の獣欲に点火した。

まるで飢えた野良犬のように、五道は貴美子に襲いかかった。

「ああ、なになさいますの！……いやっ！　やめてえ……」

藍色の着物の裾がまくれ、白い脚が藍色の花びらの中で、二本の雌蕋のようにゆらいだ。

「貴美子！」

「いやっ！」

死ぬもの狂いの烈しい抵抗に、まだ昔の内気な五道の片鱗が残っていたらしく、一瞬たじたじとなり、情欲の鬼の角が少し萎《な》えかかったが、すぐに気をとり直し、硬直した体をぐいぐい押しつけるようにして、貴美子の体から自由を奪っていく。

か細い貴美子の両手首を、五道は左手だけで束ねるように鷲づかみにすると、彼女のおすべらかしの頭の上に万歳の形で抑えこむ。

「あっ……」

両手の自由を奪われ、エビのように体を弾《は》ね返らせて男の体の下でもがく貴美子の、まくれ上った十二単の裾に手をさしこみ、膝頭からすべすべした内腿に手を滑らせていく……。

むっちりした太腿の交わる熱い接点に五道の指先が触れた。かそけき繊毛に縁どられたしっとりした柔肌の襞が息づいている。

貴美子の体から力が抜けた。

五道の指先が、もう濡れ始めている肉の果裂を辿り、恥毛に覆われた丘へと伸びた時、五道は全身に水を浴びせられたようなショックを受けた。

(な、なんだ、これは?!)

ふっくらした肉のあわい目が閉じた所に、なんと男のペニスが硬くなっておののいているではないか。

「ふたなり、か……」

五道の記憶を、銀毛に覆われた巨猿の、いたずらっぽい笑い声がよぎった。

「……なんなら見せてもいいがね」

五道の体から、嘘のように官能の昂ぶりが消え、欲情の塊がしぼんでいくのがはっきりわかった。

体を起こし、乱れた裾をつくろいながら、貴美子がぽつんと言った。

「私が女子大に行かなかったわけ、おわかりになったでしょう……」

「すまなかった。謝る」

「いいの、もう。小さい頃から声も気持も女だったから、女としての一生を送ろうと思ったのだけど……やっぱり駄目みたい……」

襟もとを合わせ、ひっそりとうつ向いている貴美子の姿を見た時、五道の心に、さっきの昂ぶりとはちがった限りない優しさと慈しみの愛がこみあげてきた。だが、いまさら、なんと言えばいいのか？　何を言っても、この不幸な女（？）を傷つけてしまいそうな気がした。

五道は明かるい声で言った。

「ね、新宿にでも飲みにいかないか？　いいんだろう、出ても？」

「ええ……陽気にやりましょうか？　お近づきのしるしに」

「ああ、いいな。パーッとディスコかなんかで騒ごう」

「はるばるこの地球へ訪ねてきた〝月よりの使者〟へ乾盃！　ナーンテね。妹には、なんか書いておくからいいわ」

平安朝の女が現代娘になっていた。

髪をおすべらかしからポニーテイルに結《ゆ》い変えると、Tシャツにジーンズ姿で、貴美子は五道と藍色の格子戸を開けて外に出た。

宵の口の新宿は、あい変らず人の波でごった返していた。新宿は黄色の街であった。レモンの黄色、バナナの黄色、パイナップルの黄色、そして五道にはそれらのどの黄色よりも、真夏のギラギラ輝く陽を浴びて、つややかな黄金色に輝く大輪の向日葵《ひまわり》の黄色に見えたのである。

町名に関係なく、区全域を、墨汁の黒一色に塗りつぶした墨田区と、まさに正反対の明かるさと狂躁さに満ちた黄色の街、新宿であった。

「まるでゴッホの向日葵の絵の黄色だ……」

五道が呟くと、貴美子も、

「ほんと。でも私、この狂ったような色が大好き!」

五道はゴーガンの手記を思いだした。

ある時ゴーガンは、ゴッホが大好きな向日葵を描いているシーンの肖像画を描いたことがあった。できあがった自分の肖像画を見たゴッホはこう言った。

「確かにぼくだ。だが、発狂したぼくだ!」

光の溢れるアルルで、ゴッホは小さな黄色い家の中で向日葵を描き続け、やがて狂っていく。自分の耳を切りとって、女へプレゼントした狂ったゴッホ。その狂人を見ようと、彼の住む黄色い家へ群がり集まる村人たち……。その中でゴッホがいつも考えていたことは、去年の夏、自分が達し得た高貴なまでの黄色の色調だった……。

その黄色が、狂人の棲むその黄色い家が、この新宿には氾濫し、ひしめきあっている。黄色の街は若者の街である。みんなよその街から流れこみ、明け方には消えていく。だから、黄色い新宿には住人がいない。みんなが、それぞれのタウン・カラーの衣裳をつけて集まってくる。新宿には、いつもあらゆる色彩が氾濫している。黄色い街にバラ撒かれた極彩色の渦が、とめどなく街の通りを流れてゆく。新宿は一年中が南国のカーニバルの街。

藍色のTシャツにジーンズの貴美子が、朱色の朴歯に赤い袴をつけた赤い三四郎姿の五道の腕にぶらさがるように腕を絡ませ、ぴったりと寄り添って歩いていく。

あの死にもの狂いの抵抗が、操を守るためでも、男への嫌悪感でもなく、異常な肉体からくる羞恥心だけであったことを五道は悟っていた。若い女の、弾むような肉体のぬくもりと弾力が、五道の腕を快く痺れさせていた。

「ここでは、衣裳が変ると、喋り方から性格まで変るのかい？」

「ええ、そうよ。その衣裳の時代の人や、その衣裳、化粧などにぴったりのキャラクターをそれぞれ頭に描いて、その役になりきるの。たった一つの性格、たった一つの人生なんてつまらないじゃん。同じ人生なら、あらゆることを味わい、経験しなくっちゃあ損しちゃうもんね」

「それは知らなかった。じゃあ、ぼくも君に合わせて、違う衣裳とキャラクターにするかな」

「いいわよ、それで。あたし、そういう明治時代の書生っていうのも好き。とにかく、この世は人生劇場だもん」

「なるほど。おれはさしずめ青成瓢吉ってわけだ……」

人生劇場という言葉が、五道に、人生を映画鑑賞にたとえた自分の青臭い人生観を想いださせた。ほろ苦い思いであった。

人生、どうせ生まれたものなら、やっぱりとことん楽しんでから死ななくてはウソだ。どんなにつらくとも、どんなに悲しくとも、いつか必ずそれとは逆の、うんと楽しい、うんと愉快な人生が訪れるにちがいないのだ。人間万事塞翁《さいおう》が馬だ。野球でもいうじゃないか。ピンチのあとには必ずチャンスあり、と。

五道はふと、誰だったか有名人の墓碑銘を思いだした。――「醜く、強く、確かに」

そんな自分が、五道には、自分ではないような気がすることが、この頃よくある。ひょっとしたら、おれの魂を誰か他の魂にのっとられたんではないか、とさえ思うのだった。だが、そのたびにやっぱり、これは瓢箪効果の一つにちがいない、と納得させるのだったが……。

スナックで、ディスコで、すっかり警戒心を解いた子猫のように体をすり寄せてくる貴美子のいじらしさに、五道もまた彼女の異常体質に対する嫌悪感が和らぎ、やがて、グラスの中の水割りの氷のようにあとかたもなく消えていくのを感じていた。

快い酔いが、二人の垣根をとり払い、貴美子の官能的な柔らかい体が、五道にふたたび昂ぶりを目ざめさせていた。

小柄な貴美子の肩を抱くようにして、二人は近くのラブホテルに入った。

仄暗いルームライトの中で、五道はもう嫌悪感も感じずに貴美子の体を愛した。

「邪魔にならない?」

「ああ、大丈夫……でも、面白いね。君も興奮すると、これがちゃんと勃起するんだな」

「うん、男と同じでしょ。面白い?」

「うん、とても面白い。痛くないか?」

「ええ、少し……。あ、だめ、そんなにきつく押しつぶしちゃあ……ああ、すごうく、いいわ」

「わかるよ、こんなにビーンと硬くなって……」

そして、二人は同時にピークに達し、同時に射精した。

「おかしいもんだな」

「みんなそういうわ……」

「男、何人も知っているのか？」

「ええ。それに女も、ね」

「まさしく、両刀使いというわけか」

ここはフリー・セックスの国であった。お互いに気に入れば、いつでも、誰とでも気楽にプレイできた。

「すると君は、セックスに関してはふつうの人間の二倍も楽しめるわけだ」

「いいえ、二倍じゃない。四倍よ……」

「えっ?!」

「あたし、レズもホモもできるの。どっちの感覚もあるわけね。ひょっとしたら、あたし、色情狂《ニンフォマニア》になって狂い死にするかもしれない」

あの、清純で、聖女のような貴美子が、これを聴いたら何というだろうか、と五道は思った。もっとも、いまの五道には、その清純さも聖女的な清らかさも、五道の主観が造りだしたイメージにすぎないのではないか、という自覚はあったが。

「ねえ、オカマ、やってもよくってよ」

五道にホモの趣味はまったくなかったが、いま味わった若い女の体の、蠱惑的なまでの官能美の中でならきっと素晴らしいような気がしてきた。

同時に〝オカマ〟の語源をふと思いだして五道の頰を微笑が走った。オカマとはもともと僧侶の間での隠語であり、語源は仏教の原典であるサンスクリット語なのだ。カーマ・スートラの〝カーマ〟からきたという。

(孫先生のセリフじゃないが、また教養が邪魔したか……)

ベッドに仰向けに、体を丸めて白い裸身を晒している貴美子のふくよかな肉体は、瘠せ衰えて死んだあの貴美子とはあまりにも対照的であった。着やせするたちなのか、ヌードの貴美子は、どちらかというと太り気味の見事な肉体の持主であった。いくら掌でつかんでも、マシュマロのようにふっくらとして手の中で溶けてしまいそうな乳房の感触が若い五道を夢中にさせた。どこから抱きしめても、まるで五道の鋳型にはめこんだのではないかと思えるくらいにいつもぴったりと彼の腕の中に収まってしまう不思議さ。くびれたウエストと、丸く、あくまでもふくよかな二つの双丘。

「ラーゲはどうなるんだい？　やっぱりバックなのか？」

「どっちでも。ほんとは正常位の方がいいみたいだけど」

「じゃ、バックから。いいか？」

「ええ、どうぞ……あっ……そう……」

はじめて味わうアナル・セックスの異様な快感に、五道の五感は痺れた。

(こんな世界があったのか……)

ふたたび、同時に果てた時、貴美子がクスクス忍び笑いをした。

「あのね、これをやる時いつも思いだす小噺があるの。知っている?」

「いや……」

「はじめてオカマを抱いた男がいたの。彼は相手がオカマだとは知らないで、ふつうの女だと思っていたのね。で、バックで攻めている最中、あんまり気持がいいんで後ろから相手を抱きしめたわけ。それも手でオカマのモノを握りしめ、それを自分のモノと勘ちがいしてびっくり仰天。『あっ、ごめん、おれ突き破っちゃった!……』」

五道も声を立てて笑いながら、ふと死んだ貴美子を想った。

(怒ってるかい、貴美子? ぼくは君を裏切ったのだろうか? 君の面影をいだき続けたまま一生、他の女を知らずに送るべきなのだろうか? いま、ぼくのしていることは、君への背徳行為なのだろうか? 君の死は犬死だったのだろうか? それとも、こんな風になってしまったぼくを君は許してくれて、逆に喜んでくれるだろうか?)

五道にはわからなかった。だが、あの青の世界で生まれ変って以来、巨猿の影響もあり、その上瓢簞効果も加わり、五道は、ついさっきも感じたように、醜く、強く、確かに生きることにしたのではなかったか。

五道は貴美子の亡霊と、いや、彼女へのモラルと縁を切ることにした。さもないと、いつまでも苦しまなければならない……。

(さようなら、貴美子! これから、第二、第三の君を求めての遍歴を重ねることになるが、許

してくれたまえ)

　風呂から先にあがった五道は、テレビを入れた。ホテルで見た時はいつも歌謡番組しかやっていなかったのが、珍しく何かやっていた。チョンマゲ姿の司会者が、江戸時代の衣裳を着て早口で喋っている。そのウィットとユーモアの抜群のうまさに、五道は腹をかかえて笑うと同時に舌を巻いた。

(おれの日本にこんなのがいたら凄い人気になるだろうな……)

　司会者のデスクの上の名札が映った——大田蜀山人。

(そんな……馬鹿な！　あっ、そうか。芸名なわけか。蜀山人にあやかろうというわけだな。日本にだって藤原釜足っていう俳優がいるくらいだから……)

「では次の方、どうぞ」

　大和朝時代の衣裳の男が現われた。

「で、あなたの特技は?」

「記憶術です」

「なるほど、おっと、お名前をうかがっていませんでしたね」

「はい。稗田《ひえだの》阿《あ》礼《れ》です……」

「なるほど。変った古風なお名前で……」

　五道はさっきの仮説が誤っていることに気づいた。

(タイム・マシンか？　タイム・マシンで各時代の有名人を呼び集める番組かもしれん)

稗田阿礼がその抜群の記憶力を披露してから退場すると、今度は江戸時代の侍がでてきた。

「お名前は？」

「平賀源内」

「お仕事は？」

「町の発明家と申すところかな」

「今夜の発明品はなんですか？」

「されば、電子頭脳を使った立体宇宙戦争ゲーム……」

こうして次から次へ、五道の知っている歴史上の有名人が次々に登場した。

貴美子が風呂から上ってきた。長い黒髪を頭に巻きあげ、タオルでターバンのようにしているのがなんとも若々しく色っぽい。湯上りの桜色の肌が眩しいくらいに輝いている。五道の体を背中から抱きすくめるように、ぴったり裸の体を押しつけてくる。もう硬くなりはじめた貴美子のペニスが、五道の背中をくすぐったく突っついた。

「あら、『一人一芸』見てらしたの？　いろんな人が出るでしょう？」

「ああ。だけど、これ、一体どうなってるんだ？　みんな歴史上の有名人ばかりじゃないか」

「え？　まさか……」

「だって稗田阿礼は『古事記』で有名だし、平賀源内っていえば……」

「コジキ？　なあに、それ？」

「『古事記』を知らんのか？　『古事記』『日本書紀』と有名だろうが」

「『日本書紀』なら知ってるけど。コジキなんて知らないわ、乞食のこと？」

「平賀源内は？」

「知らないわよ、そんな人」

「じゃ、いま鉄製の弓をひいている鎮西《ちんぜい》八郎為朝《ためとも》は？」

「もちろん、アイ・ドント・ノー」

この狂った世界では、なんと服装だけでなく、歴史的な人物の系譜も時代的に混乱しているらしい。一体、なんという世界だ?!

五道がチャンネルを回した。

「あっ、大学教養講座よ。あたし、この先生好きなんだ。まだ若いけど、東大の教授だって。ね、このヒゲ、素敵でしょう？」

現代文学の講座らしい。

「というわけで、大江健三郎の最新作についての批評はいろいろと……」

ブラウン管の中では、若い夏目漱石が、あの見事なヒゲを指でしごきながら、ハイカラー姿で喋っていたのであった。

貴美子を藍染町の自宅まで送り、妹の志津子にも会い、お茶をご馳走になったあと、五道は夜道をぶらぶらと千駄木町から団子坂の方へ歩いていった。向こうに屋台のラーメン屋の灯りが見えた。急に空腹を覚え、五道は屋台に首をつっこみ、

「ラーメン、一つ！」

うす暗いアセチレンランプの灯りで、ベンチに腰かけていた男が顔をあげた。

「ラーメン？　そんなものないな。看板をよく見たかね？」

五道があわてて屋台にさがっている提灯を見直した。「支那そば……」と書いてある。

「あっそうか。失礼。支那そば一つ……」

男は、読みかけの洋書をベンチに置くと、面倒くさそうに立ち上り、支那そばを作りはじめた。まだ二十台の若い男である。丸縁の眼鏡をかけた面長の青年で額が広い。

五道はその顔を見てハッとした。まさか、……でもひょっとしたら……第一、ここはあの団子坂じゃないか！　思いきって五道は声をかけた。

「あのう、もしかしたら、あなたの名前は、平井さん？」

「えっ？　そうですが……」

「平井太郎さん？」

「そうですけど……。どなたでしたっけ？」

「いや、あなたはぼくのことは知りませんが、ぼくはあなたのことをよく知っているんです」

「……」

青年の知的な眼が、何かを推理するかのようにじっと五道の全身に注がれる。五道が逆に、

「いま、あなたが読んでらした原書は、犯罪学の本、もしくは外国の探偵小説でしょう？」

青年の眼が、こんどこそ大きく見開かれた。

「ど、どうしてそれを……」

「あなたは、探偵小説家になるのが夢だ……」

「なあんだ、ぼくの仲間から聞いてきたんですか。そんならそうと、言ってくれればいいのに……」

「いや、ちがう。簡単には説明しにくいけど、あなたはいまに大作家になりますよ、探偵小説の世界でね。江戸川乱歩というペンネームで……」

「エドガワ・ランポ? エドガー・アラン・ポーのもじりか……」

「ま、とにかく、あとでゆっくり話しますから、ラーメン、いや、支那そばを早く作ってください」

「あっ、失敬。いま作りますよ」

できあがったラーメンを、うまそうに一口すすった五道は、

「ウッ!」

口をもぐもぐさせていたが、唇のすき間から茶色いものをひっぱりだしてアセチレンの灯にかざした。平井太郎こと、未来の江戸川乱歩が、平然と言ってのけた。

「なんだ、チャバネゴキブリか。たった一匹しか入ってませんでしたか?」

結局、五道はその地球Ⅲに一年ばかり滞在した。とにかく自由で、変化にとみ楽しい世界であった。乱歩青年とも仲良くなり、いろいろなアイデアを教えてあげた。みんな江戸川乱歩の作品ばかりであったが……。

貴美子とは三日に一度はデイトし、ナイトした。交われば交わるほど、五道はふたなり美人の魅力の虜になっていく自分に空恐ろしささえ感じ始めていた。

「君は蟻地獄だ！」

「あなたも素敵よ。あなたは月から来た悪魔……」

妹の志津子はまだ中学生で、セックスの対象にはほど遠い感じであった。

「あと三年後にくれば、君たち姉妹とプレイできたのに……」

「ほんと。くやしい……」

志津子が大袈裟に口惜しがってみせて二人を笑わせた。

五道の中で何かが、ふたたび彼をせき立てていた。

（ここで、彼女と一生暮すつもりなのか？　それならそれでいい。しかし、もし万一、もっと、他にやっておきたいことがあったら？　他の地球をもっと見る必要があるのではないか？　なんのためにこの旅に出たのだ？　ふたなりのセックスに酔い痴れたまま、一生を終えるつもりなのか？）

そして、もう一つ、五道をせかせる大きな要因があった。

（空に浮かぶ無数の地球は、一体いつまで浮かんでいるのか？　それが突然現われたように、また突然消える可能性もあるではないか？　もし、ある日、目が覚めてみたら、この地球Ⅲしか無かった、という時、おれはこの狂った世界で、男としての充実した悔いのない一生を送ることができるだろうか？）

答えはもちろん「ノン」であった。久道伯父だったらきっと優雅に楽しく送ることができるだろうが、おれにはできない、と五道は思った。女または家庭と仕事と、どちらを選ぶか、といわれたら、五道は躊躇なく仕事を選んだにちがいない。

一年後、五道は二人の美しい姉妹に別れを告げると、一本の虹となって翔んでいった。次の未知の世界へ。地球Ⅳへ。

橙の章　ジベレリンの精

五道の天路歴程《てんろれきてい》が続いた。

四番目に訪れた地球Ⅳは、なにもかもが地球とは正反対の星であった。正反対とはいっても、いわゆる〝鏡の国〟的なものではない。風俗、習慣、思考法、道徳観が、五道のいた地球人とはあべこべなのだ。

たしかに、地球でも、東と西とでは正反対の場合が多い。鉛筆を削るのでも、日本では手前から向こうに削るが、西欧では向こうから手前に削る。カンナも日本では手前に引くが、西洋では押す。サヨナラの手のふり方も逆なら、招き方もあべこべ……。だが、地球Ⅳではそれが極端な形で表われる。

赤ん坊が生まれると、人々はお通夜《つや》に相当することを行ない、両親におくやみを述べ、人が死ぬと、結婚式さながら、お祝いをするのだ。生まれてきたとたん、生まれてきたことを後悔したような五道にとっては、この気持は十分に理解できた。たしかに誕生は忌《い》むべきことであり、死は快楽につながる。だが地球では、洋の東西を問わず、そんな風習のある国を五道は聞いたことがなかった。

(なぜ、そうしてはいけないんだ? なぜ地球では、あれほどまでに形式と習慣にこだわるのだ?)

だがよく考えてみると、形式と習慣にこだわることにかけては地球Ⅳも地球に劣らないといえた。ただ、それが根本的に異なっているだけの話であった。五道が言いたいのはそういうことではない。なぜ、ものごとを、もっと自由に、いろいろな面から考えられないのか、ということであった。

地球Ⅳの人々は、日常生活、職場などではできるだけ凝った贅沢な服を惜し気もなく着つぶし、外出や訪問、冠婚葬祭の時には地球人のいう普段着を着た。これも、地球人のどの国、どの種族にも見られなかった風習といえた。彼らに言わせると、これの方がよほど合理的ではないか、というのである。人生の中でも、もっとも長い時間の部分を占める日常生活や職場でこそ、ゴージャスで芸術的雰囲気を享楽すべきではないか、というのだ。もちろん、仕事や雑用に不自由な衣服は避けるべきだろうが、テレビを見たり、くつろいだり、会社で事務をとったりする時ぐらい、自分のもっとも気に入った、贅をこらしたカッコのいい素敵な衣裳を楽しむべきではないか。

彼らにとって五道の話が解せない最大の点は、

「なぜ、冠婚葬祭や訪問に、いい着物を着るのか?」

ということであった。

「人に会ったり祝ったり、悲しんだりする時にこそ、人間として、ほんとの自分の人間性と人となりを示し、見せるべきじゃないか。服装で相手を欺すことなく、質素な服をまとい、裸同士でつき合ってこそ、真の社会人といえるのではないか。自分の好みをたぶんに出し、ゴテゴテ着飾ったり、自分の美意識を満足させるための上等な服などを人に誇示するなどとは愚の骨頂ではないか。愚というよりも偽善だ!」

そう言われると五道にはうまく反論できず、なんだか地球人が虚飾と偽善の塊のように思えてきた。地球人のそんなところが嫌さに、五道の厭人癖がつのっていたことも確かだっただけに、彼らの意見には、心の底では諸手をあげて賛成したいくらいであった。

教育制度も一風変っていた。

頭のいい者、勉強好きな者、家の豊かな者などが高等教育を受けるのが常識の地球人に対して、地球Ⅳでは、まったくその逆だったのである。

頭が良くて勉強好きの者は学校へ行く必要が無かった。終日、一年中、好きなことをやっていればよい。自分の才能をとことん伸ばしていればよいのである。そのために、公共図書館、公共実験室、体育館、スポーツ場などの設備は驚くほど完備し、それぞれに優秀な個人教師、コーチなどが配属され、いつでもどこでも無料で自由に教えを乞うことができた。小説の好きな少年は朝から晩まで小説や文学を読みふけり、マンガの好きな少女は手あたり次第にマンガを読み、マンガを描いている。終日バレーを踊る少女もいれば、プールにつかりっきりの少年もいる、といった具合であった。

「そんなことしていたら、たった一つのことしか出来ないカタワの人間になっちゃうじゃないですか」

五道の質問に、地球Ⅳの個人教師《チューター》はびっくりしたような顔をした。

「どうして？　一芸に秀でる人間というのは、みんな頭の良い人でね。人に言われなくとも、自分で他の勉強もするものです。人間は知性が売りものでしょうが。ホモ・サピエンスというくらいですから。どんなスポーツマンでも、頭の良いスポーツマンなら、本もちゃんと読み、知識と知恵を身につけますよ」

だから、年一回のテストで、不合格と認められたり、知能、技能テストで平均以下の人間は、全員、学校の寮にぶちこまれ、シゴかれながら勉強に精だすことになる。

「彼らはみんな勉強ぎらいの劣等生でしてね。そういう連中にこそ高等教育を受けさせる必要があるんです。ね、そうでしょうが。人間というのは、生まれつき知能の差はれきぜんとしています。だからこそ、知能の劣った人間を並の人間にするには、スパルタ教育による高等教育が必要なんです」

五道は、戦後の日本教育でいろいろと問題になっている教育の平等について言及し、「ぼくの国では、国民は教育を平等に受ける権利がある、として、七歳から国民一人残らず義務教育が義務づけられています。ここでは、教育の平等という点で、問題にはならないんですか？　ぼくたちの国で、ここみたいな教育制度を実施したら、それこそ差別だ、といって大問題になりますね」

「なんと！　呆れたことを！　そんな教育こそ、差別もはなはだしいじゃないですか。それぞれの個性、それぞれの能力に応じた教育を与えることが真の平等精神でしょうが。ボクシングを見てごらんなさい。体重別にあれだけ細かくランクが分かれている。同じ体力の者同士が戦って、はじめてフェアプレイといえるし、平等な試合が楽しめるわけでしょうが。ただ年齢が同じだからという理由だけで、80キロの人間と40キロの人間とがボクシングをやったとしたら、平等な試合だと思う人は一人もいないんじゃないですか。人間の知能や能力の差というものは、体重や体格のように一目で見分けることはできないけど、その個人差というのは、体重以上に落差がはげしいものなのです。そうでしょう？　それをあなた、そんな、いっしょくたにして同じ教育を与えるなんて！　差別もはなはだしい！　それは犯罪行為にも等しい愚劣な政策だ！」

五道はこれを聞いた時、日本の日教組の連中をこの地球Ⅳに留学させてやりたいな、と思ったものである。彼らは〝平等〟という真の意味をなにかはきちがえているのではないか？

もっとも、勉強もしたくない無能な連中にギュウギュウ勉強をしこむのも気の毒な気がした。

「なにも一生教育させるわけじゃありません。二十歳までです。頭の弱い連中に教養を与えなかった場合の社会的なレベルの低下を想像すれば、それくらいのことは当然やってしかるべきでしょうが。無知こそ犯罪の温床になることくらい、あなたにもおわかりでしょう」

五道は、老人は尊敬され、大切にされるべきだという教育を受けてきた。現実的にはその逆のことが多いので、特にそういう教育が必要だったのだろう。要するに、老人を大切にすることは美徳である、という風潮が地球にはあった。

だが、地球Ⅳではちがう。もう人間的に一人前の能力を失った老人を優遇することは悪徳であり、老人に対して失礼な行為とされているのだ。

「それじゃあ、老人があまりにも可哀相じゃありませんか⁈　社会に貢献し、家庭でつくしてきた功績に対しても、老後は安らかに、平和に穏やかに過ごさしてやることこそ人間にとっての義務であり、それが人間的優しさ、思いやり、というものではないでしょうか？」

「そういう見方もできますね。でも、ここの人間はみんな誇りが高いのです。生まれつき頭の良い者は生まれつき誇りをもっているし、ダメな人間も高等教育を受けることにより、自分の能力と才能、知識に対して誇りと自尊心をもつようになっている。それが年をとり、体がいうことをきかなくなり、頭もボケてきた時、一体、何を誇ればいいんですか？　人の世話になる、面倒をかける、ということは、それまで独立独歩、自分の力だけで生きぬいてきた彼らの誇りが許しません。自尊心が、そんなみじめな生活をいさぎよしとしません。生きていても、もはや何の貢献もできないと自覚した時、本人の希望により審査を受けることができます。そして立派な〝老人〟と査定されると、無料で自殺薬を配給されます。安楽死できる毒薬ですね。そしていつでも、どこでも、好きな時に安らかに自殺できるわけです。もちろん、葬儀一切の面倒は国家でやってくれます」

「どうしても生きのびたい人は？」

「まあ、元気な時にうんとお金をため、豪華な老人ホームなり、完全看護の病院なりに入ることもできますけどね。周囲から侮蔑の目差しで見られ、村八分にされ、相当精神的に苦しむことになります。そうまでして生きていけるだけの度胸というか、無神経というかハレンチな人間は、百人に一人、いや千人に一人もいませんね。そうそう、『ギネス・ブック』にのっていた最高記録は、〝老人〟と認定されてから三年八ヵ月生きていたというのでしたな。ふつうは大体一週間で音をあげ、自殺します」

たしかに合理的な考え方であり、人間性も無視しているわけではない。だからといって、これこそユートピアであり、文明人のあるべき姿だと断言することも五道にはできない気がした。そして巨猿《おおざる》の言葉を思いだした。

「真理はたった一つしかない、というもんじゃない。見方をちょっと変えるだけで、真理なら、いくつでもでっちあげることができるもんでね……」

その時には彼の言葉の意味がよく呑みこめなかったが、この地球Ⅳにやってきて、五道には巨猿の言いたかったことが少し分かってきたような気がしたのである。

数ヵ月滞在しただけで、五道にはそこが自分の永住の地でないことがはっきりわかった。女性問題はともかく、男としての生き甲斐を見つける意味で、五道は自分の力では何もできない、と思えたからである。この国ほど、五道の国でいう〝英才教育〟が徹底している所はあるまい。五道程度の男ならゴロゴロいた。五道は自分の才能をよく考えてみた結果、無に等しいことを知った。ここでは自分はたいして役に立たない。どうせなら、やはり、自分を本当に必要としてくれる世界で、存分に活躍してみたかった。

地球Ⅴは、歴史の実験をそのまま現実の世界史の流れに投入したような感じの世界であった。五道のいた日本で、ひと頃こんなCMがはやったことがある――「世界は一家。人類はみな兄弟」。なんと、地球Ⅴはそれだったのだ！　人種は異なっても世界は一つの国家であり、言葉もすべて共通の言葉を使い、風俗、習慣も似たりよったり。当然、各地で小さな内乱はあっても戦争はなく、ごく平和に〝人類はみな兄弟〟といった気分で暮しているのだ。

共通の言語――それは英語でもフランス語でも日本語でもエスペラント語でもない。ギリシャ語だった。二千年前、一人の英雄が世界を制覇して以来、ギリシャ文明が世界あまねくいきわたり、全世界がヘレニズム一色で覆われたまま二千年の文化がその中で花開き、継承されてきたのである。

もうおわかりだろう。マケドニアの王子、アレクサンダー大王である。地球では、ギリシャを征服し、ペルシャ帝国を破り、エジプトを手中に収め、一方、インドにも手を伸ばした。バビロンを大帝国の首都にすることを夢みながら挫折したままに世を去った。時に三十二歳。

この地球Ⅴでのアレクサンダー大王は八十二歳まで生きていた。西はイングランド、東は朝鮮半島を経て日本にまでその勢力は及び、彼の若い頃から奨励したアジア人とヨーロッパ人との結婚の風習が着々と実を結び、二千年の間にまさに〝世界は一家。人類はみな兄弟〟の世界が現出したのであった。

マケドニア人でありながら、ギリシャに留学し、アリストテレスを師として学んだアレクサンダーは、ギリシャ文化を世界に広めることを最大の生き甲斐とした。釈迦の原始仏教もヘレニズム文化の中に埋没した。中国の孔子が広めた儒教も影がうすれたが、まだ根強く生き残った。しかし、アレクサンダーより百年遅れて生まれ、熱烈なヘレニズム文明の崇拝者であった始皇帝が、その残滓を根こそぎ抹殺してしまった。これが世にいう焚書坑儒である。

キリストは赤子の時に、ヘロデ王により惨殺され、マホメットは生まれたが、単なる一地方の新興宗教家にとどまり、いつの間にか消えてしまった。

大航海時代の到来とともに、ヘレニズム文明とギリシャ語は南太平洋の島々からアメリカ大陸にまでゆき渡り、世界はたった一つの共通語で結ばれたまま時が経った。あの暗い影を常にまとわりつかせ、タブーとモラルで息詰まるような束縛を与えたヘブライズム文明は遂にこの地球Ⅴには生まれず、終始、陽気で知的で開放的なヘレニズム文明のみが栄えたのだった。

「それで、日本だっていうのに、こんなにも混血めいた人間がウヨウヨいるわけか……」

五道はさっき知り合った女子大生と酒を飲みながら流暢なギリシャ語で言った。巨猿が五道の脳に埋めこんでおいてくれた小型翻訳機がモロに役立っている。

「混血とか純粋とかっていうの、ここにはないのよね。もう二千年近くも東洋と西洋が混じり合ってきてるんだもんね。この島は一応ヤマトっていってるけど、純粋のヤマト人ていうの、ないものね」

「戦争や内乱はなかったの？」

「ないことはないけど。でも、どう内乱起こしたところで、全世界を相手に戦うバカ、いないじゃん。だから、アッという間に終り」

どうも信じられないような世界であった。アレクサンダー大王によって広められたギリシャ文明が、世界に浸透した結果、哲学、物理、科学、天文学、文学、美術などが、各国の風土、伝承文化を芯にしてヘレニズムの華を開いた。そして二千年の間に、もっとも進歩したのが科学の分野であった。

世界に現在のような画一的な平和と文明と共通の標準ギリシャ語とを維持させている最大の原因は、五百年前に発見されたテレビジョンの普及であった。エレクトロニクスの進歩により、異常なまでに科学文明が進歩したにもかかわらず、まだ宇宙へは一機の探索機すら飛ばしていないのだった。

地球Ｖに着いた時、五道はそこに夢の宇宙都市を見たと思った。まさに、ＳＦの世界に描かれている未来都市の姿がそこにあった。だが、未来都市のイラストと根本的に違う所が一つあった。それは高層ビルがあまりないことであった。住宅もほとんどが一軒一軒であり、庭があり、生垣がある。ただ道路だけが驚くほど複雑に立体化し、錯綜していた。乗物も種々様々で、自転車から、超高速の軌道車までが入り乱れ、それらがそれぞれ専用の軌道を整然と走っていた。

これほど科学文明が発達している地球Ｖになぜ宇宙船が一つもないのか？

着地して二日目に、五道はその理由を悟った。なんと、ここには鉄砲も大砲もないのだ！　火薬による火器が存在しないのである。火薬は戦争に利用されることで、はじめて銃器の発明と進歩を生み、やがてドイツのＶ２号となり、ミサイルの登場となり、それが宇宙ロケットへと進歩した。

科学の目を見はるような急激な進歩は、つねに戦争がその引き金となっている。それはただ単に兵器の分野にとどまらない。兵器の発明にともなう副産物として、いかに多くの科学的分野を進歩させてきたことか。合成繊維、合成樹脂、エレクトロニクスなどの分野から、医学、生物学の分野にまでその恩恵はとどまることを知らない。国の運命、国民の運命、民族の運命を支配する重大な事であるがために、国家は人智の限りをつくして科学ととり組み、五道の地球で驚異的な進歩を見せたのだった。

だが、五百年も前に、全世界にテレビが普及していながら、ここには月ロケット一台ない！

五道は戦争の偉大さ、必要悪の貢献度をまざまざと知った。五道の日本は、敗戦以来、戦争への拒絶反応が病的なまでに進み、防衛手段をとろうとするのにまで反対をとなえる野党が多かった。五道は別に戦争を礼賛するわけではないが、あってもしようがないじゃないか、と思うことがあった。もともとが生命を惜しいと思ったことがない性格だったからかもしれない。それなりに刺戟があって時には面白いかも……。まして戦争が生み落とした数々の発明発見を考える時、五道はロマンすら感じることがある。人間の知恵の無限さ、人間の能力の素晴らしさに一種新鮮な興奮さえ覚えるのだった。

しかし、ここ、二千年の平和をむさぼる地球Vにはピストルもなければロケットもない。当然ダイナマイトも発明されてないし、爆弾もない。自動車や飛行機、気球はあるが、ライフルも機関銃もない。宇宙に対する夢やロマンはあるが、宇宙開発と取り組むことはしない。

なぜ、宇宙への旅に出ないのか？　これは、五道の地球の米、ソがなぜ月へロケットを送り、人工衛星をうちあげ、木星、土星へ探査機を送ったかを考えてみて、五道はやっと納得した。この地球Vでは宇宙へ資源を求める必要が全くないのだ！　人口も、この二千年の間に、減りこそすれ、増えていないのだ！

やはりそれは汎世界的に文明が進んでいたからであろう。地球で、文化の爛熟期を経たフランスが人口の減少に悩むのにも似たことが、ここ、数百年の間に、地球V全域において生じていたのである。

だから、高層住宅を、高層ビルを建てる必要がなかったのであった。空気も綺麗だし、この狭い日本ですら、たっぷりとした土地つきの住宅を楽しめた。それというのも、国境もなく、言語の障害もないため、人々はどこの地方にも行き、気に入ったらそこに定住し、狭くなったら、また広い土地を探せばよかったからであった。

性に対して、小うるさい宗教が無いため、人々は昔からフリーセックスを楽しんでいた。そして、自由に子供を産んでいた。人工中絶は皆無だという。それなのに、なぜ人口過剰にならないのか？ その答えは、ここで行なわれている奇妙な避妊法であった。それが人口増加を抑え、それでいて、より劣等な人間を減らし、優秀な人間だけを増やしているのであった。そして、その方法とは――

「とにかく、満十歳に達すると、一人残らず試験を受けるわけよね」

女子大生はワインを一口飲むと、あっけらかんとした明かるい口調で言った。

「どんな？」

「もう、あらゆるものをふくんだ試験ね。一週間にわたって行なわれるわけ。知能テストから能力テスト全般にわたるテスト。筆記、口頭、面接、実技などモロモロ。そりゃあ、微に入り細に入り、徹底的にテストされるのよ。心理テストから精神分析まで入っているわけ。運動競技の能力から反射神経、耐久力、身長、体重から内臓に至るまでの健康状態……。もう、なんでもかんでも調べちゃうのよね。これ以外、もう調べることは思いつけないっていうくらいまで」

「そんなことやってどうするんだい？」

「ふるいにかけるわけよね。エリートと奴隷とに……」

奴隷と聞いて五道は冷たいものが体を走るのを感じた。そうか、ここはギリシャだったのだ！貴族と市民と奴隷という身分差別がはっきりついたギリシャ国家の延長だったわけだ……。

「なんのために？」

「より平和で、より優れた文明社会を維持し、発展させるためよね、もちろん。奴隷といったって、古代ギリシャ時代とは全然ちがうわよ。そんな深刻な顔しちゃってさ。早く言えば、知的労働者と肉体労働者に区別するだけの話」

「なあんだ」

「なあんだ、なんていうほどは簡単じゃないの。要するに、この人間は、性格的に少しでも社会のためにならない、と判断されたり、あまり才能はないから科学、芸術、政治などの各分野での期待はのぞめない、とか、肉体的に欠陥があるとか判断されると、その人間はある処置をほどこされるわけ。要するに、それらの人間を子供の産めない体にしてしまうの」

「そんな……」

「たいしたことじゃないのよ。あとで説明するけど。たとえば、授業中に先生の言うことを聞かなかったり、暴れん坊で手に負えなかったり、非建設的な考え方や言動しかしなかったり、早くいえば、世の中のためにならない人間、またいてもあまり役に立たない人間、これ以上教育を受けさせるとろくなことにならない人間なんかをチェックするわけよね。遺伝子としてあまり後世に残しておきたくない人間を調べだすってわけ」

「たった十歳で、そんなことがわかるわけないじゃないか。たかだ十歳の子供で何がわかるっていうんだ？　才能なんて、二十、三十になってわかる場合もある……」

「そうでもないみたいよ。十歳にもなれば、あらゆる才能、資質、性格の萌芽は検出できるんじゃないかしら？」

「なるほど。センダンは双葉より香ばし、という諺もあるけど」

「とにかく、こんな人間の子供をふやしたってしようがないっていう人間がいるわけよね、けっこう。もちろん、本人のテストだけじゃないの。両親、兄弟はいうにおよばず、遺伝的影響を与える範囲内の血族関係は一人残らずデータ・バンクに入っているので、そっちとのかね合いもチェックするわけ。そのためにもの凄いコンピューターがどのメガロポリスにも備えてあるんだから。その家系に犯罪者が一人でもでたら、まずパー。政治犯でも思想犯でもまずダメ。また人間的に嫌われていたり、近所の鼻つまみもの的存在の人間もオミット。そういう世論調査は年中やってるもんね。また、汚職や誹謗、密告などもうんと厳重に審査するわ。だからそんな人間の後継ぎもなくなるわけ。それをもう五百年以上も続けてきてるんだから、いかに、この地球の人間が善人ばかりで、優秀で、お互いに信頼し合え、戦争なんかが起こり得ないかがわかったでしょう？」

「なんとも、驚いたことだな……」

「そう、古代ギリシャ人が夢に見た〝真・善・美《カロカガチア》〟の理想郷《ユートピア》ってわけ。これが可能になったのも、そのテストによる人工的な人種淘汰のおかげ」

「自然淘汰なら話はわかるが……。人間がそんなことをしてもいいものだろうか？」

五道はそこまで言って、ふと口をつぐんだ。日本における人工中絶の大義名分を思いだしたからであった。あれは、たしか、優生上の見地から、不良な子孫の出生を防止するために法制化されたものではなかったか？　それに、母体の生命健康を維持するため、という名目が付加され、やがて、経済的理由による場合も認められるようになったはずだった。そして闇による人工中絶も加えると、日本だけでも年間百万件に達するといわれていたのだ。

五道は、この年間百万人という数字の概念がつかめなかった。ふとアゴンを思いだした。そうだ、彼に聞けばいい。

『アゴン、第二次大戦で死んだ日本人の数がわかるかい？』

『大略でよければね。軍人軍属が一五五万人、国内で約三〇万人、計一八五万人だ。全世界での死者は二、二〇六万人といわれている。日本は全世界の8.4パーセントだ』

『ありがとう』

たった四年間であれほどの死者を出し、史上空前の最多犠牲者をほこる第二次大戦の日本人の死者数は、人工中絶による嬰児屠殺（？）の数のわずか二年間分にも足りないのだ。

地球Ⅳの人たちがこの事実を知ったら、日本人のこの矛盾ぶり、非合理性にあきれることだろう。あれほど口先では〝戦争絶対反対！〟をとなえながら、戦争による以上の殺人、それも最も罪の重い尊属殺人を平気で犯しているのだ！

人口がふえると戦争が起こるのは、神の与えたもうた自然淘汰ではないかと五道は時々思うことがあったが、それもある意味では正しいのではないだろうか？　どちらも、人がこのせまい国土で生きていくための必要悪ではないか?!

「なに考えこんじゃったの?」

女子大生が五道の顔をのぞきこんだ。色は浅黒いが、目鼻立ちはスッキリしていて彫りが深い。そういえば、この街で見うける人々の、なんと美しく、整った知性的な顔であることか。

「そんなこと、コンピューターにまかせておいて、間違いは起きないのかい?」

「最初の頃はいろいろとあったらしいけど、それも数十年間のことだったみたい。五百年もの間には、改良に改良が加えられ、一億分の一の間違いもないようよ。現に私たち、誰一人、このテストに不満もいだかないし、恨みももってないもん」

「君はエリートの方に回されたからだろう?」

「ううん、そうでもないわ。私のお兄さんなんか二人ともテストで不合格にされたけど、結構のん気に幸せにやってるわ」

「文句が言えないシステムだからじゃないのか?」

「そんなことない。時々、嘘の言えない意識調査もやってるし、あくまでも公平を期しているのよ」

「なるほど……。で、そのテストで不合格になる率は?」

「だいたい三分の二ぐらいね」

「そんなに?! そんなに種を絶やしたら人口が激減してしまうだろうに」

「別に。エリート連中がどんどん子供を産むから大丈夫。それにフリーセックスだし。子供ができるのは、優秀な人間ばかりだから、生まれる子供もえりすぐりってわけ。その中からまたふるいにかけるんだから、ほんとに善人で、美しく、頭のいい人間だけが残るの。私だって、ほんとは凄いんだから」

「だろうね」

五道は思った。喋り方はあっけらかんとしてミーハー族タイプだが、顔も知能も貴美子よりは上だろうということはなんとなくカンでわかった。そして何よりも、貴美子がとてもかなわないものが一つあった。それは健康そのものの肉体である。

(おれも貴美子も、この地球Vじゃ奴隷行きだな)

健康美そのものの、この女子大生を見ていると、病院のベッドで青白く痩せ細っていく貴美子の顔を五道はふと想いだした。無性に懐しさがこみあげてくる。生首によるあの衝撃の後遺症は相当に薄らいでいた。

(貴美子！　君はどこにいるんだい？)

やはり、天国に行かねば会えないのだろうか、と五道は思った。もう一度、思いきり、この腕の中で、あのか細く、脆い肉体を抱きしめてみたい……。

五道はワインのグラスを空けると、ボトルからまた注ぎたした。

「そうそう、それで、避妊法って、どうやるの？　パイプカットみたいなことやるわけ？」

「ううん。パイプカットって、手術なんでしょう？　もっと簡単で、もっと効果的なことやるわけよ。オレンジ色した薬を二回注射するだけでいいの」

「注射？　注射が、どうして避妊につながるんだい？　ああ、そうか。成長を十歳でとめてしまうわけか」

「その反対。それ、成長促進剤なの」

「そんな馬鹿な！」

「でも、そうみたい。そのアイデアのもとになったのが、種なしブドウなんですって。ギリシャ人て、大昔からブドウに縁が深いでしょう？　その種なしブドウも、もとはといえば稲の研究から始まったらしいけど。ここのヤマト民族がそれ、発見したんですって」

「あっ！　イネバカ菌だ！　ジベレリン処理か……」

五道は種なしブドウを作る時のジベレリン処理を思いだした。山形出身の大学の友人と一緒に酒を飲んだ時、種なしブドウの作り方を教えてくれたことがあった。

「赤い溶液に、まだ小さなブドウの房をどっぷりひたすだけでいいんだ。ブドウの大きい房がどっぷりつかるくらいの漏斗状のプラスチックの容器にジベレリンっていう薬を溶かした液体を入れてね。下から、こう持ち上げてブドウの房をつける」

「どのくらいの間？」

「ほんの少し。どっぷりつけたらすぐ出しちゃうな。でもよ、一日これやると、首がものすごく痛くなるんだよな」

「薬はどんな形なんだ？」

「顆粒状の赤い薬でね。これがもう、びっくりするくらい高い薬なんだ。目の玉がとび出るくらいに高い！　この薬を水で百万倍に薄めて使うんだ」

「なぜそんなことやるんだい？　種なしブドウはもうかるのかい？」

「種なしブドウというよりは、季節外れに、早くブドウを作るんためにやるんだよ。ジベレリンっていうのは成長促進剤なんでね」

成長促進剤と種なしブドウとどういう関係があるのか？　五道は、いま彼女に質問したのと同じ疑問をその時にも感じ、少し調べたことがある。

稲はまず苗床で育てるが、その頃に、時々ヒョロヒョロと背が高く育ってしまう苗がでる。田植でそれを植えると、他の苗より早く穂をつけるがろくに中味がないもみになる。これを馬鹿苗と呼んだ。地方によっては、男は子供を産まないというところからとったのか、男苗と呼ぶ所もあった。

これは稲の収穫に大きな被害を与える。この原因を最初につきとめたのは、昔の農事試験所に勤めていた技官である。彼はそれをイネバカ苗病菌と呼んだ。時に明治三十一年、一八九八年のこと。このイネバカ苗病菌からジベレリンという化学物質を抽出することに成功したのは台湾の農事試験場に勤務していた黒沢栄一であった。一九二六年のことである。これ以来、ジベレリンの本格的研究が東大の研究グループを中心に行なわれ、次々に各種のジベレリンが発見されていくことになる。要するに、イネバカ苗病菌の研究の歴史には、とりも直さず、植物ホルモン研究の歴史でもあったのだ。

この地球Vでも同じ過程が五百年前にすでに行なわれたらしい。このジベレリンをブドウ、それもデラウエア種に使うと、種なしができることを発見したのはアメリカであった。そして、完全な種なし処理を完成させたのは日本である。だが、デラウエア以外のブドウには成長促進剤的効果はあってもこの処理は通用しない。その原因はまだつきとめられていない。

「それを人間にやったのか?!」

「ええ。そこからヒントを得たらしいわ。これをやると、成長ホルモンを刺戟して、あっという間に成人の肉体の持主になるの。ところが性ホルモンは逆に抑制してしまうのね」

（そうか。そういえば、イネバカ苗病菌の中には、成長を促進するジベレリンの他に、成長を抑制するフザリン酸も含まれていたっけ。それに似たものだな）

「なるほどね。だから十歳という年齢が選ばれたわけか。女性の初潮前というわけだ」

「ええ。だから、このオレンジ色の薬液を注射すると、女は一生メンスに悩むこともなく、男は精子も作らなければ勃起もしないわけ。性欲というのがないのね。性年齢が十歳でストップしちゃうから。でも体つきだけは十二歳でもう大人と同じ。労働力提供者として、すぐに社会に貢献できるわけね」

「セックスもできん奴隷か。去勢するよりは残酷じゃないけど……」

「それに本人も、色気のなんたるかもわからないんだから、別にそれほど悩まないみたい。兄さんたちもケロッとしてるもの。女の裸みても全然欲情しないんですってよ。それに、肉体労働者の方が知的労働者より収入がいいの。だから、彼らの方が、私たちよりずっといい暮ししてるもの。うまい物は食べれるし、ぜいたくはできるし。だから、あなたのいう、奴隷という観念からほど遠いわけね」

（そうか。そこにここの平和の秘密があったのか。そしてテストに対する反感もないわけだ。人口調節もできる上に労働力も十分に確保でき、エリートはエリートで、個性も才能も伸ばせ、文明も進歩し、悪人も犯罪者もいなくなる。大変な〝洗礼〟を発明したものじゃないか！）

「で、知能の方はどうなるんだい」

「バカ稲と同じ。頭はカラッポ。そりゃあ柔順で大人しくて人が良くてハンサムでいいけど、知能も十歳でストップ。セックスもできないからエリートのオモチャにもなりゃあしない。でもロボットよりよく言うことをきくわよ。女の方は、もっぱら子育てから料理、家事、なんでもやってくれるわけ。だから、エリートは好きなだけセックスして、好きなだけ子供を作って、好きなだけ自分の才能に合った仕事に没頭していればいいわけね」

「なるほど。文明が進歩するわけだ。ああ、さっきのそのテストの名称、なんていうの？」

「正式な名前はよく知らないけど、私たちはふつう〝オレンジ・テスト〟って呼んでるわ。注射の薬液の色がオレンジだから」

「オレンジ・テストか。いい名前だ。赤く熟れる前の感じもでているし。それはそうと、ここの女性の初潮はいくつなの？」

「だいたい十四か十五かしら」

「ほう、遅いんだな。ぼくの所では十二、三歳だった。それも年毎にさがっていく。十歳でも稀にいるらしい」

「まあ凄い！　うそみたい……」

やはり、人工的淘汰の影響なのだろうか、と五道は思った。

「あら、妹が来たわ。妹ったら、あなたの凄いファンなのよ。テレビのあなたの番組は全部ビデオにとって、毎日何度も見返しているくらい……。このパブであなたに声かけられたもんだから、さっき妹に電話してあげたの」

五道は地球Vに着くと、大体の情勢を調べてから、翌日、当局に出頭したのだった。当局では五道の出現に驚愕し、汎世界ギリシャ帝国の国賓としての滞在を許可した。同時に五道のニュースは全世界に流され、彼は、それこそパイロン郷のセリフではないが、「朝目が醒めてみたら有名になっていた」のである。

彼が着地した所がヤマトだったため、しばらくはヤマトに滞在することになり、ヤマトの各界の最高権威者が一堂に会し、五道から地球の事情を詳しく聞いた。そして、その上で、五道に対し、テレビで話してもらうテーマを選定したのである。その時、彼らから提示された幾つかの制限の中に、戦争や火器類の紹介も含まれていた。その時はさり気なく聞き流していたのだが、いまこの女子大生の話を聞いて、五道にはやっと彼らの真意が汲みとれたのである。

毎日一時間ずつ、五道はテレビに出て、司会者とそのテーマに関する権威者を相手に、地球の紹介をした。そして一週間目ぐらいに、たまたま入ったワイン・パブで彼女に声をかけたのだった。

一人のすらりとした女が二人に近づいてきた。漆黒の長い髪を背中に垂らし、前髪をきちんと額の上でクレオパトラ風に切り揃えている。姉の方は小麦色の肌をしていたが、妹はミルクをねり固めたような白い肌であった。そしてエメラルド色の眼。古代ギリシャ風の衣裳を模したワンピースの服を着て足に革のサンダルをはいていた。五道にとっては、まさにエキゾチックな女性であった。

「妹のデーイアネイラ。言いにくかったら、イアネイラだけでもいいわよ。こちら、あなたの憧れの五道」

「ほんと！　なんか嘘みたい……。まさか、本物のあなたにお会いできるなんて……」

「五道です。テレビ、見てくれているんだって？」

「ええ、そりゃあ、もう！　五道、凄く評判なの。エキゾチックだって……」

（なるほど。向こうから見れば、こっちがエキゾチックなわけか）

五道は苦笑した。同時に残念にも思った。

（あの瓢簞効果さえ無かったら！）

百八十近かった五道の身長は、度重なるテレポートのために、いまでは百六十数センチに縮まっていた。イアネイラは百七十くらいある。

「ああそうだ。まだ君の名前を聞いてなかった」

五道は女子大生に言った。

「私の名前はゴルゲー。二人ともギリシャ神話からとったの。ホメイロスの『イーリアス』にも出てくるメレアグロスの姉妹の名前の、ご存知ないでしょうが。いろんなことに会ってからメレアグロスが死んだ時、その姉妹がその死を嘆き悲しんだあまり、二人ともホロホロ鳥《メレアグリス》になっちゃうの。なっちゃうというより、アルテミスに、されちゃうのね。私たちの母がホロホロ鳥が好きだもんだから、娘にこんな名前つけたってわけ。ね、私たち、全然似てないでしょ?」

「ほんと。顔立ちも全然似てない上に、眼の色から肌の色までちがう」

「でしょ?　父親が全然ちがうの。母ったら、カッコいい男みるとすぐにアツくなっちゃうんだから、もう……」

「お母さん、何やってるの?」

「数学者。私は、宇宙物理学専攻。もっぱらスペクトルの勉強してるのよ、こう見えても」

「スペクトルか……」

　虹だ、と五道は思った。とりとめもなく聖橋から見た虹が甦った。

「じゃあ、あとはイアネイラ、五道におまかせするわ。今夜はうちに泊りに来てもよろしくてよ。そう、イアネイラの部屋に泊めてもらいなさい!　別に迎賓館に戻らなくてもいいんでしょう?」

「大丈夫だと思う」

「よかったわね、イアネイラ!　憧れの五道に抱いてもらえるなんて!」

「ええ、ありがとう、お姉さま」

「五道、このイアネイラ、二十歳ぐらいに見えるでしょ?　でもほんとはまだ十二歳なの。それに体の方は、さっきのオレンジ効果のために十歳のまんま。セックスの方、したかったらしてもいいけど、本人は全然感じないはずよ」

「……」

返事に困って五道が赤くなると、イアネイラも顔を真赤にした。

「いやなお姉さま！」

「こういうことは、はっきり言ってさしあげた方が親切なのよ、ねえ五道？　もう一言いっておくと、イアネイラはセックスについては一応知っているわ。でも、まだ処女かも……」

なんでもあっけらかんと言う姉のゴルゲーの明かるさが五道は好きだった。

「この子、どうしてオレンジ処理を受けたかわかる？　オレンジ・テストにはパスしたのよ、ちゃんと。でも、本人が処理を望んだの。というのも、お料理と育児が好きだからって。絵の才能が抜群だったの、イアネイラは。これが数理の才とか、記憶力とか、推理力とかの才だったら、国家も許してくれなかったでしょうけどね。それに、大人になりたくないっていう理由もあったんだっけ、イアネイラ？」

「もう、およしになって……はずかしいわ」

「おかげで、うちじゃ大助り。私の子供、三人ともイアネイラが面倒みてくれているの。もちろん高給を払いましてね。もっとも、大部分が国からの援助だけど。だから、私よりずっとお金持ちなの。いやんなっちゃう。イアネイラ、ここの勘定、あなたが払っといてね？」

「ええ、いいわ」

「でも良かったわね、イアネイラ。あなたの夢が実現したじゃないの。五道、この子ったら、小さい頃からお伽話の世界にばかり憧れていてね。いつか、きっとどこかのお星さまから、理想の男の人が現われて自分を愛してくれるって信じこんでいたのよ。それだったらなにもオレンジ処理を受けないでセックスが楽しめる大人になればいいのに……。それを言ったら、何て答えたと思う？　その人が現われる時まで、いまの、この夢をずっと抱き続けていたいからだって。大人になって、少女時代の夢をみんなどこかに置き忘れてしまう人が多いじゃない？　それが見るに耐えなかったのね。一生、少女時代のままの気持をもち続けて、そして星から来た王子様だか、騎士様だか、天使様だかと、清らかな恋を語り合いたいっておっしゃるわけ。そうしたら、なんと、五道が突如、テレビに登場したじゃない。もう大変だったのよ、この子の相手するの。一日中、あなたのことばかり喋りつづけなんだから」

「ハンサムな騎士でも王子様でもなくてごめん！」

五道が笑い顔でイアネイラにピョコンと頭をさげた。

五道の顔はびっくりするくらい変貌していた。端正だった目鼻だちが少しずつ狂いを生じてきた感じで、昔の五道の面影はもうどこにもない。だがその代り、昔の暗い影はまったくなくなり、陽気で人なつっこい感じの顔になっていた。昔がハンサムなら、いまはチャーミングといった感じ。一緒にいるだけで心が明かるくなる雰囲気を持った小柄な若者に変身していたのである。歳も十八歳くらいに若返っていた。

「ううん、とってもチャーミング！　素敵よ……」

小さい声でイアネイラがもう一言つけたした。

「……お兄さま……」

「おやおや、恋人じゃなくてお兄さまに格下げか。でも、お兄さまも悪くないな。ゴルゲー、ここでは近親相姦もありかい？」

「どうぞ、どうぞ。大あり、よ」

「それを聞いて安心した。じゃあ、姉上はどうぞお先にお帰り下さい。ぼくらは二人で幼いままごとの恋を語り合いますから……」

「はいはい、邪魔者は早々に失《う》せます！　イアネイラ、ゆっくり飲んでていいわよ。私の前のツケも払っといてちょうだい」

「どさくさにまぎれて、だんだん厚顔しくなりますな、姉上」

三人が笑い、一人が去り、二人が眼をのぞきこんだ。

ここの女性は誰でも抱きしめたいくらいの美人でグラマーばかりだったが、イアネイラの美しさはまた別格であった。オレンジ・テストに通りながら、自ら進んで〝奴隷〟の身分になり、成長促進剤で少女のまま大人になった肉体が、幼い知性に溢れた異様な雰囲気をかもしだしていた。


その夜、明かるい地球月の光の中で、五道はイアネイラの裸身を心ゆくまで眺めた。開け放したバルコニーの窓から、青白い白夜の光が、白い裸像を大理石の像に変えた。五道はギリシャ彫刻の世界の中に在《あ》った。

それは未熟な裸婦像であった。性ホルモンの分泌がないまま大人の体になったイアネイラ。胸乳は少女のままの小さな、儚《はか》な気なふくらみのまま、ピンク色の乳暈が薄く広がり、その真ん中に小さな乳首がひっそりとつつましげについている。そして下腹部のふくらみには、少女期のままの亀裂が深々と、くっきりと刻みこまれ、恥毛の翳りもないすべすべした肌に深い影を作っていた。すらりと伸びたしなやかな白い脚。しっかりと閉じ合わせるとまったく隙間がない、肉づきが均整した見事な脚であった。

自分より上背のある少女の体を抱きあげ、そっとベッドに横たえる。

「お兄さま……」

幼い声で囁《ささや》かれると、五道は不思議な倒錯ムードを味わった。ベッドの中で抱きしめると、イアネイラの体がかすかにふるえた。大きな少女、大人の少女、男のような体つきの成熟した女……わけもわからない倒錯した興奮が五道を包んだ。

五道も異様な昂ぶりで体が熱くなり、少女の体を開いた。

(まるで妖精みたいだ！)

硬い蕾であった。

やっと体を入れ終り、ゆっくり動かし始めると、妖精が苦痛に呻いた。体を弓のように反らせ、苦痛に耐えている。

青白い無数の月の光の中で、白く悶える水の精であった。五道は、まるで水の中にいるような錯覚を覚えた。

「お兄さま……うれしい！」

イアネイラが貴美子とダブった。

イアネイラの眼に涙があふれ、ツーと目尻から白い糸をひいた。

五道はその涙を見た時、ついさっき彼女から聞いたホロホロ鳥にされた姉妹の詳しい伝説を想いだした。

ホロホロ鳥にされた姉妹は、やがてアルテミスによってレーロス島に移され、その島の女神イオカリスの聖鳥として飼われていた。そしてホロホロ鳥が流す涙は、いつも琥珀《こはく》となって地にこぼれた、という。

イアネイラの琥珀の涙を見つめながら、五道はゆっくりと絶頂へと、自分を追いあげていった。


地球Vにおける五道の毎日は、快適の一語につきた。

テレビ出演の他の時間は、講演と執筆に費やされ、残りのフリータイムはイアネイラその他の女性との愛に捧げられたのである。

講演は全世界の各地からの依頼が殺到し、一生かかってもこなしきれないほどだった。五道は生まれてはじめて、名士としての気分を味わった。

（悪くないな。おれの人生は一体なんだったんだろう？　名もなく、貧しく、美しくなんていう人生は、ただ数名の家族のためにしか存在価値のないものだ。しかし、いまは、この世界の何十億という人間に役立つことができるのだ！　もちろん、彼らにとって、おれはたんなる一匹の珍獣ぐらいにしか思われていないのかもしれない。しかし、それでも彼らに一時的でもあれ、楽しみを与えることができるわけだ。珍獣、結構。見せ物、けっこう！　いままで、おれにとっての生き甲斐とは、どれだけ人のために役に立てるか、ということだった。だが、地球では結局、貴美子一人のためにしか役立たなかった。それも逆に役に立つどころか、害を与えていたのかもしれない。しかし、いまはちがう！　この人気がいつまで続くかわからないが、少くともいまだけは何十億の人間を楽しませていることだけはたしかだ。おれはいまこそ、生まれてはじめて、生きていることの充実感を味わっているんだ！）

五道の書いた〝地球〟の本はどれもベストセラーになった。地球の歴史、地理、風俗、文学、芸術、科学、映画ｅｔｃに関して、それぞれの叢書の形で出版され続け、そのどれもが、ここの知識人の興味を惹いたのである。五道は、あの青の世界における三年間の蓄積に限りない感謝を捧げた。巨猿の思いやりがたまらなく有りがたく思えた。

細かい資料やデータが欲しい時には、アゴンが威力を発した。そのデータバンクの収容量の無限さに舌を巻くと同時に、このアゴンを付けてくれた巨猿の先見の明の確かさに、五道は改めて感謝した。

（先生、ありがとうございました！　いまこそ、ぼくはやっと自分の力をフルに発揮できる定住の地を探し当てたようです！）

毎日、ただ喋るだけで文字として打ちだされてくるライティングデスクに座り、五道は次々に著述を完成させていった。同時に、世界各地への講演旅行。歓迎パーティーでは必ず五道は美しいファンにとりかこまれ、よりどりみどりの環境の中で、種々様々な女性とセックスを楽しんだ。

いつも自殺ばかり思いつめていた、あの若い学生時代がまるで嘘のように思えてきた。もしあのまま死んでいたら、いまのこの楽しさ、享楽、生きることの喜び、仕事をやる時の充実感を味わうことが無かっただろう。

人間万事、塞翁が馬。禍福はあざなえる縄のごとし。チャンスのあとには必ずピンチがくる……。

二年以上もそんな〝名士〟としての絶頂期を楽しんだあとで、その次のピンチが訪れた。

ある夏の日の夕暮れ、一冊の本を書きあげたあとの解放感で、五道はのんびり風呂に入っていた。地球の大きな温泉旅館によくある〝ローマ風呂〟によく似た大きな浴室である。全裸のイアネイラが五道の体を隅々まで洗い、全身にマッサージをしてくれた。そのあとで、スポンジの大きなマットの上でイアネイラと戯れていた時、ノックもなしに姉のゴルゲーが浴室に入ってきた。

「五道、大変よ!」

マットの上で寝ながら、泡踊りを楽しんでいた五道は、泡で白くなった体を起こした。

「なにか?」

「ええ、今日、研究所であなたの噂を聞いたの」

ゴルゲーは、大学を卒業していた。そして現在は地球物理学関係の政府の研究所に勤めていたのである。

「で?」

「あなたのテレポートの能力の秘密が問題になり始めているのよ」

「なんでいま頃……。あれはじめてここに来た時、ぼくが他の地球から来た男だということを立証するために使ったきり、一度も使ってないのに」

「だから、益々好奇心をいだかせたみたい。もう、あなたから聞きだせる必要な情報はほとんど聞きだしたと判断を下したのね。あと残っているのはテレポートの秘密だけ、というわけね」

「……」

五道は巨猿の忠告を思いだしていた。テレポート・マシーンを埋めこんだあとで、彼はこう言ったのだった。

「この瓢箪のことは絶対誰にも言わん方がいい。その使い方も、だ。その秘密に関して万が一、拷問でも受けるような時には、その前に何処かにテレポートして逃げるんだな」

五道はいつもその忠告を忠実に守ってきた。ここに来ても、五道は超能力でテレポートできるということにしていたのである。だから、いままで、どんなに気を許した相手でも、女にでも一言も話してなかった。ゴルゲーやイアネイラにすら瓢箪のことは喋ってない。イアネイラに全身マッサージをしてもらう時、彼女に、「このふくらはぎの硬いもの、なあに?」と聞かれたことがあったが、「それは地球人固有の肉体的特徴だよ」と答えておいたくらいである。

だが、科学が驚くほど発達し合理的な物の考え方しかしない地球Vである。たんなる超能力というだけでは納得しないに違いない。SF小説じゃあるまいし……。

(でも、単なる噂かもしれないじゃないか。最後の最後まで頑張り、いよいよという時になって翔んでも遅くはないだろう……)

だが、五道は思い直した。それはあまりにも危険すぎる。突然襲われ、意識を無くされたらどうなるんだ？　意識不明のうちに体を検査されれば、なにもレントゲンにかけなくても瓢箪は簡単に発見されるだろう。そして瓢箪をとりあげられたらどうなるんだ?!　もう、どこにも逃げられない……。

五道はそこまで考えて、あの地球IIで特高に麻酔銃を撃ち込まれた時のことを思いだしてゾッとした。

（もし、あの時、肉体の検査までされていたら……）

「やっぱり、他の地球へ翔ぶしかないか……」

やっと洩れた五道の呟きに、イアネイラが緑色の瞳を曇らせた。

「行ってしまうの、お兄さま？」

「ああ、それしかないみたいだ。残念だけど……」

泡だらけで、冷たくすべすべしたイアネイラの裸身を、五道はかたく抱きしめた。五道の肩に熱いしたたりが垂れた。イアネイラの大粒の涙だった。

（ホロホロ鳥が、また琥珀色の涙を流した……）

ホロホロ鳥のことを、ギリシャ語でメレアグリスという。その鳥にされた二人の姉妹も、二人合わせてメレアグリスと呼ばれていた。その夜、五道はメレアグリスと別れを惜しんだ。夜の明けるまで、イアネイラを慈しみ、ゴルゲーを愛した。三人は同時に交わり、悶え、恍惚の呻き声をあげ、同時に果てたのだった。

「お兄さまのビデオ、毎日見てるわ」

イアネイラが、五道に口吻《くちずけ》しながら言う。

「五道の本、どれも良かった。五道全集、いつまでも読み返すわ」

ゴルゲーの言葉に、五道はハッとした。

「そうだ。ぼくの印税は全部メレアグリスにあげよう」

五道は弁護士を呼び、所定の手続きをとった。

「なにかの足しになるだろう。さようなら、ゴルゲー。そして、イアネイラ!」

哀しみで声も立てないイアネイラが、五道の体にしがみついた。

「じゃあ、行くよ! さようなら‼」

五道の声がウワーンという小さなエコーとなってイアネイラの腕の中で聴こえた。イアネイラの両腕が、瞬間、一本の虹を抱きしめているのを姉のゴルゲーは見た。

イアネイラの腕が空をつかみ、反動で腕が閉じ合わさった。

「ああ、お兄さま!……」

ゴルゲーが、ポツリと呟いた。

「行ってしまったわ。一本の虹になって……」

赤の章　血まみれのアンドロギュノス

東京は銀座のどまん中、どこかのビルの地下駐車場——という念波を送った五道は、注文通りの場所に着地している自分を見出した。繁華街でも、駐車場なら人目につかないだろうと思ったからである。

たしかに、無事に着いたが、そこは五道の頭にあった地下の駐車場の観念とは少しちがっていた。駐車場の前に大通りがあり、車がビュンビュン走っているのだ。しかも、信号機や交叉点まである。地表の車道をそっくり地下に移動したらしい。それなのに、地下道に排気ガスらしい匂いもないところをみると、車はすべて電気自動車のようである。

駐車場のわきから地表に出る出口を探すと、エスカレーターがあり、上下の矢印の下に、それぞれ、〈歩道〉〈地下鉄〉の標示がある。もっと地下に、地下鉄が走っているらしい。

五道はエスカレーターで地表に出た。真昼の陽光がまともに五道の眼を射る。外は秋空であった。どこまでも青く澄んだ初秋の空が広がり、高層雲が白いハケではいたように薄く散っている。空気も新鮮でスモッグのない理想都市のようであった。

エスカレーターから地表に足を一歩踏みだしたとたん、五道は背中から誰かに抱きつかれた。ギョッとしてふり向くと、抱きついた体がズルズルと五道の足もとに崩れ、そのまま動かなくなった。

五道のグレイの背広の袖が眼に入った。真赤な血をなすりつけられて赤く汚れていた。

革ジャンパーを着た男だった。リーゼントの長い黒髪を歩道に押しつけるようにして、地面につんのめったポーズで死んでいる。レンガを敷きつめた歩道にみるみる血だまりができ、赤黒く光った。

銀座は歩行者天国になっていた。いや、車や電車がすべて地下にもぐっているため、地表の道路は毎日が歩行者の天国になっているらしい。広々とした道路のあちこちに、模擬店やパラソルや椅子があり、アベックや家族連れがのんびり歩いている。

通りすがりの歩行者が、チラリと男の死体を見て通りすぎていく。別に、大騒ぎするわけでもなかった。

(一体、どうなってるんだ?! ここは……)

何をしていいかわからず、また下手に行動を起こして身分を尋ねられてもまずいので、五道は一瞬戸惑ったが、他の通行人のように知らんぷりをすることにした。
二、三歩、歩きだすと、巡査が横から現われ、五道に声をかけた。
「もしもし、服が血で汚れていますよ」

ギクッとして立ちどまる。

(まずい! おれが犯人にされちまう。すれちがいざま、おれが刺し殺したのだと思われたらそれまでじゃないか)

「しょうがない野郎だな、まったく。あなた、服を汚されてご迷惑でしたな。ちょっと待って下さい」

さすがに通行人が立ちどまり、五道と死体と巡査を眺めている。ええい、ままよ、と、五道はなるがままにまかせることにした。巡査の様子にもなんとなく緊迫感が無い。

巡査は死体のそばにかがみこむと、俯伏せにうずくまっている死体を仰向けに倒した。やっぱり、完全にコト切れている。ものの見事に頸動脈が切り裂かれていた。

お巡りはチラッと傷口を見たが、血糊で手を汚さないように用心しながら、男のジャンパーのポケットやズボンの中をさぐりはじめた。

「なんだ、これだけか……」

小さく折り畳んだ紙幣をひっぱりだすと、一枚、二枚と数え始めた。

「五千円か。ま、無いよりはましか……」

お巡りはその札の中から三千円だけ、五道の手に握らせた。

「はい、これ。シミ抜き代にとっておいて下さい。いいですよ、かまいませんから……」

残りの二千円を、男のポケットに戻すと、小型無線機をとりだし、ポンポンポンといくつかボタンを押した。

「もしもし、消防署？　こちら、銀座三丁目の交叉点。死体が一つ。すぐにひきとりに来て下さい。ええ、私、ここにおります。パトロール、Bの8号です。ではよろしく」

手に三千円を握ったまま呆然と立っている五道に、お巡りは敬礼し、

「ほんとに災難でしたな。早くシミ抜きした方がいいですよ。そうだ、その横丁の奥にクリーニング屋がありますから……」

（まあ、郷に入れば郷に従えか……）

五道はニッコリ笑うと軽く頭をさげ、彼が指さした横丁へ入っていった。

クリーニング屋で服を脱いで渡すと、クリーニング屋はひっくり返して見ながら、

「うまく落ちるかどうか。ま、やれるだけはやりますがね」

料金をきくと千五百円だという。助かった、と五道はほっとし、一時間後にできるという声をきいてワイシャツ姿で外にでた。袖口がまた長くなっているのにやっと気がついた。ズボンの裾も、靴が完全に隠れてしまっている。

(また小さく、醜くなったわけか……)

五道はやりきれない気分であった。一体、どこまで小さくなれば気が済むんだ?!

ウインドのガラスに映った姿は、どう見ても十六、七の少年である。

(まるで高校生じゃないか、これじゃあ……)

ニカッと笑うと、剽軽《ひょうきん》な顔になった。子供にも、老けた大人にも見える顔であった。若年寄りというか、トッチャン坊やというか、一種独特のフェイスだった。

アゴンをズボンのポケットに入れたので、歩くたびにゴロゴロと腿に当たった。日曜日らしく、銀座は若い男女や家族づれで賑わっている。服装も町並も、地球とほとんど変らない。

道路の向こうの方で人だかりがしていた。近づくと、人の輪の中で、二人の男が殺し合っていた。血だらけになって……。

二人とも三十近い、サラリーマン風の男である。ポロシャツにスラックス姿だ。二人とも、手に刃渡り二十センチもある鋭利などびだしナイフを握っていた。

誰もとめるものもなく、ニコニコ笑いながら面白そうに眺めていた。両親に手をひかれた子供

も綿アメをしゃぶりながら小さな眼をいっぱいに開いて見ている。人垣の中に警官も一人いるのを見た五道は、あきれはてた。

『アゴン、一体どうなってんだ?』

いつも五道の心を読みとっているアゴンは、テレパシーで答えた。

『決闘じゃないか、ひょっとしたら……』

『なるほど。そういえば、日本じゃケンカはあっても決闘はなかったな。決闘は法律で禁じられていたのかな?』

『その通り。刑法に「決闘罪ニ関スル件」という条項がある』

『ちょっと、言ってみてくれないか』

『第一条、決闘ヲ挑《いど》ミタル者又ハ其ノ挑ミニ応ジタル者ハ六月以上二年以下ノ重禁錮ニ処ス。第二条、決闘ヲ行イタル者ハ二年以上五年以下ノ重禁錮ニ処ス。第三条、決闘ニ依ッテ人ヲ殺傷シタル者ハ、刑法ノ各本条ニ照シテ処断ス。第四条、決闘ノ立会ヲ為シ、又ハ立会ヲ為スコトヲ……』

そこまで聞いて、五道はあたりを見回した。文明国における決闘なら、当然立会人がいるはずだ……。

ちゃんといたのである。やはり同じ年ぐらいの男が、巡査の脇に立っている。手にアタッシュケースのような鞄をさげているが、あれにいま武器に使っているナイフが入っていたのではないだろうか。

二人とも、手や腕に幾筋もの切り創があり、血が滲んでいた。

「早くやれ！　あとがつかえてるんだぞ！」

観客から野次がとんだ。どうやら、ここは〝決闘広場〟みたいな感じであった。

黄色いポロシャツの男がくりだしたナイフの刃先が、見事に白シャツの下腹をえぐった。

「やった！」

まるでホームランを打ったのを見た野球場のような歓声があがる。

泡くって左手で腹を抑える男の首筋に、撲りつけるように、黄色がナイフを上段からふりおろした。

「グワッ！」

奇妙な声をあげて、白がナイフを投げ棄てた右手で首筋を抑えたが、一瞬早く血しぶきがビュッとほとばしり、コンクリートの歩道をブラッシュをかけたように染めあげた。

「ああ、ダメ、興奮しちゃった！　ね、ね、いまやって！」

五道のわきにいたアベックの女の方が、スカートをまくりあげて男に迫った。ノーパンである。白い太腿と、逆三角のデルタが五道の眼にまともにとびこんできた。男の方も、ズボンのジッパーを剝きおろし、中からすっかり硬くなったのをひきだすと、女の体に当てがい、くびれた腰を抱きしめた。

「ああっ！　早く！」

黄色が白シャツにとどめを刺すのに間に合わせようというのか、女が上ずった声をあげた。

「いくぞ！」

その時、五道の体をおしのけるように、中年の紳士が女の後ろに近づいた。なんと、ズボンから出したペニスをしごいている。

「あの、私も参加させて下さい……」

アベックが返事するのも待たずに、紳士は女のアヌスを襲った。

「あっ！」

うまく入ったのかね、と五道は気になりながらも、決闘の方を見やった。

血の洪水の中にのたうつ白シャツのサラリーマンを見おろしている、黄色シャツの顔に勝利の喜びがうかび上ってくる。勝ったという喜びをじっと嚙みしめているのだろう。

「とどめを！」

立会人が声をかけた。

女が喘ぎながら、二人の男に注意した。

「ああ、早く早く……。でも、早すぎちゃあダメ。同時にやって……そう……まだ、まだよ……後ろの人も、おねがいよ……」

黄色がしゃがみ、白シャツを抑えこむ。心臓にナイフの先を当てがった。

「さあ、いまよ！」

ブシュッという微かだが、はっきりと肉に突き刺さる音がした。

ナイフがひきぬかれ、血がビュッと吹き上ると同時に女の恍惚の悲鳴があがった。

「あぁっ！……」

女が紳士に倒れこむようにのけ反った。

綿アメをしゃぶっていた男の子がびっくりしたように、二人の男にはさまれて悶えている女の白い脚を眺めている。ピンクの綿アメのせいで、口のまわりが真赤だった。

ぐったりした女の方から視線を前に移すと、父親に言った。

「パパ、よかったね。これで人口が一人減ったもんね」

「ああ、よかったね」

父親はチラリとアベックを見やり、

「でも、いま、また一人ふえたかもよ……」

どうやらさっき、五道の服を汚した男は、決闘に敗れ、断末魔の苦しみでわけもわからず駈けだし、五道にぶつかってコト切れたらしい。決闘が合法的に認められている国なら、お巡りも平気なわけだ。それも年中行事とあっては、いいかげんマンネリにもなってくるというものである。

五道は近くの本屋に入ると六法全書を立ち読みしてみた。巻末の総合事項索引のところを見たが「決闘」という項目はなかった。もう慣習となっているのだろう。念のために「猥褻《わいせつ》罪」という項目を探したが、これも見当らない。人通りで陰茎を見せびらかそうと、人ごみの中で青カンをやろうと、一切かまわないわけだ。

（こいつはゴキゲンな世界へやってきたもんだぜ）

五道はいっぱしのチンピラ気分になり、すっかりゴキゲンになってきた。久しぶりに血を見、人の殺し合いを見て、なんだか体の芯がゾクゾクしてきた。地球Ⅱでの特高相手に暴れた夜を思いだした。血が騒ぐ。いままでやけに高度の文明国にいたせいか、すっかり鳴りをひそめていた獣性が頭をもたげてきたようだった。というよりも瓢簞効果がでてきたということなのだろうか。

ふと、通りの向こう側にある店の看板が目についた。

「決闘用具ショップ」

その下に「あらゆる種類の決闘用の武器。時間貸しもします」。ウインドにはいろいろな武器がズラリと並んでいる。ピストル、日本刀、鎖鎌からイガイガの鉄球を鎖のさきにつけた鏈錘棍《ブロンメ》まである。古今東西の決闘用の武器が勢ぞろいしていた。

次の組は高校生ぐらいの暴走族といったタイプ。そういえば、さっき五道に凭れて死んだ男も革ジャンの若者だった。やっぱりヤングはいつの時代にも血に飢えているらしい。武器はなんと日本刀である。賃借りだろうが、相当高いにちがいない。立会人が日本の鞘をまとめて抱いている。さっきの死体は、黄色シャツと立会人二人して道の端にひきずっていってしまっていた。救急車がくるのを待っているのだろう、死体のそばに立って、次の決闘を眺めていた。

決闘者は二人とも日本刀を持ったのははじめてらしい。まずその重さに戸惑っているのがはっきりわかる。

「えいっ！」

一人がふりかぶって思いきりふりおろした。危なく一人がとびのく。空を斬り、今度はその日本刀の加速の重さで刀がとまらず、思わず地面に切先をぶつけそうになり、自分の足に思いきり斬りつけてしまった。

「痛えっ！」

スニーカーの爪先がパックリ切り裂かれ、みるみる歩道に血がにじみだす。その隙に、のけ反った方が、日本刀を横なぐりに払った。革ジャンの胸もとがスパッと横に裂けたが、体にはとどかない。

「この野郎！」

爪先の傷など感じないのか、胸もとを斬られてすっかり逆上したのか、また、よせばいいのに大上段にふりかぶって間合いも見ずにふりおろす。また空を斬ったあげく、今度は、同じ右足の膝小僧を自分の刀で斬りさげてしまった。

さすがにビッコをひくようにして、刀をとり直そうとするのを、相手がふたたび狙いをつけて、また横なぐりに刀を回した。旋回専門だ。上下にやると相手みたいに自分の足を斬ることになると用心したらしい。

今度は見事に相手の顔面をキャッチした。それも顔のドマン中。鼻の頭がスパッと横に裂け、一文字に血がにじみ出た。

「よっ、傷は浅いぞ！　ガンバレ、赤鼻の兄ちゃん！」

野次がとび、観客が笑った。みんな決闘を楽しんでいる。

「ああ、いいわあ！　ゆっくりやってちょうだい！　嬲り殺しにしてやってえ！」

五道の足もとから、さっきの女の声がした。見ると、男を仰向けに寝かせ、騎乗位姿で腰を動かしている。スカートが花のように開いているため、残念ながら、接合部分は見えない。先刻の紳士も男の肢の上に跨《また》がり、女の背中に抱きつくようにして女の乳房を揉みあげていた。

二人とも腰がのびきっている。いや、ファックしている連中じゃない、決闘やってる方。あんな重い刀をふり回すには、相当腰を落としてかからないと、体の重心がつんのめってしまう。そんなことしないから、二人ともあっちへよろよろ、こっちへよろよろとふらつきっ放しだ。

こっちのお姐さんは、じっくりと腰をおろして楽しんでいらっしゃる。

「ああ、そこそこ……」

その声を自分にかけられたアドバイスだと思ったのか、刀をふりかぶった奴が斜めに斬りおろした。見事に相手の肩をヒット。力が足りないから、バラリンズ、と袈裟がけに……などとはいかず、革ジャンを少し切り裂いただけ。

アベックのよがり声にすっかりその気になったのか、綿アメ坊やの両親も、夫婦で始めていた。それに触発され、あっちこっちでA、Bをやっていたアベックが C、Dに移行。ちょっとした青カン乱行パーティーの様相を呈してきた。立会の巡査までが、通りがかりの婦人警官をつかまえ、ナニし始める始末。

五道もすっかりムラムラしてきた。女ならもう何でもいいや、と思い始めていた。あたりを見回すと眼鏡をかけた白豚みたいな女子大生風の女の子が目に入った。五道がニッコリ笑いかけると、顔がパッと赤くなった。道路に押し倒し、スカートをまくり……。流水五道がつるみ五道《つるみ》に早変り。

二人の決闘者は相変らず頑張っている。

伝染とは恐ろしいもので、銀座中の男女がみんな秋の陽射しを浴びてほの暖くなっているアスファルト道路の上に、伸び伸びと寝そべり、セックスをし始めていた。二人だけでやれば恥しいが、みんながやればちっとも恥しくない。それに青カンのスガスガしさ、爽やかさ、面白さ。あっちこっちにポツンポツンと立っているのは子供と老人だけになった。相手のいない奴は、手あたり次第におっ始めていた。青カン、強姦、輪姦、近親相姦……。

その真ん中で、二人の兄ちゃんが、肩で息をしながら、全身血まみれで刀をバットの素振りみたいにぶん回し続けていた……。


クリーニング屋から服を受けとり、数奇屋橋の交叉点の方へ行くと、遥か向こうから、すさまじいバイクの排気音の音が聴こえた。それに何やら歓声とホーンの音が混じっている。それらの騒音が、空間から降ってくるように聴こえるのだ。

ちょうど、さっきのパトロール・B—8号巡査がいたので、五道は服の礼を言ってから、

「あれはなんの音ですか? ぼく、地方からでてきたもんで……」

「ああ、あれね。暴走族。日曜日は、高速道路を全部暴走族に開放してるわけ。車は全部地下道を走るようになってるんだ。だって、そのくらいしてやらんと、血の気の多い若者は気の毒だもんねえ。戦争のないこの世の中じゃ、若さの吐きだし口がないし、だから、思いきり走らせ、暴れ回らせ、殺し合わせてるってこと」

「殺し合いまで？」

「ああ。今日はたしか、〝赤い骸骨《レッド・スケルトン》〟団と〝翔んでる希望《ポップ・ホープ》〟団との決闘があるなんて報告が入ってたな。多分、それじゃないかな」

そいつはアイデアじゃないか、と五道は思った。毒を以って毒を制す、か。これでまた能足りんの若者や人口が少しでも減ればお国のためにもなるし、死ぬ奴らも思いきり、若さだか青春だかを謳歌しながら玉砕するんだから本望じゃないか。ひとつ、こいつは一見の価値があるな、と、五道は高速道路へ上っていった。

（なるほど、やってる、やってる！）

五道は、目前に展開されている殺戮シーンを見て、心の底に押えつけられ、出ることを拒んでいた潜在的な欲望が、一気に噴《ふ》き出るのを感じた。

二輪の爆発音を響かせて、400cc以上のバイクが唸りを立てて行きちがっている。高速道路のフェンスにはティーンエイジから二十代の若者が、びっしり鈴なりになって、暴走族同士のデイリを見物し、歓声をあげ、野次をとばし、応援していた。彼らもまた命がけであった。いつ、暴走車が、自分の方にふっとんでくるかもしれないのだ。

真黒なフルフェイスのヘルメットに、赤い骸骨の絵を染めぬいたレッド・スケルトン団と白いヘルメットに運命の女神が翼を拡げているデザインを描いた、ポップ・ホープ団が、バイクの尻にそれぞれの図柄を刺繍した幟《のぼり》をバタバタとはためかせて乱闘しているのであった。

その凶器を見て、五道は思わず快哉の唸りをあげた。血湧き、肉踊る想いである。

ドライバーの背中にぴったりくっつくようにして凶器を持った男女がいる。それが手に手に、思い思いの凶器を持ち、バイクがすれ違いざま、相手のドライバーを襲うのだ。チェーン、ヌンチャク、野球の金属バットにはじまり、日本刀、鎗、両刃の長剣、金属製のイガイガのついた棍棒、イガイガ球のついたプロンメ、牧草を掻き集めるのに使う三叉鍬、本物の薙刀《なぎなた》等々。戦後、アメリカに占領され、武器と名のつくものをみんな没収された五道のいた日本と異り、ここでは火器以外の凶器はなんでも手に入るらしい。

一番矢おもてに立つドライバーは、バイクに体をぴったり伏せ、ハンドルについている風防のかげにかくれるようにしているので、意外と被害は少い。逆にその後ろに乗った奴の方がやられる率が多かった。

一番迫力のあったのは、頭の上でピュンピュンと青龍刀を振り回している奴だった。ヘルメットにぶつかっただけでも、相手は脳震盪を起こしてバイクからふり落とされる。そいつを後ろからきた仲間のバイクが跳ねとばし、そのバイクもふっとんでブロックのフェンスに衝突し、観客、二、三人を高速道路の上から、下の地面にたたきつける、というわけだ。この連鎖反応がなんとも面白く、スリルがある。いつ、どこにふっとんでくるかわからないわけだ。

レッド・スケルトンのゴッツイ兄ちゃんが青龍刀で五人ばかり料理したところ、風のようにやってきたポップ・ホープ団の一員にアッという間に首を刎《は》ねとばされてお陀仏。なんで首をチョン斬られたと思う？　なんと、相手の持っていたのは西洋の死神がよくもっている大鎌《がま》なのである。湾曲したあの鋭い刃が一メートル近くもあるバカでかい鎌だ。そいつは、ドライバーの背にぴったり体を伏せ、大鎌をサイドに垂らしてねかせていたため、青龍刀の兄ちゃんもつい気がつかずに油断をしたのだろう。しかも、鎌を持っているのが長い黒髪をヘルメットの端からなびかせた女のコだった。つい甘くみて、威《おど》しで青龍刀をふったのを、すれ違いざまに、サッと大鎌を起こして首を薙ぎ払ったのだった。

これには敵も味方も大喝采。いや、喝采したのはポップ団と観客だけだ。ゴメン。

首を失った胴体から噴き上げた血の噴水はもの凄かった。右手は相変らずしっかりと青龍刀を握りしめ、左手でドライバーの胴を抱きしめたまま、血の噴水を風に飛ばしてバイクは疾走を続けていた。ドライバーは無傷なので、まさか、自分の胴にしがみついている仲間がすでに首無し人間になっているとは気がつかず、そのまま走り続ける。

血しぶきが霧となり、まるで赤いエナメルのスプレーでもかけたように、野次馬たちの体を濡らした。

五道は小さい頃見た交尾中のカマキリの姿を思いだした。メスのカマキリは交尾しながら、背中の上にのったオスの体を頭から食っていく習慣がある。五道が見たのは、ちょうど頭だけ食い千切られたオスを背中にのせたまま、悠然と草の茎の上を歩いているメスカマキリであった。首のない胴体だけの人間をしがみつかせたまま、バイクが走り続けていく。赤い骸骨の幟をなびかせて……。

どうやらそいつがレッド・スケルトン団の団長らしかった。団長が胴体だけになったのを見て他の団員は、声をかけ合い、逃走に移った。それを見たホープ団は別に深追いすることもなく、道路に散らばった仲間の救出と、傷を負って呻いている敵の団員への制裁を始めた。それは制裁というよりは殺戮というにふさわしい。みんな、それぞれ手にした凶器で、敵の負傷者の息の根をとめていくのだった。

鬼の金棒のようなトゲつきの鉄棒を持った奴は、そいつを地面でのたうっている敵団員の股間にふりおろし、急所をつぶしてから、肋骨を次々に打ち砕いていく。

鉄球をつけた鏈錘棍《フロンメ》を持ったのは、鉄球を思いきり、敵の脾腹にぶちこみ、ヘルメットのフェイスを打ちくだき、のど首をつぶして息の根をとめる。

槍で敵の肛門から頭蓋骨まで一刺しにして即死させる奴、青龍刀をふりかぶり、中世の首斬り役人よろしく首をチョン斬る奴、日本刀で滅多やたらに胴体に風穴を開けていく奴……、どれもこれも、レッド・スケルトン団のジャンパーを着ている人間は一人残らず惨殺されていった。

一応、トドメを刺し終ると、鎌で刈り取った団長の生首を槍の穂先に突き刺した殊勲の女団員が槍を肩にかついでバイクの後ろにまたがった。彼女の車を先頭に、負傷者を後ろにのせ、ポップ・ホープ団は意気揚々とホーンを高く慣らして走り去っていく。そのあとの高速道路には、屍体や生首やバイクやヘルメットや凶器がゴロゴロと転がっている。

ポップ団のバイクの影が小さく、見えなくなった途端、動物園の猿みたいに、高速のフェンスにのっかっていた野次馬どもがいっせいに車道に跳び降りた。そして略奪と凌辱が始まった。

まるでガラクタ市のバーゲンセール場みたいなもので、早いものがちに、手あたり次第に目ぼしい物をかっさらい、奪い合う。獅子が食い荒らした獲物のあとに群がるハイエナの群さながらであった。

　ヘルメットをひっぱり合い、ジャンパーをはがす奴、ジーンズを脱がす奴、ブーツをひき抜く奴、ペンダントを外し、Tシャツをむしり、あっという間に下着一枚の丸裸にされていく。バイクの奪い合いも凄まじかった。殴りあっている間に、漁夫の利でわきからサッとかっぱらって乗り逃げされているのもいれば、一人が素早くエンジンをかけてスタートさせる間に、二、三人がバイクにしがみつき、数メートルも走らないうちに運転している奴が首を絞められて転倒し、他の奴も一緒にふっとんだり、またうまく走りだした奴が後ろにしがみついているのを、次々にふり落としていったり、バイク同士で正面衝突したり、死体に乗りあげて転倒したり、と、もう目茶苦茶。

　それぞれ獲物を手に入れた奴らが満足気にひきさがったあと、アブれた連中が、今度はヤケッ八と欲求不満と獣性から、死体を凌辱し始めた。

　ほとんど全裸に近い死体を、短靴で蹴っとばしたり、ペニスをナイフで切り刻んだり、戦利品（?）の凶器で、死体を叩き割ったり、ナイフをブスブス死体に突きたて、その感触をためしたり、頭蓋骨を砕かれてとびだした目玉をスニーカーの靴底でブシュッとつぶしてその足応え（?）を味わったり、もう、さまざま。

　何人かは女の団員もまざっていたので、これはもう、屍姦の輪姦もいいところ。なにしろ、日曜日の高速道路は二十四時間無法地帯と化すので、まさに地獄絵そのものであった。人間の浅ましさを通りこし、地獄の餓鬼もいいところ。あげくの果てに、ワギナを切りとられ、乳房をねじ切られ、乳首を嚙み切られた屍体が、鮮血の海の中にゴロゴロとり残されていく。屠殺場や戦場ですら、これほど無秩序で残酷な殺掠は行われないにちがいない。

五道は見ているうちに悲しくなり、やがてそれが怒りに変っていった。決闘の時は自分らは安全地帯（あまり安全とはいえなかったが）から高みの見物をし、終ったあと、そのお余りを奪い合う。そこまではまだ我慢もできる。許せないのは、無抵抗な死体に凌辱を加えたことであった。自分は臆病であるがために、ふだんは味わうことのできない殺しの味、人間の体を切り刻む手応えなどを、他人のお余りでやっている連中の無惨さ、冷酷さ、いじましさであった。

だからといって、五道に何ができるというのか？　車道に流された血に狂い、四散する生首や臓物、そぎ落とされた手首や耳などの血なまぐさい中での狂ったような野犬や餓狼たちを、どうやって追い払うことができるのか？　死を賭した決闘や喧嘩や殺し合いは楽しい見ものであった。だが、この凌辱には五道は耐えられなかった。変り果てた人間の死骸や内臓の気味悪さに対してではなく、狂ったハイエナどもへの嫌悪感から、五道は吐き気を催してきていた。

（ああ、いやなものを見た。帰るか……）高速を逆の方に、人気のない方へ歩きかけた時、数百メートル向こうの端に、もう一人レッド・スケルトン団の団員が倒れているのが目に入った。道がカーブしている上、道の隅に、フェンスに体をくっつけるようにして倒れているので誰も気づかなかったらしい。黒いヘルメットの頭がかすかに道の端にのぞいていた。野次馬はみんな戦場の方に寄り集まっていたため、戦場から遠く離れた所まで見渡せなかったのだろう。

五道がさり気なくそっちへ歩き始めたとたん、獲物に飢えたあぶれ野犬の本能的な嗅覚で、二

〜三人の男がハッとしたように、五道の行く手を見た。

「あっ、まだあそこにいた!」

思わず一人が小さな声をあげ、五、六人の男がそっちをふり向いた。

「よっしゃ! いただきっ!」

バラバラと数人のハイエナどもが駈けだした。五道も駈けようとしたが、急に馬鹿馬鹿しくなり、歩みをとめた。が、その時、黒いヘルメットが動いた。

(あっ、まだ生きている!)

この連中につかまったら、嬲り殺しにされるだろうことはあまりにもはっきりしていた。五道の心の優しさがかすかにうずいたように痛んだ。助けてあげよう、か……。

早足でヘルメットの所についた時には、もう先に着いた連中が、よろよろとやっと立ち上った男の囲りをとり囲んでいた。みんな獲物にあぶれた連中だけに、凶器を持っているのがいなかったのが、男に幸いした。華奢で小柄な男だった。みんなそれぞれ、男のジャンパーに手をかけたり、ヘルメットを外そうとしていたが、男も必死に抵抗している。

やっと近づいた五道が、

「ゆるしてやれよ! 可哀相じゃないか」

野次馬にあるまじき言葉をきいて、数人の男がギョッとして五道の方を見た。それが、十六、七の、へんに年寄りじみた顔をした少年なのにまたびっくりした。しかも、体に合わないダブついた背広姿をしている。

「なんだい、このガキゃあ！」
二十四、五の工員風の男が五道を怒鳴りつけた。
「ガキはすっこんでな。それとも、こいつのダチかい？」

ヘルメットの面は黒ずんだ色をしているため、中の顔はよく見えない。

「せっかく生き残ったんだ。それにケガもしてるらしいし……。助けてやんなよ、おじさん」

「おじさんだと？」

他の連中も、ヘルメットを放ったらかして五道をとり囲んだ。この際弱い者で、殺戮の欲望を満たしてくれるものなら何でもいいのだろう。

五道は、ヘルメットが、その場にうずくまるのを見た。足首を痛めているらしい。五道は自分の体の中で、ハイエナどもに対する怒りの情念がだんだんはっきりした形をとってくるのがはっきり感じとれた。怒りが、残忍な闘争心に変わるのを。

「てめえから先に料理してやるぜ」

工員風のデカいのが、五道の襟をつかもうと手をさし伸ばした。一瞬早く、五道は体を沈めると、工員風の金玉を思いきり革靴の先で蹴あげた。

「ウギャ！」

奇妙な悲鳴をあげて両手で股間を抑えて体を折る奴の首筋に手刀をぶちこむ。おなじみのプロセスで一人片づけてから、五道は次々に舞い、踊った。一つ舞い終るたびに確実に一人がぶっ倒れていく。最後の一人が逃げだした。それにも背後から、男の脳天に手刀をぶちこんだ。

グジャ！　という変な音がして頭蓋骨が手刀の形に陥落した。即死である。車道でのたくっている四、五人に、一人ずつ五道はお仕置きをしていった。鬼のように冷酷な五道になっていた。

（おれが、いまのここの法律だ。それなりの罰を与えてやろう）

工員風の右手の甲をにぎると、反対側に手首をへし折った。これでこいつは一生右手は使いものにならんだろう。一人は、首から肩にかけての鎖骨を靴底で踏み砕いた。骨折のなかでも一番始末の悪いのが鎖骨の複雑骨折だという。治りにくく、痛みも激しく、始末におえないらしい。一人は片足を両手でかかえて捻った。ボギッ！　と鈍い音を立てて股関節が脱臼した。そして残りの一人は肋骨を数枚、やはり靴の底で砕いた。

「おい、立てるか？」

地面にぺったりと尻もちをついたポーズで呆然と五道の残忍な行為を眺めていた男に五道が声をかけた。

「えっ？　ああ、大丈夫。なんとか……」

ブロックのフェンスに体を支えながら、男は立ち上った。少年のように若々しい幼い声だった。

「肩をかそう」

五道が少年に肩をつかまらせた時、突然、けたたましいホーンの音と爆音を響かせて目の前のカーブから暴走族が現われた。ポップ・ホープ団である。環状道路をぐるっと一周して、さっき走り去ったと反対側から現われたのだった。

真黒な地に真紅の骸骨の縫いとりをしたレッド・スケルトン団のジャンパーが彼らの目に入っ

た。少年が背を向けていたのが命とりになった。

急ブレーキの甲高い音が五道と少年を取り囲んだ。

「なんだ、貴様、こいつの仲間か?」

「ちがう。でも見逃してくれよ。もう処分は済んだんだろう?」

五道が下手にでて頼んだ。

「冗談じゃねえ。素人さんには手を出さないのがおれたちの掟だ。だったら、そいつだけこっちに渡しな。な、いい子だから……」

どうやら団長らしく、物わかりがいい。だが、五道は物わかりが悪かった。

「いやだよ。折角助けたんだ。そいつらからね」

地面でのたうったり、頭蓋骨を割られて死んでいる素人さんたちを、ポップ団全員がびっくりしたように眺めた。

「こいつらを、てめえが一人でやったのか?」

一人の団員が、あきれた声をだした。みんなフルフェイスのヘルメットなので顔が見えない。

五道がニッと笑った。

「だから、やっと助けだしたところだからさ。ね、見逃して……」

「そうはいかんな。じゃ、今度はおれたちが相手だ」

「困っちゃったな」

ほんとに困ったような顔をした五道をみて、オチョクられたと思ったらしく、全員がいきり立った。なにしろ、みんな素敵な凶器を持っていなさるわけだ。あの大鎌でなぎ払われたらたまったもんじゃない……と、五道は思った。肩に担いでいる少年がガタガタふるえているのがはっきりわかる。ジーンズはきっと小便でぐっしょりにちがいない。

「じゃ、いいよ。どこからでもかかってきなよ。さあ！」

バイクからおりた連中が十人ばかり、輪になり、手に手に凶器をつかんでつめよってくる。五道は少年の体を片手でがっしり抱えこんだ。

まず、正面にいる奴が長槍の穂先をぴたりと五道の胸もとに狙いをつけて、詰めよってきた。穂先が三十センチほどになった。五道の全身に冷汗が吹きだした。万一、瓢箪が言うことを聞いてくれないと串刺しだ……。

五道は念波を送った。

「野郎！」

槍を持った男が体ごと突っかけてくる寸前、五道と少年の体が消滅した。淡い棒状の虹を突き透した槍の穂先が、五道のすぐ背後まで迫り、日本刀をふりかざしていた仲間の胸板を深々と串刺しにした。

「オゲエーッ！」

怪鳥のような悲鳴が奔《ほとばし》った時には、二本の虹はもうあとかたもなく消えてしまっていた。団員はまさに白昼夢でも見たような顔つきで、呆然と輪の中の空間を見つめていた。

どこかのビルの会長室らしかった。念波でそう指令をだしたからである。日曜日なので会社は休みにちがいないと思ったのだった。案の定、人気はない。豪華なソファーに少年を座らせると、五道はヘルメットを脱がした。

「あっ……」

思わず小さく叫んだ。一瞬、あの志津子の顔を見たと思ったからだ。貴美子の妹の。細っそりとした白い顔。目鼻立ちの整った、細面の顔に、あの大きな黒い眼があった。聖橋の虹がよぎった。黒々した髪の間から、白い額、頬にかけて赤い血が垂れて硬くかたまっている。美少年であった。唇が赤い。

また目まいがしたのか、少年はソファーに横になった。五道は部屋の隅にある洗面所からコップに水を注ぎ、少年にさしだした。

「ありがとう……兄貴、強いんですね」

まるで女のような手つきで水を呑みながら、少年は惚れぼれするような目つきで五道を見た。

(なんだ、こいつ、オカマか……)

だが、不思議に抵抗感はない。

「名前はなんていうんだ?」

「らん、たまき」

「変った名前だな。おれは五道だ」

「ごどう? 兄貴こそ変ってるじゃないの。それ、名前、苗字?」

「名前だよ。それはそうと、お前はどこに住んでるんだい？　一人か？」

「ええ、一人よ。付属の私立校の三年生。東京でマンションの一人暮らし」

「両親は？」

「商社マンなの。両親ともアメリカにいるわ」

また淀一家を思いだした。同じような境遇の人間がけっこういるもんだ、どこの地球にも……。

「じゃあ、そこに翔ぶか。住所と目印になるような建物は？」

「兄貴はなあに？　魔法使い？　それとも宇宙人なの？」

「宇宙人かな。あの空に浮かんでいる他の地球から来た」

「まあ、素敵！　宇宙人に助けてもらうなんて、タマキ、しびれちゃう！」

「もう、足がしびれてるくせに」

五道はまた翔んだ。そしてこの日から、五道と美少年、蘭環《たまき》との同棲生活が始まったのだった。


ここはここなりに、また五道にとっては居心地のよい地球であった。それに環がいた。

十六歳くらいの肉体になった五道にとって、女はもうあまり必要ではないし、またこましゃくれたいまのような顔の五道に惚れてくれる少女もいなかった。成熟したおいしそうな大人の女性は、五道みたいなジャリにはハナもひっかけてくれない。環みたいなら別だろうが。

その環が五道に惚れこんでしまっていたのである。高校にはちゃんと出席しているが、夜、新宿などに遊びに行く時には、まるで腹の減った猫のように、また主人思いの忠犬のようにぴったりくっついて離れなかった。

五道ははじめて少年の体を知った。最初は女に対しての時のように、欲情するようなことはまったくなかった。しかし、柔らかいベッドで裸で抱き合い、環の、女のように白い肌を撫で回し、薄くかたい胸を指でなぞりながら話をしていると、少年の、透きとおるように薄い皮膚の感触が、女のしっとりと脂ののった肌とはまた違った興奮をめざめさせてきたのだった。

女同士の同性愛しか知らなかったイアネイラが、はじめて男の五道の体を抱いた時、びっくりしたように呟いた言葉を五道は想い出した。

「男の人の体って、硬いんですのね……」

その硬い少年の体をそっと抱きしめてやると、環は猫のように体をこすりつけ、五道の肌を嗅ぎ、

「お兄さまの体って、素敵な匂いがするのね……」

〝兄貴〟が、家にいる時は〝お兄さま〟になっていた。また、イアネイラを思いだす。そういえば、イアネイラの体も少年のような体だった。だから、環にもそれほど違和感を感じなかったのだろうか……。

女とちがって、薄い心もとない、その代りに軽くてひきしまった尻たぶの感触にも五道は慣れてきた。そして何よりも五道に少年愛の世界への扉を開いてくれたのは、地球Ⅲでふたなりの貴美子の体を愛していたことと、驚くほどの、環の志津子との相似であった。

オカッパのヘアピースをつけ、紺のセーラー服を着た環は、五道の胸を懐旧の想いで締めつけ

た。そこに、志津子がいた。目の前に、あの懐しい志津子がいた。

結局、あの志津子に対する想いはなんだったのだろうか、と五道は考えることがあった。美しいし、五道の好みのタイプであった。なのに、どうしてそれ以上の想いをあの時いだかなかったろうか？

それには二つの理由が思い浮かぶ。

一つには、圧倒的に強烈な想いを吹きこんだ貴美子がいたこと。

もう一つは、志津子の方で、五道に対して親しさ以外の感情の表現をしなかったことである。もし、志津子が五道を恋し、五道に積極的に愛情の表現をしていたら、二人の間はどうなっていたろうか、と五道は思った。いまの五道には、それくらいの判断力が身についていたのである。あの頃はそんなこと、考えても見なかったが……。

恋には、お互いに同時に愛し合う恋と、一方的な片想いの恋との二つしかないと思っていた。それにもう一つ、相手に恋をうちあけられ、それから急速にお互いの恋が芽生える場合があることを五道はいま体験していた。イアネイラの場合もそれに似ているが、あれは愛であって恋まではいっていなかったように五道には思えた。五道は恋をするたびに、中世のプレイボーイ貴族、ラ・ロシュフーコの警句を思いだすのだった。——「恋には千の顔がある」

（その一つが、また環との恋か……）

家ではいつも女学生の女装をしている環に恋され愛されているうちに、五道の心の中で志津子と完全に区別がつかなくなったような錯覚現象が生じた。そしてはじめて、志津子をも五道は心のどこかで恋していたことを知ったのである。

そんな環と交っていると、あの女学生の志津子を犯しているような一種異様な倒錯セックスの世界の迷路に入りこんでしまい、抜けだせなくなっている自分を見出すことが多くなってきた。

「お兄さま……人間って、どうして、こんなにも相手が恋しくなるのかしら？」

五道の小さな乳首を舌の先でなぞりながら、環が聞いたことがある。

「プラトンの『饗宴』に面白い話があるんだ。昔人間は男と女を背中合わせに貼り合わせたような球形の形をしていた。これをアンドロギュノス——ギリシャ語で男女同体という意味だけど——というんだ。頭の部分もくっついて一つの頭になっているわけだな。手が四本、足が四本なので、歩く時には、手足でトンボ返りするようにしてくるくる回転して歩く。彼らは恐ろしいほどの力と強さと気位をもっていた。遂には神々に挑戦さえしてきたんだな。これであわてたのがギリシャの神々だ。ゼウスは結局彼らを無力にする方法を考えついた。どうしたと思う？　一人残らず真二つに切断しちゃったんだ、縦割りにね。そして、一人を切断するたびに、アポロンに命じて、切断面を覆うために、背中の切り口の皮を断面の方に寄せ集め、背の真ん中へ一つの口みたいに絞りあげて締めたわけだ。これが臍になった……」

「まあ面白い。なかなかやるじゃない？　でも背中にお臍があるわけ？」

「それじゃしょうがないっていうんで、顔を百八十度ネジ曲げ後ろ前にして、いつも切断面が見えるようにした」

「で、どうなったの、オチンチンは？」

「もとのままだ。人間の、いまのお尻の方についていたわけだ。女の方の性器もね」

「わっ、じゃ、全然できないわけ？」

「そう。それが大問題になった。二つにされたアンドロギュノス、二つになったから、もう〝人間〟と呼ぶんだが、人間は、お互いの半分にいつも恋いこがれ、一つになろうという欲望に燃え、腕をからみ合ったまま離れようとしない。恋に身をこがしたわけだが、そんな体だから一つになれない。ますます欲求不満になり、腕で抱きついたまま離れない。そのためみんな餓え死にだ。バタバタ死んでゆく。相手の女が死んでも男は死体を抱きしめたまま離さない。女の場合も同じだ。こうして彼らは滅び始めた……」

「かわいそう……わかるわ、その人たちの気持……うん、ようくわかる……」

「ゼウスもこれではあまりにも憐れである、と思い、性器を前の方に移動させてやった。その結果、やっと満足に欲望を満たすことができるようになった、というわけだ。ね、面白いだろう？」

「ええ、いいお話ね。お兄さまって何でも知っているのね。タマキ、ますます尊敬しちゃう。ね、アンドロギュノスにならない？」

「ああ……」

二人がぴったり融合した時、環が言った。

「これで、二人とも、一人のアンドロギュノスになったわけね？」

「いや、ちょっとちがうな」

五道は、二人の体の間にはさまれて硬く下腹に伸びている環のペニスを指ではじいた。

「これが一本、多い」

「まあ、いやな、お兄さま。タマキ、これ、切りとっちゃおうかしら?」

二人は声を出して笑った。

だが、意外にも早く、その冗談が実現する日がやってきた。

その日、五道は部屋でテレビを見ていた。

もう七時近いというのに、まだ環が帰ってこない。

(学校の帰りに渋谷に寄ってくるっていってたけど、ちょっと遅すぎるな)

そう思って、環の姿が見えないかな、とベランダに出ようと、テレビのスイッチを切ろうとした時、テレビの上にフッとアゴンが湧き上った。この頃、アゴンは護身用に環が外に出る時にもたせていたのである。アゴンは一言いった。

『環が危い。すぐに出かけよう』

五道はふだん着のまま素早く靴をはいた。家にいてよかった、と思った。もし、映画館にでもいってたら、さすがのアゴンも探しようがなかったろう。

ポケットに入れたアゴンが、五道の瓢箪に念波を送った。二人は翔んだ。

素裸にされた環が、両手をロープで縛られて天井から吊りさげられている。どこか、キャバレーの地下室のようであった。環が無断で団を抜けたことに対するリンチのようであった。それに死んだ団長への弔いかもしれなかった。なにしろ、環は団長の唯一の〝女〟だったから。

不意に五道が環の前に現われたので、三人いた青年が腰をぬかさんばかりに仰天した。

「て、てめえは、いったいなんだ?!」

やっと一人が血まみれのナイフを五道の方に突きつけるようにして、かすれた声をだした。

「兄貴、来てくれたんだね……ありがとう」

「タマキ……何てことを……」

環の白い太腿はバーミリオンの血の流れで赤い縞模様に彩られていた。淡い陰毛の中にあるべきペニスの影がなかった。ペニスのあった場所は、いまは血の泉となって、ドクドクと赤い血を湧き上らせている。

ナイフの男のもう一方の手に、環のペニスがつままれていた。五道が環と同じくらいの少年だと知ると、三人は急に威勢がよくなった。

「なんだ、このガキは?」

環に聞いている。

「あたしの守り神さまよ。兄貴、こいつら、みんな撲り殺してちょうだい。いいえ、殺さないで！　みんな、一人残らず、あたしみたいにしちゃって！」

「いいよ、タマキ。お前がそれを望むなら」

「なにぬかしやがる！　てめえも切り取ってもらいてえの……」

終りまで言う前に、男のナイフが蹴上げた五道の爪先でふっとび、アッという間もなく、男の両の目玉に、五道の二本の指が深々とえぐりこまれていた。

「ギャーッ！　いてえっ、いてえっ、いてえようっ！」

眼窩から噴きだした血が、抑えた両手の間からダラダラ垂れた。その間に、他の二人も床に伸びていた。五道が目玉に突き刺した右手をひき抜きざま、肱で右側の男の鳩尾《みぞおち》を突き、同時に左手の手刀を左側の男ののど仏に飛ばして軟骨を砕いたからであった。

のどを抑えてゲエゲエヒーヒーやっている奴を蹴倒すと、背中を向けて馬乗りになり、床に落ちているナイフを拾うと、ジーンズの上から楔形に股間を切りとった。

「ヒェーッ！」

というような奇妙な唸り声をあげてのたうつ奴の上から降り、鳩尾を抑えて悶絶している奴の股ぐらも同じように切除していく。最後に、目玉をつぶされた顔を両手で覆い、ギャーッギャーッとわめいている奴の股間に狙いをつけてナイフの切先をつき立て、手応えをたしかめながら、ゆっくりとえぐり取っていった。

血まみれの、ぬるぬるする手を、一人の男のTシャツでぬぐってから、五道は環の前に立った。縄をほどいてやりながら、

「これで気がすんだかい？」

「ええ……でも、痛い……もう、死にそう……」

「すぐ病院に連れてってやるからがまんしろよな」

「ええ……」

相当痛いのだろうに、一言も呻き声をあげない環が、五道にはいじらしくもいとおしかった。

やっと手首の結び目をほどき終った時、

「あっ危い！」

環が思いきり五道を真横につきとばした。

「あっ！」

ズブッ！　という鈍い音がした。のどをつぶされ、ペニスを睾丸ごと切りとられた奴が、ナイフを腹に当てがい、体ごと五道の背中に体当りしてきたのを、環が一瞬早く見つけて五道をつきとばしたのだった。そのナイフをまともに下腹にくらった環が、今度こそ苦痛の悲鳴をあげた。

「野郎！」

怒りに我を忘れ、五道は全身の力を両のこぶしにこめると、まだ環の体にナイフを突きたてたまま環にかぶさって立っているそいつの頭を、左右のこぶしでカチ割るようにガツンと同時にはさみ打つ。

パカーン！

まるで西瓜が割れるような音がした。男の頭蓋骨が、万力ではさみ割られたように縦長に砕けた。

ズルズルと男の体が床に崩れた。

「兄貴……」

両手で下腹部を抑えてしゃがみこむ環の体を抱きあげた五道の耳に、環がつぶやいた。

「兄貴のいた地球が見たい……」

「いいとも……」

五道は環を抱いたまま、池袋のサンシャインビルの屋上に翔んだ。日本一高いビルの屋上に。

夜空には降るように地球が輝いていた。だが、五道にはひどく少く見えた。

(あれ？　いつもの五分の一、いや十分の一ぐらいしかないな……)

「兄貴、抱いてくれないかな……」

そこで環はニヤッと薄い笑顔を浮かべた。

「あたしさあ、ほら、女と同じワレメちゃんができたよ。オチンチンもないしさ……」

血まみれの両手を下腹から離した。赤い泥絵具を塗りたくったような血みどろの中に蠕動《ぜんどう》する腸のつるつるした表面がのぞいている。

「だからさあ、ここに、兄貴の入れてくれないかな……そうしたらさ、あたしたち、ほんとのアンドロギュノスになれるじゃん……」

「タマキ、あんな話、まだ覚えていたのか……」

五道の眼が涙で曇った。

「いいとも」

ジーンズを脱いで下半身裸になると、五道は萎えたペニスを落とし込むように、環の傷口にさしこんでいく。とても立つはずがなかった。

「ああ、いい気持だわ、お兄さま……」

家で女装した時だけ〝お兄さま〟といっていたのが、入れた瞬間、女としての意識が芽生えたのか、それとも、もう意識が混濁してきて、区別がつかなくなったのか、五道にはわからなかった。

「あっ、動くのがわかるわ……ほら、硬くなってくる……」

ほんとであった。熱いくらいの内臓の中にどっぷりつかっていた五道のペニスは、たえず芋虫のようにうねうねと蠕動する大腸小腸のすべすべした粘膜になぶられているうちに、心とは裏腹に勃起してきていたのである。

「ああ、いいわァ、あなた……ごめんなさい、あたし、お兄さまのお嫁さんになりたかったの……いつか整形手術して、立派な奥さんになるつもりだった……あっ、動いたわ……そうしたら〝あなた〟って呼ぼうと思って……時々、口の中で練習してたのよ、ごめんなさいね……ああ、もっと動かしてちょうだい、あなた！」

五道もいつの間にかすっかりエクスタシーの世界に没入しつつあった。ハラワタが暖く体を包み、吸いこみ、締めつけてくる。環は苦痛を必死でこらえながら、その激痛の中から、女としての性感をまさぐり出そうと努力しているようであった。それはまるで、砂の中から一粒の砂金を見つけるよりもっとむずかしいに違いないのに……。

「うれしいわ、あなた……あなた、あたしを殺してちょうだい！　もうダメみたい……あっ、いい感じ……おねがいよ、あなた……」

五道の眼から涙がポタポタと環の蒼ざめた顔にこぼれ落ちた。五道は両手を環の首にかけた。

「ああ、このまま死ねるなんて！　しあわせよ、タマキ！　これで、やっと、ほんとの一人のアンドロギュノスになれたのね、あたしたち……」

「ああ、ほんもののアンドロギュノスだ！」

ゆっくりと五道の指に力がこもり、環の頸動脈を圧迫してゆく。

「いい気持……もっと締めて……」

「うん」

とめどなく涙がこぼれた。恍惚とした表情を浮かべたままの環の死顔の中に、五道は貴美子と志津子の面影を見たように思った。

（またひとり、おれのベアトリーチェが死んだ……）

その時、脱いだズボンの上にいたアゴンの叫び声がした。

『大変だ！　地球が消えてゆく。私は帰らねばならない』

ギョッとしてふり仰いだ五道の眼に、さっき、あれだけあった地球が、まるで嘘のように数個しか残っていないのが映った。それも、見ている間にまた一つ、フッとかき消すように消えた。

『じゃあ、ごきげんよう！　もう、私には時間が無い。主人が呼んでいる……さようなら』

『さようなら、アゴン。先生によろ……』

まで言った時、アゴンの小さな体はもう消えていた。

五道も急いでジーンズをはいた。不吉な予感がした。ここも消えてゆくような……。

再び見上げた五道は、もうたった一つしか地球が残っていないことを知った。それもずっと遠くに。

（あれが最後の地球かもしれない。おれのいた地球ではないことはたしかだ）

行くべきか、とどまるべきか？　五道は直感に賭けた。

（行け！　五道！　あれが旅の終りになる地球だ）

父の声のようでもあり、巨猿の声のようでもあった。ありがたいことに、その一個だけ消えずに残っている。

（また小さく、子供になりに行くか。とにかく行こう！）

五道は運にまかせて思いきって翔んだ。あの鍾乳洞の崖から跳ぶより勇気がいった。翔んでる途中であの地球が消えたら、自分は一体どこへ行くんだろう？　それこそ無の世界を未来永劫に翔び続けるのだろうか？

吉か？　凶か？

環の屍《しかばね》の枕もとに一本の虹が立ち、すぐに消えた。一瞬遅れて、五道のいた地球Ⅵの周囲から空が消えた。

エピローグ

銀河のほとりで眠っていた砂金《テラ》採りの老人は、眼を醒ますと大きな伸びをした。

時のない永遠の宇宙の中で、老人は足もとに広がる銀河を眺めた。キラキラと輝き、とこしえの果てに音もなく流れていく銀砂の銀河。その砂粒の中から拾いだし、ひと所に集めた砂金《テラ》を、老人は掌にすくうと、一粒ずつ選り分けていく。

どれもこれも、同じ大きさ、同じ種類、同じ形、同じ年齢のテラばかり。

やがて選別を終えた老人は、気に入らないテラの堆積を、足もとに掘った黒い穴《ブラック・ホール》に投げこんだ。残りの良質の砂金を、老人は、腰の革袋に入れると、老いた重い足をひきずるようにして、ふたたび銀河の中をゆっくりと徒渉《としょう》していく。新しい砂金を求めて……。

老人の手からこぼれた一粒の砂金が、ぽとりと銀河の中に落ち、そのままゆっくりともとの流れにのって輝いていた。

赤外の章　日輪の大団円

空は黄昏時の、奇妙に仄明かるい色で染まり、あたりはオレンジ色の照明の中に沈んでいた。新緑に覆われた緑の山々が五道をひっそりと取り囲んでいる。目の前に、木の杭が一本立ち、板きれが打ちつけてある。そこにもう消えかかった文字で「水簾洞」と書いてあるのがやっと読めた。その横に鍾乳洞の入口がポッカリと口を開けていた。

五道はその入口に歩を進めた。体中がきしむように痛んだ。歩くたびにズボンの中で、環の血糊でこわばったペニスがこすれた。

小さな鍾乳洞であった。二十メートルほどいった所でもう行きどまりになっている。手さぐりで壁をさわったが完全に何もない。

ここは巨猿のいる地球ではなかった！　もちろん、五道の故郷でもない。

覚悟していたとはいえ、救いのない寂しさが五道の胸を絞めつけた。たった一つ残った地球が、五道の生まれ故郷の地球ではなかったというやりきれない孤独感。大空の地球が無くなる前に、やっぱり地球に戻るべきだったのだろうか？

しまった、という後悔が一瞬五道の胸をかすめた。だがすぐに思い直した。

(何をいまさら！　おれは死んだ男じゃないか。地球を捨てた男じゃないか。それをいまさら何をくよくよしてるんだ！)

それでふっきれた。しかし、巨猿が、いまほど懐しく、親しく思えたことはなかった。

石灰質の、ザラザラした行きどまりの壁を撫でさすりながら、五道は巨猿の優しい眼と銀毛で覆われた猫背の巨体を想いだしていた。

（ああ、こんな時にこそ、アゴンがいてくれたら……。アゴンは無事に彼に会うことができただろうか？）

五道は足速に鍾乳洞を出た。オレンジ色の薄明がだんだん赤くなってきている。夕焼けが始まっていた。

（早くしないと日が暮れる！　でも、流水家はあるだろうか？）

もう何年になるだろうか、と五道は思った。睡眠薬で眠りこんだ貴美子の体を背負い、朝露に濡れながらこの山道を通ってから……。八年？　それとも十年？

それなのに、彼はテレポートするたびに若返り、体も小さくなり、人相も変ってきていた。

（おれは一体、いま幾つなのだろうか？）

陽が急速に落ちている。初夏なのでつるべ落としということはない。山あいの小さな段々になった田んぼには、田植がすんだばかりの苗が緑色の絨毯となってかすかな風にゆれていた。よく見るとその絨毯のあちこちにポツンポツンとひょろ長く伸びた苗がまじっていた。

（バカ苗だ……）

ジベレリン処理――オレンジ・テスト。イアネイラの子供大人の白い裸身。恥毛のないスベスベした恥丘と幼く硬いワギナ。ペニスが硬くなるのが五道にわかった。

見おぼえのある槇塀が見えた。懐しさがどっと溢れる。

飛ぶようにして邸に駈けこみ、大声で声をかけた。

「ごめんくださあい！」

背後に人の気配がし、同時にプーンとキナ臭い匂いがした。

あわててふり向くと、オーバーオールのジーンズをはき、汚れた木綿のワイシャツを着た農夫がじっと五道をにらみつけていた。その手に旧式な火縄銃を持っている。五道が嗅いだのはその火縄の匂いであった。

「お前は誰だ?!」

「斎藤さんじゃありませんか。ぼく、五道ですよ。流水五道。流水正道の長男です」

「五道? そんな名前の者はこの流水家にはおらん。第一正道様はまだ結婚しとらんわい。それにまだ十八じゃ。おぬしみたいなガキがおるわけがない。貴様、どこから来たんじゃ?」

もうそれだけで十分だった。五道はこの地球が、自分とは全く無縁の世界であることを、いまこそはっきり知った。これからは、自分一人で、自分の世界を切り開いていかねばならない。だが、こんな、百姓が火縄を持って、客を一々誰何《すいか》するような物騒な世界で生きていかれるだろうか?

「おれの勘ちがいだった。村を間違えたらしい。謝まる。ごめんよ」

五道がひょうきんに頭を下げてニッコリ笑った。その笑顔が、斎藤老人の警戒心をほどいたらしい。

「そうか。まあ、お前は悪いガキじゃないらしい。どこへ行くかしらんが、気をつけて行きや。そうじゃ、腹がへっとるじゃろう。畑のものを盗まれてはかなわんから、焼き飯でも持っていくがいい」

（いかにも斎藤さんらしいな。人の好さがまるだしだ）

五道はほのぼのとした気持になった。同時に、自分には前よりも一層、奇妙な力があることに気づいた。

（おれを見ると、誰でもが優しくしてくれる。おれが笑うと、みんな警戒心をほどいてしまう。よほど無邪気で人の好い顔つきをしているらしい。美少年とはほど遠い人相だが、なんか愛嬌があるらしい）

五道は巨猿のくれた白い錠剤の残りをまだ少し持っていたが、老人の好意を有り難くうけ、もらった焼き飯をかじりながら田舎道をとぼとぼと歩いていった。

時々、畑帰りの農民に会ったが、どこかの村の子供ぐらいに思ったのか、別に何とも言わずにすれ違っていく。

やがて日が暮れ、月が昇った。十三夜ぐらいだろうか。五道は、この地球Ⅶの服装が自分のと大差がなかったことに感謝しながら、ここでの文明の度合を推定していた。

農民がジーンズ姿なのに、火縄銃を持っている。物騒な世情らしい。しかし、道に電信柱が一本もないところを見ると、まだ電気がないらしい。あっても、こんな山奥にまではまだ来てないのだろうか？

五道は月明かりの暗い夜道をひたすらに歩きつづけた。歩幅はどう見ても十四、五の少年のものであった。体は小さくなり、年も若返ったが、頭の中は三十近い男の知識と知恵でいっぱいであった。しかも、他人が経験したことも行ったこともない、幾つかの地球を見てきている。

最後のテレポートが、一番長距離だっただけに、副作用も大きかったらしい。もう、よほどのことがない限り、テレポートはしまい、と五道は心に誓った。

（それにしても、おれは化物だな。こんな小さな体に、こんなにいっぱい物を詰めこんでいるなんて……）

この知識や経験を何かに生かせないものか、と、五道は歩きながら、そればかり考えていた。一から出直しだ。しかし、ただの十四、五歳のガキとは一味も二味もちがうぞ、という自信が五道の小さな体いっぱいにみなぎっていた。

月が宙天に来た頃、さすがに疲れて、五道は村はずれの小さな木立の中にある辻堂に入り、眠った。

翌日も晴れた、いい天気であった。これで雨が降ってたら、相当沈みこんだろうな、と思うと、天気にしてくれたことを神に感謝したい気持であった。

いくつかの村を過ぎ、小さな田舎町に入った。家屋の造りは明治時代の日本といったところだが、人々の服装は十九世紀末のアメリカといった感じであった。

時々、腰に銃身の長い旧式な拳銃をぶらさげている男を見かけた。流れの無宿者といった感じである。テンガロンハットの代りに、田んぼの中の案山子がかぶっている菅笠《すげがさ》をかぶっているのがいかにも侘しい。

兵隊の姿も見かけた。さすがに火縄銃ではないが、旧式の銃を肩にかつぎ、数人が同じ服装できちんと列を作って闊歩していた。それとちがい、制服を着けていない兵隊の姿も時々見かけることがあった。よれよれの背広姿で、背中に銃を背負っていたり、弾倉を肩から斜めにかけて銃を肩にかついだりさまざまであった。いかにも傭兵といった感じである。

いくつかの町を通ったが、商業は活潑のようであった。どうやら封建制度の国らしく、領主の政策によっていろいろと町のカラーがちがうらしい。五道は錠剤のおかげで飲み食いの心配がなかったので、別に盗みにも入らなかった。服装を変える心配もなさそうであった。

一週間目の夕方、ある川のほとりで日が暮れた。どこにも人家はなさそうであった。五道は橋の下で野宿をすることにした。この頃では、野宿にもすっかり慣れ、蚊にさされるのも平気になっていた。

だが、乞食のような浮浪児さながらの、いまの五道の姿を貴美子が見たら、一体何と思うだろう、と五道は思った。変り果てた人相と、みすぼらしい体格。明かるさは何倍もあっても、あの端整な顔立ちの厭世的な大学生の面影はもうどこにもない。うす汚ない浮浪児だ、と、ただあの美しい眉をひそめるだけだろう。

世界的な名士と騒がれ、よりすぐりの美女に囲まれていたあの頃の五道しか知らない、地球Vの人たちがいまのおれの姿を見たら何と思うだろうか？　イアネイラは見向きもしてくれないにちがいない……。

道から土手づたいに川岸におりた五道が、橋の下にもぐろうとした時、人の呻き声が草むらの中からした。

（なんだ、先客がいたのか……）

薄暗い橋の下に、一人の少年が腹をかかえて唸っている。年恰好は五道と同じくらいで、やはり垢じみた少年であった。この国では所々で内乱が起き、そのたびに両親を失った浮浪児ができる。また少年たちの中には奉公に出たり、地方へセールスに歩いたりするのも多い。

「おい、どうした?」

草の上に、体をエビのように丸くまるめて呻いていた少年の肩に手をかけて、五道が優しくきいた。

「腹をやられた……もうダメだ……」

「どうしたんだ、一体?」

「腹が減ったんで、百姓の家に入って飯を盗もうとしたら……火縄で……うっ……痛えっ……腹を撃たれた……」

腹をやられたんじゃおしまいだ、と五道は思い、環の断末魔を思いだした。だが、こんな汚ない少年相手じゃやる気にもなれない。

「おれに何かできること、あるか?」

「水をくれ」

「いいとも」

すぐ前が川だ。少年は水を飲むためにここにおりてきて、そのまま動けなくなったのかもしれなかった。

五道は両手で水をすくい、少年の口もとへ近づけた。

「あ、ありがとう……」

シャツもズボンも血でどす黒く濡れているのが見えた。出血もひどいらしい。

一口飲んでほっと一息ついた少年が、五道の顔を見あげた。その時夕陽がさっと明かるく橋の下に射しこみ、五道の顔をまともに照らしだした。

五道を見つめる少年の眼がカッと見開かれた。まるで幽霊でも見たかのような、恐怖と驚きに満ちた眼であった。

「む……おまえ！　いったい、だれなんだ?!……そんな馬鹿な！」

五道もまた少年の顔をまともに眺め、呆然としていた。

（こんな馬鹿な！……）

五道の頭に閃めくものがあった。

（そうか、この少年が、この地球Ⅶのおれだったんだ！）

そう、二人とも双児のように瓜二つの顔をしていたのだった。

「おい、しっかりしろ！　君の名前はなんというんだ?!」

「おまえは……だれ……だ？」

「小さい頃、君と別れた双児の片割れだ。やっと会えたわけだよ」

「ま……さ……か」

「だから、君の名前はなんなんだ？」

「おれは……」

その名前を聞いたとたん、五道には全てがわかった。自分の運命の糸車が、その時、音を立ててカラカラと回り始めたような気がした。

(そうか。そうだったのか……)

少年の唇はもう真青になっていた。五道は勇気づけるように作り話を続けた。それで少しでも少年の苦痛が救われるのならいいじゃないか。

「やっぱりそうか。おれたちは双児だったんだ。生まれるとすぐにおれは養子に出されたんだよ。君は知らなかったんだろうが、おれは君の名前を知ってたよ」

「そうか……兄弟なのか……おれたち……」

少年の顔に、夢見るような安らぎと喜びの色が広がった。

「顔を、もう一度……」

「いいとも。さあ……」

二人の眼が合った。五道の眼をじっとのぞきこむようにしてみつめた少年は、

「あっ……眼が……」

「眼がどうした?」

「ああ……もう、見えない!……」

眼を見開いたまま、何かをつかもうとするかのように両手を前にさしだしたが、ガクッと息が絶えた。

その夜、五道は少年の枕もとで一人、通夜をしてあげたいと思った。だが、五道にはようやく、

この世界での自分の役割がつかめたと感じていた。チャンスは逃がしてはならない。一度しかないチャンスかもしれなかった。

そして、たしかに、今夜が、その運命の扉が開く時だという、たしかな予感があった。

五道は少年が体の下に敷いていたムシロを抜きとった。

「悪いな。ちょっと借りるよ」

五道は橋の上に出ると、橋の真ん中に大の字で寝そべり、ムシロをかぶった。そして待った。そしていつしかぐっすり眠りこんでしまった。何時間眠ったろうか。足音が近づいてくる音で目が醒めた。狸寝入りをしていると、足音が五道の前で止った。

「なんだ、これは?」

「乞食らしいな」

「おい、乞食、じゃまだ!　どけ!」

したたかに横腹を蹴とばされ、五道はムシロをはねのけてむっくりと起き上った。

「なにしやがる!」

「なんだ、ガキじゃねえか」

十数人の兵隊が五道をとり囲んでいる。正規の軍隊ではない。かといって傭兵でもない。ゲリラ部隊といった感じであった。

「ガキだって人間だ!　それを蹴っとばすとはなんだ!　失礼じゃないか、ええ?」

「へっ、ガキにしては勇ましいな。坊や、お前、どこから来た?」

「坊やじゃねえや。ちゃんと名前があるんだ」

「生意気ぬかしやがって。何という言い草だ。もう一回犬ころみてえに蹴とばされたいか?!」

兵隊の一人がでっかい革靴の足をあげた。

（あれで思いきりやられたらたまらねえな。だが、ここが運命の別れ道だ。吉とでるか凶と出るか……）

「蹴とばすなら蹴とばしやがれ！　その代りそのこ汚ねえ足にカブリついて、雷が鳴るまで放さねえからな」

「ぬかしたな、小僧！」

地べたにあぐらをかき、腕組みをした五道を兵隊が足で蹴りあげようとした時、

「待て待て」

一人の男が声をかけて、兵隊をなだめた。隊長らしい。

（これが蜂須賀小六か。なるほど、ゲリラの隊長にはぴったりの顔と貫禄だ）

「悪かった。小僧、ゆるしてやってくれ。で、名前は何という?」

「そう丁寧にでればこっちも気持よく道をあけてあげれたのに。名前をきくんだったら、そっちが先に言うのが礼儀じゃないのかな、隊長さん」

「また一本、やられたな。おれは蜂須賀小六っていう男だ。で、名前は?」

「おれか?　おれは日吉丸っていうんだ」

「日吉丸か」

さっきの兵隊がゲラゲラ笑いだした。

「へっ、日吉丸だとよ。いっちょまえの名前をぬかしおって。猿みてえな面してるくせによう。おめえなんか、小猿でたくさんだ」

(小猿か……まさしく、小猿だ)

五道はさっき、夕陽の光の中に浮かび上った日吉丸の顔を思いだしていた。あの顔を見た時、思わずあげた五道の叫びは、日吉丸のそれとはまったく意味がちがっていたのだ。

五道は少年の顔の中に巨猿の面影を見たのだった。もちろん、むこうは本物の猿だし、こっちは猿みたいな顔をした少年である。だが、びっくりするくらい、感じは似ていたのだ。まるで巨猿の孫猿でもあるかのように……。

(瓢箪効果は、おれをここまでもってくるためのものだったのか。なぜ体が小さくなり、顔が醜くなるかわからなかった。あれは、おれを日吉丸にするためのマシーンだったのか? そして豊臣秀吉にしておれに天下を取らすのか?!)

「おらおら、なにぼやっとしてるんだ! さ、日吉丸坊や、そこどきな。名前で呼んであげたんだから言うことときくんだろう?」

例の兵隊が猫なで声で言うと、どっと笑い声が上った。小六も笑いながら、

「そういうわけだ。どいて通してくれんか」

五道はハッと我に還った。このチャンスをいままで待っていたのではないか! 五道はさっと正座すると、地に両手をついて頭をさげた。

「おじさん！　ぼくを子分にしてください！」

「あははは、子分だとよ。ずいぶん古風な言葉を使うじゃねえか」

兵隊の一人が笑い声をあげた。

「子分じゃだめなら、なんでもいい。かならず役に立ちますから一緒に連れてってください！　この通りです！」

頭を地べたにこすりつける五道を見て、蜂須賀小六は髭だらけの顎をなでた。うって変った少年の真剣さにひどく心を惹かれているようであった。

さっき笑った兵隊が、

「隊長、いや、親分さん。いいじゃないですか。こんなチビの一人くらいいても。利口そうだし、口は達者だし、すばしっこそうだし。結構役に立つんじゃないですか」

「なんだ、お前、自分がこき使われるのがいやだもんだから、この小僧を雇えっていうわけかい」

五道を蹴とばした兵隊がからかう。

「よし。いいだろう。二、三日使ってあげよう。役に立たんようだったら出ていってもらう。それでいいな?」

「はい。ありがとうございます」

「じゃ、一緒に来い」

「はい！」

五道は日吉丸になりきっていた。あたりはすっかり明かるくなっていた。もうすぐ陽が昇る。五道は兵隊たちの後にくっついて歩き始めた。

(これでうまくいきそうだ。先生、ありがとう。それに瓢箪も……)

そこまで頭の中で言いかけて、五道はハッとした。なんだって、いままで気がつかなかったんだ?! 瓢箪は秀吉のトレードマークではないか。城を一つ取るたびに幟の先につけた瓢箪の数をふやしていき、有名な〝千成瓢箪《せんなりびょうたん》〟を作ったのじゃないか。

巨猿がテレポート・マシーンの掌の上でころがしながら「ぼくは、この瓢箪というのが好きでねえ……」と言った時、なぜ千成瓢箪と結びつけられなかったのだろうか。

前を歩く兵隊どもの話し声が流れてきた。女の話であった。

(この世界で、貴美子はどんな形で現われるんだろう? 誰になってぼくの前に登場するのだろうか? 秀吉の女といえば、おねね、そして淀君……)

「あっ!」

五道の小さな驚きの声で、二、三人の兵隊がふり向いた。五道がニッコリ照れ笑いすると、別に何も言わずにまた女の話に戻った。

(彼女の名前は、淀貴美子じゃないか。子を取れば淀貴美、淀君だ。すると、他には誰がいた?)

地球での昔の知人、遍歴したいろんな地球での女たち……。最後に環の名が浮かんだ。彼の名前は蘭環。仲間はよく彼のことを「お蘭」と呼んでいた。お蘭といえば、森蘭丸のことではないか?!　なんと、あの環が、主君の信長の男妾とは……。

五道はまた、巨猿がなぜ三年間もみっちりといろいろな学問を仕込んでくれたのかもやっとわかったような気がした。彼はこの日のために、どんな地球ででも、そこの秀吉になれるために勉強させてくれたのではなかったか？　歴史、地学から軍事、戦略まで……。

五道の心は、はちきれそうな希望と自信とでいっぱいになった。

「ちょっと小便するから……」

五道は兵隊の一人に断わると、田んぼに立ち小便をはじめた。その時、正面の地平線に太陽が昇り始めた。

「日の出だ！」

「おお、夜が明けたか」

兵隊たちも一様に旭日を眺めた。

大きな日輪であった。

やがて兵隊たちはまた歩き出したが、五道はその大きな日輪に見とれていた。

（おれは日吉丸だ！　おふくろが日輪を腹に呑みこんだ夢を見て孕《みごも》った日吉丸なんだ）

太陽が地平線から離れた。それは完全な円であった。

（五道は死んだ。もういない。これが流水五道の物語の大団円なんだ。今日からは日吉丸の一生が始まる。おれは、またうんとでかい円を描くぞォ！）

円が、五道に円周率を連想させた。

（身一つよい。生くに無意味、曰《いわ》くなく、か。とんでもない！　人生はπ《パイ》なんかじゃない。生きても、生きても、生ききれないほど、夢と希望にあふれているんだ）

太陽に向かって立つ五道の瞳に、日輪が、小さく、赤く、丸く映っていた。

五道は、まだ気がついていない。あの少年が死ぬ間際に言った言葉——「眼が……」の意味を。

五道は、それを少年の眼が見えなくなったのだと思っていたが、少年は五道の眼に二重の瞳を見たのだった。巨猿がもっていた二重の瞳を。それが瓢箪効果の最後の仕上げだったのかもしれない。


その二重の瞳の中に、いま日輪が赤く輝いていた。

「おーい、何しとるか！　早くこんと、置いてってしまうぞ！」

五道を蹴った大きな兵隊が叫んだ。

（彼もいい人なんだ）

五道はその声に直感的に暖かさを感じていた。

「はあーい、いま行きまあーす！」

五道は走った。それは、まるで人間の姿をした猿が走っているようであった。


（この作品は、ＳＦ専門誌「奇想天外」の55号10月号、11月号に掲載したものに、雑誌掲載時に削除した部分を復原した上、新たに結末部分に二章（百枚）をつけ加えたものです）

ほどほどに長いあとがき

二十年ほど前、早大のワセダ・ミステリ・クラブから「アステロイド」というSF同人誌が創刊された。これは現在も何年かに一度、思いだしたように復刊し、最近は豪華版で「筒井康隆特集」「小松左京特集」などが出て好評を得ている。だが創刊号はガリ版刷の、表紙もないお粗末(失礼!)なものだった。その創刊号の巻頭に「虹のジプシー　第一部π《パイ》の哲学」というのが五頁ばかりのっている。

その欄外に、この雑誌を創刊した西田恒久氏(「シチショウ報告」にも登場)が、編集長の立場で、原稿の催促をしている。

「……とにかく、この第一部の『πの哲学』を読んだ人(例えばカッティングした曽根氏)皆が、このツヅキを読みたがっています。その期待をかなえてやるためにも、第二部『クラインの壺』、第三部『虹のジプシー』の原稿頼みます。キットですよ。ハヤク!」

この原稿依頼に二十年後のいま、やっと応じることができたわけである。西田クン、ほんとにお待たせしました!

この作品は本になる前に、SF専門誌「奇想天外」(55年10月号、11月号)に前篇、後篇の形で掲載された。そして、この雑誌の編集長こそ誰あろう、二十年前にこの作品の原型の「虹のジプシー」をカッティングしてくれた学生、曽根忠穂氏なのだ。ドラマチックやなァ! ワッ、まるで尾崎士郎の『人生劇場』みたい! そういえば、あの小説も早稲田大学が舞台だったっけ。

この時書いた五頁ばかりの作品と、この作品とでは、主人公も設定もプロットも構成もまったく異る。だが〝自殺の哲学〟というテーマはまったく変っていない。『カンタン刑』でぼくのファンになった人は、この長編にはきっと失望するにちがいない。第三短篇集『連想トンネル』の時ですら、「あの『カンタン刑』の式貴士は何処へ行ってしまったんだ!」というお叱りの言葉をずいぶんもらった。だが『虹のジプシー』のテーマは、ぼくの中で二十年以上も育まれ、発酵し、歌い続けてきたテーマだ。言いかえれば、ぼくはこれを書くためにのみ、SF作家になったともいえる。だから、ファンが何と言おうと、ぼくはこれだけは書いておきたかったし、これを書き上げない限り、次の長編に進めないのである。大袈裟に言えば、これは、ぼくの『ウィルヘルム・マイスター』であり、『詩と真実』であり、『若き日の想い出』でもあるのだ。小説の中に出てくるストーリーではない。心の遍歴が、だ。

「アステロイド」誌中興の祖、いま「少年サンデー」で『ズウ』を担当している米内孝夫氏が、ぼくに会うたびに、「例の『虹のジプシー』の続き、いつ書くんですか?」とお世辞代りに催促してくれたものである。これが一番嬉しかった。米内クン、ほんとにお待たせいたしました。二十年も待ってくれた割にはつまらないかもしれないけど、どうぞ受けとって下さい。

*

テレビの東京12チャンネルに「三波伸介の凸凹大学校」というのがある。その中で、流行歌の題名を絵で描いて当てさせるエスチャーというコーナーがある。これが大好きで、ぼくは毎週欠かさずに観ているが、ある時、「太陽がいっぱい」を和田アキ子が描いたことがあった。絵は魚の絵しか描けないという彼女が、ニッコリ笑って嬉々として描いたのが、なんと文字通りの絵。お日さまを次から次に、リンゴを並べるみたいに書き並べたのだった。

これを見た瞬間、ぼくの頭に、地球がいっぱい空に浮かんだら?! というイメージが浮かんだ。「虹のジプシー」が二十年間、一行も先に進めなかった理由はたった一つ。自殺した主人公が虹星人になっていろんな星を訪れる、というのが作品のテーマだったのだが、その訪問先の星のイメージがどうしても湧いてこなかったからである。この作品だけはどうも宇宙人が出る小説にだけはしたくなかったのだ。

だが「地球がいっぱい」というアイデアと「虹のジプシー」のテーマが一つに結びつくまでに、また一年以上かかっている。「虹」は「虹」、「地球」は「地球」で平行して頭の中で構想を描いていたが、両方とも中途で行き詰まっていた。それがドッキングした時、やっと長編が書け始めたのだ。なんとも情けないほどトロい頭脳ではある。

なぜ「地球がいっぱい」なのか？　もし地球がいっぱいあれば、パラレルワールドと、多元宇宙と、タイムトラベルとが一度に可能になるからだ。そしてプロローグとエピローグは一晩で考えつき（ショートショートの発想と同じネ、これ）、赤外の章に当たるオチの部分もすぐに思いついた。だが各地球のアイデアが相変らず全然思い浮かばない。ぼくに空想力が無いことは、いやというほど自覚しているが、これほど皆無だとは思わなかった。やっぱり作家にゃあ無理なんだよなァ。その証拠に「あとがき」を書いている時が一番楽しいものねえ。

＊

ここに登場する巨猿《おおざる》にはモデルがいる。案の定、「奇想天外」で前篇を読んだ、関西学院大学の学生、矢野隆司君から電話があった。

「あの巨猿は今さんじゃないですか⁈」

矢野君は高校時代から今東光研究家として驚くほど精力的な取材活動をしている人だ。今東光さんは亡くなられる二年ほど前から、「週刊プレイボーイ」で「今東光の極道辻説法」という欄で人生相談を担当していた。読者の投書に対して、ベランメエ調で「糞ったれ！」「バカヤロウ！」呼ばわりしながら愛情のこもった解答をしていたのだが、その今さんの解答部分の文章は、全部、このぼくが書いていたのである。

ぼくが読者からの質問を整理し、担当の島地勝彦君（「イースター菌」の縞地副編集長）と一緒に今さんの仕事場へ行き、ぼくが読み上げる。それに今さんが答える。島地君とぼくとでもっと深く質問したり茶々を入れたりする。それをテープにとったのを速記におこさせる。それをぼくがベランメエ調の文章に統一し、大体三分の一くらいに縮める。

　この仕事のおかげで、亡くなられるまで月に二、三回、今大僧正にじかに接し、話を聞き、取材し、ふざけ合っていたのである。あの素晴らしい大天才に会え、しかも心からうちとけてダベり合えた幸運を、ぼくは一生忘れない。その人生相談が三冊の本になった時、最終回の『最後の極道辻説法』（集英社刊）の巻末には、異様に長い「あとがき」がついている。これを書いた「清水聴《さとし》」という名前が、ぼくの本名だ。ぼくが本名で書いたのが活字になったのは、この「あとがき」と、この極道辻説法をレコード化した『和尚の遺言』というレコードのジャケットだけだ。このレコードがなんとCBS・ソニーからでているのだ。（これについてはそのうちゆっくり書きたい）

　要するに、今さんの実物（失礼！）に一度でも会った人は、その魅力の虜になってしまう。あれだけの存在感を与える人間的厚さを持った知的な天才は百年に一人出るか出ないかと言っても過言ではない。そのイメージを、この作品で最も重要な人物のキャラクターとしていただいた。それも、あろうことか猿の姿で。畏れ多いことである。まったく申し訳ない。でも、あの今さんのことだ。いつもの大きな笑い声で、何度も聞いたあの懐しいセリフを吐くにちがいない。――

「まったく、清水にゃ、かなわねえよ！」

もちろん、作品中で巨猿が喋っている思想や人生観などは、今東光さんの意見でもなんでもない。ただ、イメージをお借りしただけである。「全然似てない」とお叱りを受けるかもしれないが。

＊

ある章で、いよいよ書くことが無くなって困っていた時、たまたま山形の寒河江市在住のファン、鈴木博幸氏から電話があり、おしゃべりしているうちに、突然、「式さん、種なしブドウの作り方、知ってますか?」という話になった。その時、はじめてジベレリン処理の話を聞いたのである。その時は冗談に、「そいつはいただき！　SFになる！」と笑っていたが、切羽づまった時に、ふとこの電話を思いだした。で、でき上ったのが「ジベレリンの精」の章である。だから、「橙の章」は鈴木博幸氏に捧げる。これはあなたのものだ。(でも印税はぼくのものだ！)

また、「赤の章」は、その時たまたまきたファンレターの一つに「もっと少年愛を書いてください」という女子高二年生の言葉にヒントを得た。「よっしゃ。なら、書いてやる！」というわけで、この章ができた。だから、この「赤の章」は、大の稲垣足穂ファンの沼津市の稲垣美和嬢へ捧げることにする。

ここで誤解のないように(誤解されてもどうということはないけど)一つ断っておきたいことがある。少年愛を書いたからって、ぼくがオカマだから、というわけでは絶対ありません。『連想トンネル』に「ロボット変化」を書いた時に、よく人に聞かれたからだ。「式さんはホモなんですか?」。残念ながら(オカマと女と、両方できる人は幸せだなァと思う。人生が人の二倍楽しめるんだものな)その気は全くない。あれはその道の体験者に密着取材(アッ、これも誤解を招きそう!)して聞きだしたものだ。

また「おてて、つないで」「猫は頭にきた」そしてきわめつけ、「首吊り三味線」などで猫の首をチョン切ったり、皮を剝いで猫鍋にしたり、などと、猫を徹底的にいじめている作品が多いため、愛読者カードでは、非難がゴーゴー。人にも「そんなに猫が嫌いなんですか?」とよく聞かれる。

えェ、この場を借りてお答えします。

ぼくは猫が好きであります! よその家へ行って猫がいると、必ず抱いて膝の上にのせてのどをゴロゴロさせてやるし、捨て子の子猫などみると、もう可哀相で、涙がでてくるくらいであります。

「首吊り三味線」の場合にも、あれと同じことをやった人たちから取材したネタをもとにして書いたのであって、ぼくにはあんなこと、とてもできない! いまだに〈主人公=作家〉という短絡的思考の持主が多いのにはびっくりするよりも、啞然とした。そんなことといったら、あんた、ミステリー作家は全員、あらゆるやり方で実際に人を何十人も殺したことのある殺人狂か?!

＊

この作品の主人公の五道という名前について、雑誌で前篇を読んだファンからこんなクレームがつけられた。奈良県橿原市に住む十五歳の高校生、米田俊貴君からの手紙に、

「……しかし、五道ねえ。僕が以前に読んだところでは、人間は生前の生き方によって、上から天上、人間、修羅、畜生、餓鬼、地獄の六道にふりわけられ、それゆえに〝六道の闇〟という言葉があるんじゃあなかったでしょうか」

どうもこういうことにはうといたちなので、五道と六道との区別はぼくにはよくわからないし、もう書いちゃったものだから、いまさら、直す気にもなれない。でも、五道という言葉はちゃんと辞書にのっているから、間違いでないこともたしか。ほんとはこの名前、何からとったかというと、本当にそういう名前の人がいたから、それから流用しただけの話でして……。それにもう一つ、この『虹のジプシー』が、ぼく（式貴士名儀）の五冊目の単行本だからでもある。

＊

若い頃、バルザックの小説をいくつか読んだ時、びっくり仰天して、しばらく唸ったことがある。前に読んだ作品の主人公が、なんと脇役で登場しているではないか！　そして、解説を読ん

で再び唸った。

バルザックが書いた九十六編の小説には二千人の人物が登場する。その人たちが様々な作品に、あるいは主役として、あるいは脇役として登場し、一つの巨大な世界を構成する。彼はそれらの小説群に『人間喜劇』という総題をつけ、それを「風俗研究」「哲学的研究」「分析的研究」の三部に分けて次々に作品を生みだしていった、というのである。

同じ作家の、何かの他の作品を読んでいて、おなじみの登場人物に出会う楽しさは、これはなんともいえない喜びである。懐しい旧友に会ったような、思いがけない嬉しさ。自分の小説でそんな遊びができたら、どんなにか面白いだろうし、読者にも喜んでもらえるのではないだろうか、とぼくはその時以来ずうっと考え続けてきた。手塚治虫のマンガで、おなじみヒゲオヤジやアセチレンランプがしばしば登場するが、あれほど派手でなく、なんとなくチョットでて、という感じ。そしてそれが一つの世界、同じ社会、同じ町の風景を構成していけば……。

そこでまずその第一弾として、ぼくは第三短篇集の「見えない恋人」という作品に、第二短篇集で書いた「東城線見聞録」の中の世界を登場させてみた。読者はきっと、「わァー、あの東城線だ！　あの鳴魔が……」と手をたたいて喜んでくれるものとばかり思っていた。案の定、ぼくとの対談で伊藤典夫氏が、こんな嬉しい〝ヨイショ〟を言ってくれたのである。

「……しかも『東城線――』には続篇があるでしょう。『見えない恋人』が。これを読んでいると、さらにイメージが広がるというか〝式ワールド〟がわかってくる。その世界を頭の中で自分なりに、組み立て直したりすると、突然、変なイメージが湧いてきて面白いんだ。（中略）

ボルヘス的というとお世辞になりすぎるかもしれないが(笑)、ぼくは認めているんだ。一つの世界を、とにかく駄洒落というか、語呂合わせだけで組みたてているんだけど、ここに筋を一本通して一冊の本にまとめたら、ちょっとすごい世界ができる」(「SF宝石」55年8月号)

そう、それなんだ。ぼくはあの東城線の世界をシリーズで書き、ぼくの大好きな、J・G・バラードの〝ヴァーミリオン・サンズ〟シリーズみたいな、また、マイクル・コニイの〝ペニンスラ〟シリーズみたいな架空の世界をだんだんに作りあげていき、やがて、それだけで一冊の本にするつもりだった。題して『塔京物語』という。

同時に、これと平行して、他の作品で登場した人間や、宇宙人や、架空の都市なども機会あるごとに出していこうと思っていた。つい最近書いた「落研ワールド」という作品には、なんとあのユリタン星人と日本人との間に生まれたユリタン二世が登場するのだ! それらへの伏線の意味をこめて、ぼくは第三作品集から、自分で自分の作品をおこがましくもことあるごとに〝式ワールド〟と呼び始めていたのである。それを、さすがに伊藤は見抜いてくれたわけである。ヌッ、できる!

で、今回も、あの「窓鴉」を登場させたり、ある世界をだしたり、と、自分も楽しみ、読者へのサービスも含めて、いろいろとお遊びをしてみた。

ところが前述の「見えない恋人」が本になるや、予想だにしなかったことが起きた。第三作品集のアンケートで、「ワースト・ワン」として「見えない恋人」を選び、その理由としてこう書いてあったのがあったのだ。

「人間、過去の遺産or遺物でメシを食うようになったら、もうオ、シ、マ、イですよ」

この手のが他にも二、三通あった。ヘエー！　世の中にはこんな考え方もあるのか。そうすると何か、シリーズ探偵ものを書く作家は、もうオシマイってわけか。ドイルもルブランも、江戸川乱歩も横溝正史もオシマイなのか⁈（そういえば横溝さんにお会いした時、金田一耕助の話になり、「やっぱり新しい探偵を考えだすのが面倒くさいからっていうこともあるね」と言っていたから、満更全面的に否定もできないけど）

じゃあ、バルザックの『人間喜劇』シリーズはどうなるんだ⁈

かくて、ぼくのファンに関する限り、ぼくは諺を改めて使うことにした。「目あき千人、盲十人」と。こういうトンチンカンなことを言ってくる人が、百人に一人の割合で必ずいるからだ。ぼくのこの「あとがき」も、相変らずその真意を汲みとってくれずに、拒絶反応やら、やめた方がいいと忠告やらしてくれるのが、やっぱり、きっかり百通に一通の割合でくる。やれんなァ！

好き嫌いで判断してくれるならまだしも、トンチンカンな誤解をされるのが一番悲しい。

＊

最後に、この場を借りてお礼とお詫びと連絡事項を。

第三短篇集『連想トンネル』の愛読者カードを送って下さった皆さま、ほんとにありがとうございました。そして、恒例の人気投票の結果を楽しみにしていてくださった皆さま、またまたそれをご紹介できず、ほんとに申し訳ございません。第四短篇集『吸魂鬼』（集英社刊）は他の出版社から出たために載せられず、また、この本は〝長編〟なので、別の構成をとったためにまた掲載できませんでした。来春発行予定の第五短篇集『ヘッド・ワイフ』の「お待たせ、長いあとがき」まで、どうかお待ちください。それには必ず発表する予定ですので……。

（また、万一、この作品にも愛読者カードを入れてあった場合には、その結果（?）発表は、次に出るかもしれない、出ないかもしれない、CBSソニー出版社発行の長編小説のあとがきに入れさせてもらいます。もう、二度と長編を書かない場合には……まだ、考えていません）

『アステロイド』版　虹のジプシー（間羊太郎名義）

第一部　πの哲学

1

親友の乾靖之助《いぬい》が遺書を残して姿を消してから、もう一月にもなる。遺書もあることだし、昔から厭世家で通っていた彼の事ゆえ、多年の宿願である自殺に見事成功でもしたのだろう、と他人が聞いたら呆れるような事を考えながら、遺体のない彼の葬式に出たものだった。

確かに、いや少なくとも私はそう信じるのだが、彼は死んだ方が幸せだったと思う。厭世家——と私は今いったが、彼の厭世趣味は全く徹底していた。彼に言わせると、母親の胎内から出てきた瞬間、生まれてきたことを後悔し、もうとり返しのつかないことを知るや、声をふり絞ってその悲運を嘆いたそうである。

まあ、こんな愚にもつかぬ冗談はさておき、彼は人の顔さえ見れば、「生まれて損した、損した」を繰り返したものだった。何を損したのかは自分でもよく分らないらしかったが、とにかく、そんな時の彼の顔は、見ている方でも、なんとなく損したと感じる位、げっそりした顔付をしていた。そして彼は芥川の「河童」の話をするのであった。

「あの小説の中で、子供を産む時、まづ母親の腹の中にいる胎児に大きな声で聞く場面があっただろう？『おうい、お前は生まれたいか、生まれたくないか？』って。そして、生まれたくないと返事をすると、その胎児は自然に融けてなくなってしまうんだ。矢張りあれが本当だと思う。人間、少くとも高等な動物ならあそこまでいかなくちゃ嘘だな。いやいくべきだよ」

そんな時の彼の顔は、丁度少年が将来の夢の事を話す時のように、生き生きと生彩を帯びてきて、凡そ話の内容とは反対の印象を与えるのだった。

彼が大学に入るや、余りぱっとしない、東洋哲学科に籍を置いたのも、私にはよく分かる気がする。そして中国古代の哲学を専攻した彼は益々、彼自身の厭世思想を発展させ、理論づけることに日夜没頭した。

彼が好んで読んだのは、老子と荘子であった。彼は老荘の「無」の世界に無条件に飛びこみ、その生死観に善哉を叫び、その宇宙論にさえ讃辞を惜しまなかった。彼の卆論、「老子及び荘子の宇宙生成説に対する科学的論攷」を私が読んだ時、私は彼が単に哲学的にその古代の道学者達を追及していただけにとどまらず、科学的な新しい眼で彼等を批判しようとしていることを知り、一種奇異の念にうたれると同時に、彼の別の一面をも知り得たようにも思ったことだった。

彼の考え方はいつも東洋的な諦感によって貫ぬかれていた。いったん生まれたからには、今更嘆いたところで始まらない。何も死にたい時が来るまで死ぬ必要も無かろう。しかし死にたくなったら、さっさと死んでも構わないではないか。人にそれをとめる権利なんてありはしないんだ——というのが彼の考え方の基本をなすものであった。だから彼は、死を恐れる人間の気持というものが全く理解出来なかった。まして、他人の死を悲しむ人の気持など全く考えるだけでも馬鹿馬鹿しいようなものであったに違いない。

命が惜しい？——そんなもの、どうせ早かれ、遅かれなくなるもんじゃないか。

死が恐い？——いずれは誰だってそこに行きつくのではないか。

自分が死んでは、あとに残った者が気の毒である？——冗談じゃない、そんなら普段から、自分が死んでもいいように心がけているがいい。生計の心配さえなくなれば、死人のことなどすぐ忘れるさ。

そんな話が出た時、彼は私にこんな話をしてくれた。たしか荘子の養生主篇にある話だったと思う。

——老子が死んだ時その友人の秦失《しんいつ》は弔問には行ったが、型どおりの礼をつくしただけで、さっさっと帰ってきてしまった。それを見た老子の弟子が彼に怪しんで尋ねると秦失はこう答えた。

「大体、人が死んだからといって泣いたり叫んだりするのは天の道理に外れた行為である。我々の生命はあく迄も天から授けられたものであり、又自然によって生かされているのだ。その寿命が切れたからといって歎き悲しむということは全く不埒なことであり、昔の人はこれを『遁天《とんてん》の刑』とさえよんだものである。君達の先生がたまたまこの世に生まれてきたのは、ちょうど生まれるべき時節であったにすぎず、たまたまこの世から去るのは死すべき順番が廻ってきたというだけのことじゃないか。時節に安んじ、順番に従うというだけのこととすれば、生の楽しみも死の哀しみも心に入りこむ余地はないことになるではないか。これに達することを『帝《てい》の県解《けんかい》』というう。それに、人間の個々の肉体は死によって消滅するかもしれないが、人類の生命は永遠のものだ。ちょうど、たき木を人間の肉体とすれば、それを燃やす火が生命だ。ひとつひとつのたき木は燃え尽きても、火そのものは薪から薪に燃え移って、あくまで燃え続けていくようなものだ」

彼は大学を卆業すると、そのまま大学院に留まり、教授の卵を夢みながら勉強を続けていった。孤独癖と人間嫌いの強い彼のことだから社会に出たところでうまくやっていくことは出来ないにきまっている。彼は兄夫婦の世話になっていたが、彼等も、そんな弟の考えに賛成し、学資も続けて出してやっていたようだ。それ程環境的には何もかも恵まれていた彼だったが、精神的には随分と苦しいことがあったようである。一寸でも彼の気に障ることが起きると全く憂うつの塊みたいになってしまい、「あゝ、俺のこの神経！　どうして人の何倍も敏感に響くんだ！　それでいてぷつっと千切れてくれもしないんだから……」と私の所に泣きついてくることが何度もあった。大学院の博士課程を出ると、彼の希望通り、助手として大学に勤めることが出来た。もう三十に手の届く年頃でもあり、将来の地位も一応定まったので、そろそろ妻帯したら、という話が起きたのは半年程前のことだった。そして依理子《よりこ》さんというお嬢さんと婚約し、式もあと一月後に迫った（そう、式の予定日は今日だった）という時に、突然一枚の遺書を残したまゝ失踪してしまったのである。

一枚の遺書——と私はいまいった。しかし、たった一文字の遺言、といった方が正確かもしれない。いや、それでもまだいいすぎだ。それはたった一つの記号ともいうべきだろうか。私が彼から最後に受けとった封筒からでてきた一枚の白紙の真中にただこうかかれてあった——π

彼は人間嫌いの一面、妙に人なつっこいところがあった。学者タイプの人間によくあるように、気持はまるで子供のまんまだった。よく子供っぽいいたづらをしては人をからかったが、不思議に憎めない可愛さがそこにはあった。彼の、この稚気に対する愛着は、とうとう死ぬ迄抜けなかったらしい。この遺言がそれを証明している。結局、彼はいくつになっても、少年探偵団ごっこに無限の楽しみを見出すような無邪気な男だったのだ。

「π」という字を見ただけで、私と同年輩の読者なら、すぐこの意味に気がついたに違いない。そして同時に、遺言にまでこんなことをする彼の稚なさにも。

もし彼が現在生きていたら、日本のＳＦ小説はもっと早く開花していたに違いないとさえいわれる科学小説の大家に海野十三という人がいた。全く惜しい人に死なれたものだと、彼とよく話し合ったものだったが。その人の小説の一つに、今度の彼の場合とそっくりなことが書かれてあったのである。

突然一人の男が失踪した。彼の友人の許に届いた手紙にはただ一字「π」とだけかいてあった。友人はそれを数字に直してみて遂にその意味するところを解いた。即ち、π＝円周率＝三、一四一五九二六五三五八九七九……を日本語に直して読むと、こういうことになる。『身一つよい、生くに無意味、曰くなく……』

馬鹿だなあ、乾靖之助よ。こんなことしたってしょうがないじゃないか。生きるのが無意味なら、死ぬのだって同様に無意味じゃないか。老荘の学をあれだけ研究しておきながら、何故寿命の限りは生を楽しむ、という彼等の生き方を真似できなかったんだ。君をここまで育て面倒を見てきた御両親やお兄さん達や、そして依理子さんはどうなるんだ。いや、いや、こんなことを君に言っても無駄だったね。君には生の尊さなんて何一つ分らなかったんだから……でも、もういい。君もさぞかし御満足なことだろう。あの世で、老子さんか荘子さんか知らないが、彼等の副手にでもなるがいい。でも、本当に、お前はバカだぞ！

2

翌朝、私は妹のけたたましい呼び声で目を覚した。妹の声ときたら、全くけたたましいとしか表現のしようのない代物だった。箸がころげても笑い出す年頃とはいえ、もう少し何とかなりはしないものか。製薬会社あたりでも、やれ総合ビタミン剤だ、やれ肝臓薬だと食物相手の対策薬ばかり作っていないで、もう少し精神衛生の予防薬でも作ることに熱を入れる必要がある。不良少年にはモラルの薬でも呑まし、妹のような奴にはエレガンスのエッセンスでも呑ますか。……などと、とりとめもないことを考えているうちに、又うとうとと眠ってしまった。一週一度の日曜日の朝ともなれば、しがない安サラリーマンの唯一のぜいたくである朝寝坊をしなければ損ではないか。

「お兄さん、大変。大変よ！　起きなさいったら！」

「う・る・さ・いッ！」

「まだあんなこといってる。大変なのよ！　幽霊から荷物が届いたのよ！」

これにはさすがの私も耳を借さざるを得ない。

「幽霊って、どこの幽霊だい？　僕の知ってる人か」

「勿論よ。死んだ乾さんから、お兄さん宛に荷物が届いたの。それも何だか、電気洗濯機らしいの」

「電気洗濯機？」

のこのこ寝巻のまま起きだした私は、玄関の上りがまちに、でんと置かれてある大きな包を見て、成程妹が電気洗濯機というのも無理はないわいと思った。

それは丁度電気洗濯機を木箱に入れた位の大きさで、発送人はまぎれもなく乾靖之助となっていた。丸通の手は経てなく、町の運送屋が届けてくれたものであった。大の男が一人でやっと運べる位重い。ところが中をあけてみて又驚かされた。薄い紙屑がやたらに丸めてつっこんであるだけで何も入っていないのである。玄関一杯に紙屑玉をふわふわ散らかしたあげく、その箱の底に手のこぶし大の厚紙の玉が残った。私はそれをつまみ上げようとしたが、びくともしないのである。木箱の底に釘ででもとめてあるのかとも思い横に押すとごろりと転がった。何とこの木箱の全重量はほとんどこの一握の紙屑玉がひきうけていたのである。

凡そ五〇キロ以上はすると思われる、その化物のような一握の紙玉を私の部屋に何とか運びこむと、私はそれをそっと開いた。妹が、これ又、好奇心で目を輝やかせながらのぞきこむ。中から出てきたのは銀色に輝く一つの小さな壺だった。それも、よくデパートやアクセサリーの店などで少女向きのマスコットとして売っているのを見かける陶器製の小さな壺とそっくり同じ大きさのものであった。

磨き上げたステンレス・スティールの光沢にも似た銀色のその壺は、全く奇妙な形をしていた。壺である以上、上に口があるのは当然だが、その把手が何とも不思議な具合になっているのである。壺の縁がぐうっと反ってそれがいつか巻き込まれるように、いつしか把手となり、その把手の下部はいつか又吸いこまれるように、壺の一部分になっているのであった。

「ほう、こんな変な形の壺、今迄に見たこともないね」と私が呆れ顔でいうと、妹もいやに感心したように、

「ほんと。私もマスコットの壺を随分見たけど、こんな妙な壺始めてだわ……こんなのいままでに見たことも……」

そこまで言うと妹の声はぷっつり消えてしまった。不審に思って妹の顔を見ると、何か一心に思い出そうとしているような表情だった。

「あっ、分かった。私、この壺見たことがある！」と叫ぶやいなやバタと自分の部屋に駆け込み、一冊の本をもってきて、息をはずませながら私に一つの絵を開いてみせた。

「なるほど……そっくりだね。これ何か曰くがあるのかい？　ピラミッドから発掘されたものだとか、或いはアリババに出てくる壺の原形だとか……」

「あゝ、お兄さんの無学なのにもいやんなっちゃう。そんな呑気なことといっていられる場合じゃないわよ。この壺にはね、それはそれは大変な意味があるの。ここに描いてあるのは単なる想像図だけど、もしよ、もし私達の目の前にあるこの壺がよ、本物だとしたら、そしてそれが今迄人間が想像してきた通りのものだったとしたら、人工衛星の打上げ成功なんかよりももっと素晴らしい発明になるの。いや、発見かもしれないわ、二十世紀最大の発見、十九世紀のムウオによるアンコール・ワット発見よりも、もっと偉大な新世界の発見になるのよ！　これがもし、本当のクラインの壺だとしたら……」

その時、私はこの壺が包んであった薄紫色の厚ぼったい紙に何か字が書いてあるのに気がついた。それには、今妹が言った言葉を裏書きでもするようにこうかかれてあった。

これはクラインの壺と呼ばれているものです。この壺の口の中に君の体の一部、といっても指を入れるには小さすぎますから、頭の髪の毛の先でも差し込んで下さい。私は君だけに、この一月の間に起った驚くべき体験の全てを聞いてもらいたいのです。この壺が何もかも、いゝや、私自身の体の一部分であるこれが何もかも君に語ってくれるでしょう。

私がその壺に頭を伏せるようにして数本の髪の毛を壺の穴に差し込んだ。事情を察した妹も私にならって長い髪の毛を差し込むと私と頭を並べて次に起る奇跡に備えた。

私は自分の聴覚が失われていくのを感じた。そしてそれと同時に、懐かしい乾靖之助の声が私の脳神経の中に直接流れ込んできたのである。

（以下次号）

第二部　星の女

1

床に投げ捨てられたマリオネットのように、靖之助は深々とした野草の中に仰向いていた。黝々《くろぐろ》とした無限の天蓋が靖之助の全身に覆いかぶさり、透き徹った星の光は蒼白い液体となって溢れ、大地に注いでいた。その流れは耳に聞えぬ音を立てながら、靖之助の体にぶつかり、年々湯垢のように体にこびりつき肥えてきた俗世間の塵埃を、小さな渦をまきながら削りとり、流れ去って行った。

三十年間絶え間なく活動し続けてきた生命も、あますところあと数時間。深い海の底のような寂寞とした大自然の中にあっても、心は不思議と昂り、想いは一つ所に留まっていなかった。

過ぎ去った思い出が、映画雑誌のグラビアをパラパラとめくるように何の関連もなしに浮び上ると、やがてそれはひらひらと薄くじぐざくに舞い降り、靖之助の体を包む夜の闇の底に吸いこまれるように沈んでいった。何枚も何枚も。

そのどれもが、その当時にあっては彼の全生命を浸みこませた、充実した想い出である筈であった。しかし今こうして眺めてみると、それらの何と味気なく、ピントのぼけた写真のように虚ろに思えることか。この三十年間休むことなくとり続けた写真集。もしこの中から傑作を選び出せといわれたら、どれを選ぶべきだろうか。

広い叔母の家の留守番をいいつかった幼い日、始めて聞く電話のベルに脅やかされ、電話口に出るすべも知らず部屋の隅に立ちすくんだ写真か？　中学時代、卒業生総代として答辞を読んだ晴れがましい写真か？　それとも、初めて初恋の女性とのデートに成功し、喜びのあまり乗物で帰るのが惜しく、霧雨の中を傘もささず何キロも家まで歩いて帰って来た時のスナップだろうか？……


夜空は益々深く遠のき、星の輝やきはその透明度をます。雄大な富士の山が巨人のようにたちはだかり、黒い影を大空に投げかけていた。その足もとを取り囲んで茫洋とした暗緑色の樹海がどこまでも続いている。そしてその海原の中に小さな島が散在していた。蒼緑色に渦を巻き黒々とうねるその樹海の中では、それらは今にも沈んでしまいそうな頼りのない小丘の小島であった。時たま高原の夜気に冷えきった風が樹木の梢をゆすぶると、澎湃《ほうはい》とした海洋は漣立ち、それらの島々に打ち寄せてくる。その離島の一つに、乾靖之助はいた。背広姿のまま夜露にぬれ、ただ一人で。

濃紺の壁面からいまにも滴り落ちそうに、あるいは逆に壁の中にぐいぐいめりこんでいきそうに燦めいている、この星というものは一体何だろう？

いたづらな天使の少女が、針の先でぽちぽちつっついてあけた穴か。それとも荘厳なまでの煌《きら》びやかな夕暮の残照が、高原の夜気に冷やされ冷たく凝固した銀色の結晶か。或いは又、女神が天国の帳《とばり》に縫い込んだビーズ刺繍か。

星が一つ光って消えた。その瞬間、一つの言葉が靖之助の脳裏を通り過ぎていった。——乾坤唯一人……。

天地宇宙の間にいるのは我一人——何かの禅の本で読んだこの言葉のもつ寂しさが、荒野で獲物に跳びかかる狼のように、靖之助の魂を襲った。しかし今の彼にとってこの言葉程彼の気持を素直に表白しているものはなかった。そして彼は心の底まで一種爽快な気持でその中に何もかも浸していた。

その間も、思い出のルーレットは鮮やかな色彩を撒きちらしながら廻転しつづけた。しかしその想い出の色彩が華やかであればある程、この静かな寂しさの中ではかえって色褪せたわびしいものに映った。しかしこのルーレットの動きも、死に連なる永く深い眠りが靖之助の全身を包むにつれて鈍くなっていった。彼の一生を包含したカラカラと乾いた音を立てて廻る白い玉が、緩慢な円を描き始めた頃、彼の意識は漸く、薄くといたポタージュの液に浮かせた揚パンのかけらが沈むように、ゆっくりと柔らかく眠りの中にとけこんでいった。その意識が沈み切る一瞬前に、靖之助は一瞬音を失ったルーレットの玉が、コチンと音をたてて一つの枠に入って停ったのを聞いた。

白い玉が死んだように動かないではまっている枠の縁には、数字の代りに女の横顔が浮彫りにされていた。靖之助の生命の終る最後の瞬間に残ったのは一人の女の面影だった。結局それが彼の一生の結末をつけたものでもあり、又彼の一生の集約でもあったのである。その女の名前は岩永八千代といった。

男女間の恋愛などというものは全く奇妙なものだ。当人同志は、一生一度の大恋愛のような錯覚を抱き、まだその火も燃えつきぬうちに、ほんの僅かの運命の風が吹くと、恰も吸いさしの煙草の灰がほろりと崩れ落ちるようにもろく潰《つい》え去り、あとには恋の燃えかすが、ふけの様に醜くちらばり、やがてそれも時の風と共に跡形もなく消えてしまう。かと思えば退屈しのぎの浮気、又はかりそめの恋なぞと本人同志は割り切ったつもりで始ったものが、いつしか真剣そのものの恋になってしまう時もある。それはまるで染上りの時は沈んだ色合いだった藍染が、水をくぐればくぐる程、その色が鮮やかになるのにも似て、風雪の波の流れに耐えれば耐えるほど、その愛情はいやましにこまやかに、そして冴え渡ってくるものである。

靖之助と八千代との恋はその後者の場合であった。二人の肉体が結びついた瞬間から、命がけの恋の発酵が始った。二人の会う瀬が重なる度に、一つになった二人の魂はぷつぷつと静に泡立ち醸され、時が経てば経つ程馥郁と香を放ちながら、その純度と透明度は益々高まっていくのだった。

しかし二人はもっと早く気づくべきだったのだ、どんな美酒も、それを落着いた雰囲気でゆっくりと心ゆくまで賞味することによって、始めてその価値が生ずるものであるということを。確かに二人の恋は美しく甘美なものではあった。だがそこにはいつも落着きの代りにせわしなさが二人の間に漂い、暗い蔭がつきまとっていた。そしてこれらはすべて、たった一つの事実に起因していた――八千代が人妻であるということに………。

それ程彼女を愛し、彼女の全てを自分のものにすることを欲しながらも、靖之助は八千代の夫に対して、不思議なといってもよい位嫉妬を感じることがなかった。それは多分、彼女の夫と一面識もないということ、即ち彼を単なる抽象的な存在としか考えることが出来ないということと、あく迄も八千代夫妻にとって自分は後から飛び出してきた半端者的な存在でしかないという意識が心のどこかにあったからかも知れない。三人は全く奇妙な愛情でお互い同志が結ばれていた。というのも、八千代自身、彼女の夫を尊敬し愛していたからである。八千代と靖之助は燃えるような恋の焔で融合しあい、八千代の夫は華やかではないが信頼感の溢れた愛情を妻にそそぎ、八千代も又夫に対して敬愛の念をもって仕えている。そんな彼に対して靖之助は一種友情のようなものさえ感じるのだった。

八千代の夫に対して、後めたい背徳感をより多く感じていたのは寧ろ靖之助の方だった。八千代が何も悪女だというのではないが、靖之助の方がより繊細な神経の持主でもあり、彼に対して、男同志に生ずる奇妙な友情を抱いていたからかもしれない。しかしこの二人の背徳行為も、意外にも些細な出来事でその終止符を打つことになった。それというのも靖之助の人一倍鋭敏な神経のせいなのだが。

或る日二人は、次のデートの日時を、別れしなに取り決めておくのを忘れたことがあった。始めて八千代の家に電話をした時、電話口に出たのは彼の夫だった。その男らしい、中年の落着いた渋い口調を聞いた時、靖之助の心の中で何か貴重なものが、かすかな鋭い音をたててひび割れた。それは熱湯を注がれたガラスのコップの様に、二度と癒えることのない傷跡を彼の心に残したようだった。

彼に対する奇妙な友情からだろうか。彼の声を聞く事によって生じた、抽象的概念でしかなかった彼の存在が生々しい現実の存在として靖之助の行手に立ちふさがったからだろうか。それと同時に生命感の充実した夫の声が、若い靖之助に「かなわない」という感じをいだかせたからだろうか。

その日から靖之助は八千代に会わなかった。八千代から届く手紙も封も切らず、心の中で泣きながら燃やしてしまった。そして彼女を少しでも忘れる為に結婚する決心をし、依里子という女性と見合いし、婚約までしたのだった。しかし靖之助は八千代と二人で燃え上らせた恋慕の炎の輪からぬけ出ることが出来ないことに漸く気づき始めたのである。結婚式をあと一ヶ月にひかえた今日このごろになっても、八千代への思慕の念は高まるばかりだった。自分の妻になる女性は、と靖之助は呟いた。否、現に自分の妻になっている女性は八千代以外には存在し得ないのだ。

乾靖之助は、東京から姿を消した。友人の一人に手紙を残しただけで。

いつか空はすっかり霧の蒼黒いベールに覆われ、靖之助の横たわる小さな丘も、黒い樹海の闇の中に深く沈んでしまっていた。風も死に絶え、大自然の静かな息づかいだけが大地に流れていた。その吐息もいつしかしめり気を帯びてきてた。雨が来るのかも知れなかった。

2

空が雲の中に、水色に流れていた。太陽が白く小さく燃えている。

靖之助は死の眠りから眼を開いた。眩しい日光に暫く目をしばたたいていたが、やがてその恰好のまま静かに頭をめぐらす。

岩永八千代がそこに坐っていた。

直射日光を浴びて上気した八千代の白い顔がほころぶと、赤い唇から息がもれ、懐しい声が靖之助の顔の上にこぼれ落ちる。

「やっとお目ざめになりましたのね」

「ああ、あなたですか。いて下さったんですね。ここは一体どこ……」

そういいながら何気なく視線を反対側に移した靖之助は、ううっと唸った。富士が大空に聳えている。するとここは……。

「そうなの。あなたがおやすみになったまんまの場所ですわ。でもずいぶんよくお眠りになったこと」

靖之助は始めて、事の異常さに気がついた。自分が死ななかったのはまだ説明がつくとしても、八千代は一体どうしてここにいるのか。それもたった一人きりで。八千代は白い無地のスーツを着ていた。普段着のままの服装。どうやってここまでたどりつくことが出来たのだろうか。こんななりで。それはまあいいとしても、この広い樹海の中で彼を見つけ出すことは不可能な筈ではないか。すると、そう、すると今自分の目の前にいる女性は八千代ではないことになる。靖之助はもう一度、女の顔を見直した。肩まで長くウェーブした黒い髪、涼しい瞳、白い額の生えぎわの形、鼻、唇、ふっくらした頤、どれもこれも岩永八千代のそれに違いない。その靖之助の困惑に輪をかけるように、八千代、いや、その女は口を開いた。

「あなた——うふふ、あなたなんて変ですわね。私、まだあなたのお名前を知りませんのよ、いいえ、それどころか私の名前さえも。勿論、私はあなたが考えていらっしゃる女の方ではありません、何もかもそっくりでも。でも、その方と同じと考えて下さってかまいません。いいえ、そうして欲しいのですわ」

靖之助は返事にとまどった。一体これは誰なんだ。八千代にそっくりの女が俺をからかっているのか、それにしても何のために。

しかし靖之助には女が冗談にそんなことを言っているようには思えなかった。「ねえ、ほんとに名前を教えて下さいませんこと」と、女の眼はすがりつくように靖之助に訴えているようだった。その表情の中には彼をはっとさせるような、八千代がいつも彼にだけ見せる真剣さが潜んでいた。靖之助は女の問いに素直に答えることにした。

「僕は乾靖之助。そして君は」と靖之助は、次の彼の言葉で現われるかもしれない女の表情の変化を見逃すまいとでもするかのように女の顔をじっと見つめながら言った。「岩永八千代」

しかし、それを聞いた女の表情は冷静だった。

「岩永八千代……。私は岩永八千代。そしてあなたは」女は心から嬉しそうな明かるい微笑を靖之助に投げかけ、まるで一語一語甘い粒を噛みしめるように言った。

「あなたは乾靖之助」

「そして君は岩永八千代。でも君は一体誰なの。まさか本物の八千代じゃないんだろう」

「ふふふふ、もちろん私はさっきも言ったように、その岩永八千代さんとやらではありません。でも今日からは、私は正真正銘の岩永八千代ですのよ。そしてあなたは靖之助さん。ところで二人は一体どういう間柄でしたの？　夫婦？　恋人？　それともただのお友達？」

　ことここに至っては、もはやいらない詮議だてはかえって時間の浪費である。女、いや八千代はききたいだけきき出さないと何も教えてくれそうもない。そんなちょっとした我侭な頑固さも、いかにも八千代らしかった、昔の八千代に。……靖之助は今の八千代に何もかも話した。自分のこと、たった一人の親友のこと、婚約者の依里子のこと、そしてもっとも詳しく、今は昔の岩永八千代について……すでに八千代が過去の人なら、自分も過去の人ではないか。そう、確かに俺は一度死んだ筈ではなかったか？　という簡単な事実に靖之助は始めて気がついた。

「いいえ、あなたは死にませんでした」何もかも知った八千代はこう答えた。

「私、あなたを助けてあげましたの、でも」と八千代はいたずらっぽくふくみ笑いをすると言った。「でもあなたのお話ではとても死にたかった御様子。生き返らしてしまって、随分と御迷惑だったかしら」

「そう。御迷惑そのものだね。あんまり悲しすぎて、生きたくなる位だ」

「ごめんなさい。でも今度はもう大丈夫。八千代は決してあなたを後悔する様な目には会わせません。だって私、あなたの八千代でしょう？　そんなら、もう死ぬ理由はなくなってしまったんじゃないこと？　今度こそ、本当に二人きりになれたんじゃありません？　何から何まで、八千代さんにそっくりな八千代。もう邪魔な夫のいない八千代。あなただけの為の八千代。さあ、あなたの八千代さんが一緒に散歩をしたいって、あなたに手を出していますよ。お立ちになりませんこと」

明るく朗らかな八千代。いつも何か暗いかげから抜け出られなかった八千代が、今、全く解き放たれて、子供っぽいとも思える程の若々しさに溢れている。そして今度こそ、名実共に私の妻。二人だけの世界！　靖之助の体内にふつふつと生命感が湧き上ってきた。そうだ、生きよう！　生きるんだ、そして二人だけの世界を作るんだ！　もしこれが現実の世界だとしたら………。

3

「えっ？　君が？」靖之助は聞きまちがえたのかと思い、八千代の方に驚ろいた顔を向けながら尋ねもどした。

「君が宇宙人なんですって!?……」

二人は樹海の底を歩いていた。初夏の太陽がうっそうと覆いかぶさっている巨大な海草のような木々の梢をとおして、深海のように淡く頼りげのない光を二人にそそいでいた。おい茂った草薮が、青臭い草いきれを漂よわせ二人の行手をはばむが、心から恋する人を得た喜びに酔う靖之助と、神秘的な喜悦の表情を浮べながら嬉々として彼に従ってくる八千代の二人にとって、それらは全く存在していないも同然だった。樹上から細長く垂れ下がる苔は海の藻。緑色に輝やく液体の結晶の中を二匹の魚が泳ぐ。

靖之助は信じられないおももちで八千代の顔を再びのぞきこむ。

うっすらと、けぶるような生毛に包まれたクリームにほんの僅かピンクをぼかしこんだ肌、とても双曲線グラフには写し得ない眉、黒い液体が涼しく氷った瞳、典雅な鼻すじ、そして唇と顎と……これが宇宙人？　この、何から何まで八千代そっくりな女性が、この地球以外に棲息する宇宙人なのか？

靖之助のそんな視線を避けるように、女はうつむいたまま歩く。やがて立ち停ると、男の手をやさしくふりほどき、思いきったように男の顔を正面から見つめて言った。

「何度言っても同じですわ。私は宇宙人です。もし地球以外の惑星に住む生物を宇宙人と呼ぶならば。でも地球は、いいえ人類の住んでいる惑星は何もこの銀河系宇宙の一隅にある小さな太陽系の地球だけではありませんのよ。何故なら、私達自身、自分達のことを人類と呼んでいましたから。そして私の住んでいた宇宙は、そうこの地球から見ると何座の中に入るかしら、私達はここに来る途中スピカの側を通ってきたから、多分スピカを含む星座の中に入ると思うんですけど」

「乙女座《ヴィルゴー》だ」

靖之助は五月の若葉の香に包まれた夜空に、透明な白サファイアとなって輝やく純麗なスピカを思い浮べる。灼熱した白銀の雫が碧空にはじけ飛び、他の全てが消え残ったあとにたった一つ燃え残りいまもなお煌き続けるスピカ。若狭の一漁村に住むいにしえの無名詩人が「真珠《しらだま》」とその昔書紀に書き遺した空にこぼれ落ちた一粒の真珠。それを取り囲むつつましやかな星の一団、乙女座。正義の処女神アストライアは、堕落の一途をたどる人間界に最後まで踏みとどまっていた女神だったが、人間同志、友と友、親子兄弟の醜い相剋に耐えかねて、遂に人類に愛想をつかし、雪白の翼を羽ばたきながら中天高く翔け去り一つの銀色の星座となった……。

「この地球からみると」八千代は靖之助のそんな感慨を読みとって言った。「乙女座も結構きれい。――――でも私の宇宙はスピカではありません。地球からではかすんだ小さな星にすぎませんが、ほんとは、その、スピカなぞよりも、何百倍、何千倍も大きな星団、いいえ、一つの宇宙なの。あなた方地球人が名付けてくれた記号によれば、うずまき小宇宙M104という名の宇宙です。御存知かしら、渦巻は渦巻でも、丁度水爆の上層部の雲のように、渦巻の腕がその中心核にまきついたような形になって見える宇宙ですわ」

靖之助は漸く女の正体が分ってくるような気がしてきた。何から何まで八千代にそっくりなことも、この原始林にたった一人きりでいることも、空想科学小説で読んだ知識を活用させれば説明がつく。

でも何故？　なぜその星をすてて、こんな遠い地球までやってきたのか？　地球攻略？　それとも物見遊山？

「その疑問はごもっともですわ」

女はテレパシイが可能なようだった。

「この地球はお見うけするところ、宗教や哲学よりも科学の方が、きわだって進歩しているようですわね。錬金術なぞから化学が開け、たび重なる戦争が科学の発展に拍車をかけたようですが、私達の地球ではそれとは反対に、哲学や宗教が科学を発達させたともいえます。

勿論、私達も戦争の経験はあります。しかし人々はすぐその馬鹿らしさに気づき、それを宗教や哲学で解決していったのです。そしてつまるところは人間というもののあり方の問題だけがいつも残りました。

——まあ、こんな話、つまりませんわね」

「いいや、結構です、是非続けて下さい」

「私達は結局、人間に課せられた永遠の謎、スフィンクスの謎にいきあたったのです——人は何処から来て、何のために生き、何処に行くのか？　神とは？　前世とは？　死後の世界は？」

「それで結論は出たのですか？」

「ええ。でもそれまでの過程を一言でお話しすることはとても出来ませんわ。私達の世界では物質的なものよりも、より精神的なものが重んじられたせいか、この地球でいう、東洋思想の方によく似た性格の哲学が全世界を支配していたようです。とくに禅的なものの考え方……」

「えっ？　禅が？」

「そう、そう、あなたもそうでしたわね。だからこそ私、いまこうしておそばにいるんですけど……」

「そうすると、生と死の関係は？」

「禅の場合とすっかり同じですわ」女は両手をそっと合掌し、軽く目をつぶって歌うようにいう。

「身ノ外ハ仏ナリ。タトエバ虚空ノゴトシ」

「そ、それは確か、無難禅師の道歌だったはずだ……どうしてそれを？」

「おほほほ……。そんなに驚ろくことありませんわ。これ位のことは調べてあります。私達の思想は勿論これこのまんまではありませんが、この精神とは全く一致しているので、分り易いこの言葉を引用したまでですわ」

「それはそれで分ったことにしておきましょう。話を進めて下さい」

「さっき、宗教と科学のことを一寸いいましたわね。私達の科学は、私達の究極の思想を具象化するためにのみ進められていったのです。ということは、又さっきの禅師の言葉を借りれば『ナニモ思ワヌモノカラ、ナニモカモスルガヨシ。生キナガラ死人トナリハテテ思イノママニスル業ゾヨキ』という理想を実現するためにのみ科学を研究したいと言っても言いすぎではありませんん」

「というと？」

「つまり、耳モキカズ、心モキカズ、身モキカズ、キクモノノキクヲ、ソレト知ルベシ、ということを可能ならしめようとしたのです——生きていて死んでて耳も口もなく、それでいてきくことには不自由しないという人間になる方法をみつけようとしたのです。この気持はお分りになりますわね？」

「分りすぎる位分る。それが出来さえすればこんなに苦しむこともなく、又自殺などという意志の薄弱な、大それたこともしなくて済むんだ」

「そうでしたわね……それでまず頭に浮ぶことは、この現実の姿から抜け出るということ。即ち、この三次元の世界から異次元の世界に肉体を転換させる、という問題に焦点が絞られたのです……」

太陽はいつしか、大きくその位置を変えていた。しかし夕暮にはまだ間があった。靖之助は八千代、生とも死ともつかない肉体の持主の宇宙人、八千代の話にきき入っていた。まるで魂を吸いとられてしまったかのように。人が見たら不思議に思ったことだろう。一人の男が樹の根方に腰をおろし、かたわらの空間にじっと眼を注ぎ、全神経をその空間に集中させているその様を見たならば………。そしてその男の視線の交る空間を注意深く見ればもっと驚ろくにちがいなかった。その男、乾靖之助の体から五〇センチも離れていない所に、一本の虹が、春の陽炎のようにゆらめきながら漂い、まるで生あるもののように律動しているのだった。


（第二部　終）

アステロイドな私（間羊太郎名義）

結局、私の強引な圧力が効いて、あの頃は編集長の西田君も素直な青年だったから、私の発案である「アステロイド」が誌名に採用された。アステロイドの意義は創刊号に西田編集長が書いておられる（皮肉たっぷりに）。そのムードは二号に私が詩を寄せている（センチな自己陶酔があふれる詩を）。

結局、アステロイドという呼称は、いつも私自身であったようだ。未完の大作「虹のジプシー」を数年たったいま読み返してみて、私には当時の私の心理状態が痛いほど思い出された。あの頃はまだ独身で、いつもひとりぼっちで、暗くて、みじめだった。自殺未遂を何度も繰り返した毎日だった。私はあの作品で私自身のユートピアを描きたかった。稚拙な構成と文章ではあるが、私には当時の心の日記でもあった。私は孤独なアステロイドだった。結婚し、子供も二人いる今、幸せではないが、もうあの続きは書けないように思える。結婚によって、虹が消えてしまったのかもしれない。

結局、西田君は三号を出さなかった。同人誌を出すということは大変な仕事だ。若い人の手でネオ・アステロイドが生まれた。フェニックスのように……。思えば「アステロイド」も「フェニックス」もキザな名前だ。でもロマンティックで、私は大好きだ。

結婚したとはいうものの、結局、私はアステロイドであった。いまの私の職業は一体、なんだろう？　ミステリ研究家、風俗研究家、ジョーク蒐集家、雑学家…。定職も定収入もない。でも生きている。アステロイドが在るように、私も在る。巨大なマスコミという球体の周囲を音もなく回る、小さな小さな石のカケラ。ジャーナリズムという光る惑星にもなれず、暗い無名の破片、アステロイド。〝サイケな人間〟という言葉が通用するなら、私はさしずめ、〝アステロイドな人間〟というところだ。

アステロイド、万才！

私はプロ（清水聰名義）

考えてみると、私ほど〝プロ〟なる言葉に縁のない男もいないようだ。ことのはじまりは、若い頃、〝趣味の自殺〟を何回もくり返しているうちに、人生を一つの趣味と考えるようになったことからである。

〝趣味の人生〟を送ることを決意した時、どうせ少い人生、できることなら沢山の趣味を覗こうと思った。一つの趣味、即ち一つの人生を最低三年と区切り、三年から五年単位で職業を変えようと考えた。三年を単位とした理由は、「石の上にも三年」で、行事も三年間ガマンすれば、倦きっぽい人間だという評価は下されないで済むし、やはりやり始めたら三年位辛棒できないでは、何をやってもだめだという自戒の念をも含めた単位であった。

また、何故三年以上やらないのかは、「乞食を三年やったらやめられない」という諺によったからである。三年以上同じ職業をやっていると、どうしてもマンネリになり、要領を覚えて前のことの繰り返しでもボロを出さないで済むようになる。ただでさえ怠け者の私などヌルマ湯にどっぷりひたったらとても出られたものではない。同時に、三年以上、一つ仕事に精を出すと、その道の〝プロ〟になる怖れがある。プロになったら最後、凝り性の私は、悩みに悩み、神経をすりへらし、ノイローゼになって自殺するであろうことが目に見えている。趣味の自殺をいったんやめた以上、いまさら自殺するのもくだらない。だから〝プロ〟になるのだけは絶対にやめようと心に誓った。

大学院を出てから、まず三年間中学校の教師をやり、新一年生が三年たって卒業すると同時に辞職。次は高校教師。これも担任した新一年生が卒業した時点でやはり三年後に辞職。これで自由業になり、まず「間羊太郎」というペンネームで旧「宝石」誌に「ミステリ百科事典」を連載。「宝石」廃刊後、光文社から再発行された「宝石」に「ミステリ百科」を継続連載したが、雑誌の内容とそぐわないので、編集部に頼みこみ、違う連載を始めてもらった。

かくして風俗研究家「小早川博」の登場となる。ワイ談とジョークと雑学をミックスしたこのコラムがひどくうけ、これも二、三年連載。後単行本『オトナのいたずら』というタイトルで出版され、ナント20万部も売れた。

ミステリ研究の方は三年間ぐらいで終り、風俗研究もそのくらい。次はジョークの収集を始め、「週刊プレイボーイ」にジョークを三年くらい連載した。また子供向けの雑学研究をやっては、これも三年ばかり「週刊少年マガジン」に「へんな学校」というタイトルで好評連載。一方、オカルト研究も三年ばかりやり「えろちか」に悪魔学を連載したこともある。食えなくなったら一度はやってやろうと思っていたSM小説にも筆を染め、「蘭光生」という名で〝SM御三家〟の一人にまで食いこむこともでき、ワイセツのカドで桜田門をくぐるというおまけまでついた。お次ぎは幼い頃からの念願だった星占い。これまた「ウラヌス星風」なる名前を作り、「週刊プレイボーイ」誌上で、ギンギラギンの仮面とマントを着け、有名タレントと世紀の大占星術対談をおっぱじめた。一年近くやったあと、依頼されて占ったり、「奇想天外」誌で種村某という男のインチキぶりをバリ雑言でやっつけ、ヒンシュクを買ったりもした。星占いには準備に三年、実践に三年と予想以上の年月を費したので、これも一応打ち切り（データー集めは細々と続けてはいるが）。

そして今年の十月からは創作活動に転身する予定。それも一度はやってみたかったＳＦで。もしエロ・グロ・ナンセンス・残酷・ブラックユーモアなどを基調とした大型ＳＦ作家の新人が登場したら、それは私です。

八年後、私に「職歴が固定する」という星がめぐってくる。その時には一体どんな分野で何をやっていることやら。何でも見てやろう式の趣味の人生も、その時にどうやら一応の落着を見るらしい。ペンネームを変えるのもそろそろおしまいにしたい。表札に四つも五つも並べて書くのも面倒になってきたし、こうペンネームが多いと税務署でも最近は信用してくれなくなり始めたことだし。とにかく、有名人には縁遠い〝セミ・プロ〟の生活には、いろいろと苦笑もつきまとうものであります。

ＳＦとはお伽話だ、と思っている。

ぼくは、ＳＦとはお伽話だ、と思っている。どんなに科学的な裏づけをしようと、まことしやかなテクニカル・ワーヅを使おうと、やっぱりＳＦは現実にはあり得ない楽しい作り話の世界だと思う。大人向きのお伽話、現代や未来や宇宙を題材に使った超自然的なお伽話。英語に直すと、Supernatural Fairy-tales、略してＳＦ。

フレドリック・ブラウンはミダス王のお伽話も即ＳＦになる、といい、ミダス氏は体の分子振動を宇宙人に変えてもらい、彼が他の物体に触れると元素変換作用が起こり、物質はすべて金になる……というぐあいに、筆のワンタッチで、お伽話をＳＦに変えてしまっている。ことほどさように、ＳＦとお伽話とはきってもきれない縁があるのだ。宇宙をテーマにしたＳＦがお伽話にすぎないことを例証するいい例がもう一つある。

カール・セーガンがテレビの『コスモス』で面白い試算をやっていた。この銀河系宇宙の中に、進歩した技術文明の世界が一体いくつあるだろうか、というのである。銀河系の中にある惑星の数をざっと1兆個として、それに生物が生息できる確率、知的生物がいる割合、など、恒星天文学、惑星天文学、有機化学、進化論、歴史、政治、異常心理学まで広くカバーした確率を考え、次々にその可能性のない星の数を消去していく。

その結果の数値を見て、ぼくはガクゼンとした。な、なんと、1兆個もある惑星の中で、現在の地球ほどの文明を持つ可能性のある惑星の数は、たったの1〜10個ぐらい、というのだ！　なにが宇宙人だ、UFOだ、未知との遭遇だ。We are not alone だ！　地球はやっぱり、この広大な宇宙の中でひとりぼっちなのじゃないか！

ぼくは去年『虹のジプシー』という長編SFを書いた。この銀河系宇宙のなかで地球と同じ年齢、大きさ、歴史、文明を持つ数百の他の地球が、ある日突然地球の周囲に出現した、という発端から始まる物語なのだが、正直いって、愚かなぼくは、これだけたくさんある惑星のなかには、そのくらいの数は地球のそっくりさんがあるだろうと、本気で考えていたのである。つい数十年前までのSFでは火星人が平気で登場したくらいだもんね。そう考えたっておかしくはあるまい？

たとえば、人間に置き変えてもいい。地球人口を約50億とした場合、1兆人という数は、2000個の地球の人口を足したものを意味する。まあ、同じ地球が2000個もあれば、その中には、自分とのそっくりさんが、百人か二百人はいるだろうぐらいに思ったのだ。


お伽話って何だ？

ぼくはこの小説をマジなSFだと思っていたところ、ほとんどの書評で「ファンタジー」という名称を与えられ、正直言って大ショックだった。だが、カール・セーガンの試算を考えてみると、もう最初の出だしだけで、この作品は立派なファンタジーたる資格があったわけで……。

それなら、いっそ、ＳＦらしいＳＦはやめて、お伽話やファンタジーに徹したＳＦを書いてやろうじゃないか、と、短絡思考にかけてだけは自信のあるぼくは、決心した。

で、お伽話って何だ？　ファンタジーってなんだ？　ということになるんだけど、これこそＳＦの解釈並にその定義はむずかしい。でもぼく流に表現すると、どちらも、この世ではあり得ないが、もしそんなのがあったら楽しいだろうな、という作り話、ということになる。

じゃあ男にとってのそんな夢物語のテーマはなんだ？　男の欲望の大きな要素は何だ？　となりゃあ、答は昔から決ってる。酒と女と金と権力。権力はぼくには全く興味ないし酒と金は現実でなけりゃあ意味はない。そう、残る所は女。空想、妄想、幻想の世界でも楽しめる男の欲望は、女なのだ！　恋なのだ！　ＳＥＸなのだ！

マジなＳＦ書いても、書評子からは〝ファンタジー〟とレッテルを貼られるぼくとしては、「おれがＳＦだ！」式に言うと「おれがファンタジーだ！」と宣言してもよさそうである。


ＳＦにラブ・ストーリーを！

かくして、ファンタジー作家としての今年のぼくの創作目標が決定した。もっともっと大人のファンタジーを書こう。この世にあり得ないＳＥＸのお伽話をじゃんじゃん書こう。ＳＦ的設定でなくては描けないＳＥＸや恋物語こそ、これからのファンタジーのあるべき姿なのであり、また行きつくべき所なのだ。

キングズリイ・エイミスがＳＦ評論集『地獄の新地図』の中でこれからのＳＦについてこう言っている。

「だめなことが確かなのは、ＳＦ恋愛小説などという代物をでっちあげようとすることである……………ＳＦ全体としては、セックスの役割は二義的なものに留まる運命のように思われる」。

なんとまあ寝呆けたことを！　こんな寝言に迷わされることなく、ＳＦにじゃんじゃんＳＥＸやラブ・ストーリーをもちこもうではないか！

『最後の極道辻説法』あとがき（清水聰名義）

『週刊プレイボーイ』から、今東光の人生相談の構成の依頼があったのは、もう二年以上前になる。

担当の編集者、島地勝彦君とは、かれこれ十年近いつきあいだったし、そのずっと前の『柴錬人生相談』の時にも、ちょっとかかわりあった関係で、今度も頼むということだった。正直いって、私は気がのらなかった。大の人間嫌いで、学校の教師をやめていまのフリーライターになったのも、人間の顔を見ないですむ職業を、という一心からだったからである。

というのも、タネを明かすと、この、空前の評判をよんだ「極道辻説法」は、こちらで読者の質問から適当なものをセレクトし、それを読みあげ、和尚がそれに即答する。その対話をテープにとり、速記におこし、文体を統一して誌面にのせる、という仕組みになっているのだ。

ふつうだと、構成する人間は現場に立ち合う必要がない。しかし、どうせやる以上、できる限りいいものを作りたいのが人情だ。そこで当然、私が直接、手紙を読み上げねばなるまい。――ということになって、人に会うのが大嫌いな私は二の足をふんだのだった。

この企画は、今先生とは親しい柴田錬三郎氏の発案だという。柴錬先生とは島地君を通して個人的に親しくしていただいていることもあり、その柴錬先生の紹介もあるからということで、島地君と二人ではじめて今先生の仕事部屋を訪れた。それまでは二人とも、まったく面識がなかった。

平河町の自民党本部の向かいにあるマンションのせまい一室が、先生の仕事部屋だった。

「おお、そうかい、そうかい」

顔中、つややかな笑顔で埋めながら、快く引きうけてくれた。

「おう、お茶でも入れてやろうな」

猫背の背を丸めてキッチンへ行くと、ガチャガチャ茶碗をそろえ、私たちの前の小卓に並べ、お茶を注いでくれた。不器用な太い指先だった。それでニヤリと笑いながら、

「天下の大僧正ともあろうものが、なんでお茶まで入れなきゃあならねえんだい。なあ、おい」

皮肉ではないのだ。心から楽しそうにそう笑っておっしゃった。ふつうの人なら、大いに恐縮するところなのだが、生憎、島地君も私も二人とも少し常識外れなとこが多分にあり、こういう場合は恐縮するどころか、ますます調子にのってしまう方なのだ。それで無遠慮にいいたいことを言うと、

「ハハハ、清水にはかなわねえや」

「島地、おめえもひでえこと言いやがる」

で、カラリと笑い流してくれるのだった。人の心をつかむうまさ。絶えざる、客へのサービス。高貴でいて、まったくわけへだてのない庶民性。そしてなによりも、あのチャーミングな笑い。

凄いほど魅力のある人だった。男性でこれほど魅力のある人間は、日本人には珍らしい。

第一回目の録音がすむと、

「おい、コーヒーでもとってやろう。清水君は何を飲む?」

マンションの一階が喫茶レストランになっていて、「ここは、なかなか運んでくれないんだ」と言いながら、一階に電話をかけてくれた。電話口にでてきたボーイへの一言が、

「ぼく、今ちゃんよ」

権力者や威張りちらす人間には、あくまでも厳しく、おっかない態度でのぞむが、庶民にはあくまでも親しく、暖かく接する人柄が、この一言に端的に表われている。

もう、これだけで、私にとっては十分以上だった。こんな素敵な人に毎週会えるなぞという、何物にもかえがたい特権を誰が放棄していいものか。それこそ、今先生に死ぬほど会いたがっている無数のファンに対して罰があたるというものだ。

こうして、この連載は快調に進んだ。単行本もあっという間に二冊を数え、三冊目にかかった。

「あと半年で三冊目がでますよ」

「おお、そうかい、そうかい」

喜んでくれた笑顔が、まるで嘘のように、この世から消えていってしまった。

でも、生前、私たちに雑談のようにして話してくれた話や、質問への答えの中での例話など、字数の関係で涙をのんで割愛した部分の殆どを、この第三集に収めることができたのは不幸中の幸いとでも言うべきか。

最後に、今先生が亡くなられた時、『週刊プレイボーイ』にのせた私の書いた記事を、先生への追悼の気持ちをこめて、ここに再録させていただく。

——☆——

東方海上にそれるはずだった台風十一号は、何かの力で呼び戻されたように関東地方を襲った。

風雨の逆まくさ中、昭和五十二年九月十九日午後一時五十五分、今東光大僧正は嵐にも似た七十九年六ヵ月の波瀾万丈の生涯を閉じた。あたかも龍のように、雨を呼び風を捲《ま》いて昇天していったのである。

昔からの言い伝えによれば、お彼岸の入りの前日に他界した人は、あの世で大勢の仏様のお迎えを受けるという。今大僧正にふさわしい大往生であった。

夜半、嘘のように晴れ上がった夜空には、無数の星がきらめいていた。その星の中に、親友川端康成の姿を見つけた今東光は、あの大きな笑い顔で、きっとこう言ったにちがいない。

「康さん、待たせたねぇ……」

——☆——

和尚、今東光と呼びすてにすることをお許しください。

＊

今東光は何をやるにも、それに全力を集中した。

「オレは家を放り出された十八の時から、一歩外へ出たら、そこでヤリ合いして、名もなき奴等に殺されようとかまわねえと決めていたよ。ただし、もう全身全霊を打ちこんでケンカするんだ。だから必ずオレの方が勝つ。いつも死ぬ覚悟だもの。

オレはいま死んでも、残念でないだけの生き方を毎日しているという自信があるんだ。何かし残して、心残りがある、というんじゃないんだもの。オレは、もう、若い時からいつ死んでも惜しくないという生き方をしてきたんだ」

面会謝絶の重態に陥《おちい》っても、今東光の枕もとにはいつも本があった。

「オレみたいに本が好きなのを〝目乞食《めこじき》〟というんだ。もうひまさえありゃあ、本を読まずにはいられないんでね」

仏典をはじめとして、生涯に何万巻の本を読破したことか。読んだ内容は絶対に忘れなかった。集中力の賜《たまもの》である。原稿も書きだすと、一晩に二十枚、三十枚はものの数ではなかった。しかもことしの七月の中旬、入院するまでそうだった。

死ぬ数日前まで、深い眠りの中にいながら、彼は両手を前につき出し、右手をさかんに動かしていた。あたかも左手で原稿用紙をおさえ、右手で字を書くようにしながら、譫言《たわごと》を言い続けた。

「おい、まだオレに書かせる気か!?」

昏睡《こんすい》状態に入ってまで、作家今東光は、全身全霊をうちこんで原稿を書いていたのである。

＊

「おまえ、ＳＥＸはどのくらいやるんだ？　なに、たったの三十分か。オレは三時間はやるね」

刹那《せつな》に生命を注ぎこむ今東光は、ＳＥＸも例外ではない。

「なあに、やることがなくなったら、お喋《しゃべ》りしながらやりゃあいいんでね。オレなんざ、はじめから終わりまでしゃべり通してやってるよ」

＊

やりだすと全精力をうちこむ。

「オレは凝《こ》り性だからね。道楽にしても徹底しなくちゃあ」

若い頃、画家を志して挫折《ざせつ》し文学に転向した今東光が、六十年ぶりに二科展に入選。

「これからは画伯・今東光だぜ、おい、みていろ」

無邪気に喜んだ画伯が、まずやったことは――パリの帽子専門店から超一流のベレー帽をとりよせ、イーゼルを買い、数十本の絵筆を揃えることだった。何でも特級品でないと気がすまない彼は、絵筆だけに五十万円以上も使ったという。

死後、仕事部屋の戸棚を整理していた未亡人は、そこにもう完成に近い油絵が二、三点あるのを見てびっくりした。客の来ない夜中に、独りで描いていたものらしい。

＊

生命の炎の燃えつきる最後に全身全霊をうちこんだのは、宿敵ガンとの闘いだった。

数年前、Ｓ字結腸ガンの大手術をした時、

「切りとったガンをくれ！　ツクダニにして食ってやるんだ」

と叫んだ今東光は、今度は膀胱に大きな穴を開けたガンと死闘をくり返すことになる。

「いつどこに転移するかわからねえんだよ。ドスもったヤクザと背合わせに寝ているようなもんでね」

そのヤクザがふり向き、ドスで膀胱を突いてきたのだ。

小便の代りに真っ赤な血を流しながら、

「へっ、野郎のメンスなんてサマにならねえな。え？　痛み？　痛みなんか全然ねえから楽なもんだがね。貧血を起こすのにはまいるよ」

最後まで「痛い」という言葉はとうとう一言も出なかった。生涯一度もケンカに負けたことのなかった和尚が、ツッパリにツッパって、カッコのいいとこだけしか見せなかったあの今東光が、特にガンにだけは弱味を見せたくなかったのだろう。

臨終《りんじゅう》をみとった千葉県佐倉市・下志津病院の藤井武夫外科医長は、

「あれだけガンに犯されていては相当苦しかったはずです。最後にも、何回も『痛いですか？』と聞いたんですが……」

その問いに、右手をあげて、

「大丈夫……大丈夫……」

これが今東光の最後の言葉だった。でも、彼はガンに斃《たお》れた。負けたのだろうか？　いや、相討ちだったのではないだろうか？

いや、ちがう。その屍《しかばね》にはガン患者特有の悪臭が全くなかった。高僧・名僧がガンで死んだ時、よくそういうことがあるといわれている。

今東光は精神力でガンの腐臭をも征服したのだ。今東光は最後のガンとのケンカにも見事に勝ったのではなかろうか。

＊

今東光は毒舌で知られたが、その毒舌のかげにはいつもカラッとした笑いがあった。毒舌をたいても憎まれないのは、それは毒舌ではなく、常に真実を指摘していたからであり、因習に捉《とら》われず、心に感じたことを素直に表現したからである。

例えば、自衛隊で演説すれば、

「愛される自衛隊なんてバカげた話だ。自衛隊は人を殺すためにある。医者は人を生かせばいい。坊主は死んだ人を供養《くよう》すればいい。だから、キミたちは安心して人を殺せばいい。その責任は軍がもつ」

アメリカの戦争映画で、軍人に扮《ふん》したロバート・ミッチャムがこんなセリフを吐いていた。

「なぜいつまでも戦争がなくならないかって？　そりゃあ軍人は人を殺すのが好きだからさ」

こんな単純な真理にも耳をふさぎ、口をつむぐ世間のエセ人道主義者、エセ文化人。今東光はこういう連中が大嫌いだった。

＊

製薬会社は有名人に薬の試供品を送るのが好きだ。まだ元気だった頃の今東光は、朝起きると旅行先の旅館の机の上に、色とりどりのホルモン剤やら、ビタミン剤やらを一粒一粒丁寧に並べ

る。色の配色を考えては置きかえ、

「どうだい、きれいだろう、おい?」

六十粒並べ終えると、ひとつかみにして、大きな口の中へポイ。ムシャムシャ、ピーナツみたいに食べてしまう。この話を聞いたNHKでは「朝の訪問」という番組で、さっそくこのエピソードをとりあげ、和尚にインタビュー。

「で、薬は効くんですか?」

「冗談じゃない。こんな薬、効くわけがないだろうが」

以来、全国の製薬会社から、一個の試供品も送ってこなくなった。

＊

プラクティカル・ジョークの名人でもあった。

編集者と食事に出かける時、強い俄《にわか》雨に襲われた。編集者は会社からもってきたボロ傘をさしかけて車に乗った。高級フランス料理店を出る時、たった一本のそのボロ傘がない。今東光、すかさず支配人に、

「おい、わしのアカスキュータムのレインコートは? うん、ありがとう。それにヒッコリーの傘はどこだ? なに、見当らん? (編集者に) お前のはどうした? お前のはたしかバーバリーの傘だったなぁ。なに両方とも見つからんだと!?」

日本ではバーバリーは有名だが、イギリスではサラリーマン用のものだ。高級品は、女王陛下御用達のアカスキュータム。ヒッコリーとは、柄から芯棒までヒッコリーの木を使った最高級品

だ。

これを聞いて支配人は青くなった。翌日、編集者の会社に支配人が二本の傘を持って謝りにきた。一本一万円以上もするものを見事せしめた今東光、くだんの傘をパチンと開いて、

「なんだ、金属製の奴か。おい、来年こそは、ヒッコリーをせしめようぜ。ワハハハ……」

稚気と邪気を失わぬ、老悪童の無邪気な笑いであった。死ぬまで、いたずらが大好きなユーモリストであった。

＊

ケンカが好きで、四十六年十月の参院本会議で緊急質問の公明党議員に、

「ドタマが悪いからだ。バカヤローだということった」

と怒鳴《どな》って議場騒然。

「オレ、昔からケンカが好きだからな。ワクワクしてたら、議員の連中がちょろちょろ動きやがってもみ消しちまいやがった」

あんまり、外でケンカばかりしているのを見かねたきよ夫人が、

「そんなにケンカが好きなら、おもてでやらないであたしとやったらどうなの？」

愛妻家で恐妻家の今東光、

「おまえとケンカしたら、オレが負けるにきまっているじゃないか。シャモは一回負けたらもう使いものにならないのと同じでね。おまえに負けて負けグセがついたら、生涯誰にも頭が上がらなくなる」

当意即妙《とういそくみょう》のウィットにかけては、今東光の右に出る者を知らない。

＊

あるとき、

「いい言葉を教えてやろう。それは〝遊戯三昧《ゆげざんまい》〟という言葉だ。人生、これ、遊戯三昧でなくてはならん」

どういう意味ですか、と聞くと、

「おまえらバカに言っても、むずかしすぎてわからんよ」

でも、和尚の生涯を見ていると、何となくわかるような気がする。

自分の好きなことにエネルギーを注入し、生命の華を咲かせること。女でも、毒舌でも、文学でも、学問でも、宗教でも……。自分のやりたいことを、しかも心の余裕を持ってやりたいだけやって、心残りを残さない――これが遊戯三昧の人生ではないだろうか。ネ、和尚さま？

＊

誰でもひと目、和尚に会った人間は、あっという間に魅了されてしまう。

＊

和尚は誰にでも優しく、誰にでも気さくに話しかける。特に女性には……。仕事場のマンションのメイドさんは、全員今東光の大ファンであった。

「いいニュース！　今先生がいらしたわよ」

ワッと寄ってくる。エレベーターに女性がいると、

「きれいな花ですね。お花のお稽古ですか?」

あらゆるチャンスを逃さない。大変なプレイボーイだった。

どこかの雑誌社からかかってきたアンケートの電話に、実にうちとけ、冗談をとばしながら大笑いしているので、後で、

「誰ですか?」

「さあ。いま初めてかけてきたどこかの女性記者だけど。名前は知らんよ」

＊

最初に会うと、必ず「今東光」という名刺を出す。相手もあわてて名刺を渡す。じっとそれを見つめる。

一時間ぐらい話したあとで、

「そりゃあいい話だ、ねぇ、○○君」

しがない新米編集者の相手は自分の名前を天下の大僧正に呼ばれてビックリ仰天。熱烈な今ファンのひとりになる。編集長の名前は忘れても、原稿とりの平記者の名前は覚えていた。

＊

一年に一度、四谷の鳥一に、今東光は一度でも自分の原稿をとった編集記者を招待して、おいしいシャモの肉を食わせる。

それが何年も続いた。ヒラだった記者も、いまは編集長になった。鳥一に行くと、

「なんだ、M、おまえ編集長じゃねえか。編集長には用がねぇ。帰りな」

「そ、そんな殺生《せっしょう》な!」

やっと頼んで入れてもらえた。

＊

来たる者は拒まず。青年流行作家としてマスコミの話題になっていた頃、ころがりこんで来た女と同棲したり、人妻に惚《ほ》れられ、埼玉の奥まで逃避行をして、あやうく姦通罪で訴えられそうになったり……。

＊

だから、月曜から金曜まで仕事場にしていたマンションの一DKの部屋には、夜中でも鍵をかけなかった。

「いつ、共産党や創価学会の連中が殴りこんでくるかもわからんから、木刀だけは離さないんだ」

扉の覗き穴からのぞいたり、チェーンをかけたり、などというセコいことはやらない。常に非常時の態勢をとって入口は出入り自由にしておいた。

＊

中学二年で二度も放校の憂《う》き目にあい、画家を志して上京。やがて一高に入ったばかりの川端康成を知り、毎日一高の寮にもぐりこんでは、文学を語り合う。

「一高は出席をとるから、授業にはもぐりこめないんだ。オレはみんなの使っている教科書を読んで、わからないとこはみんなに聞いて、めでたく一高を卒業して、東大に入った。東大じゃ授業を片っ端から聞いて、図書館に入りびたりだったな」

終生苦手とした理数科系の学問以外は、その博識、造詣《ぞうけい》の深さは専門家の舌を巻かせるに十分だった。

「バカが相手の時は、オレは何も喋らねえで、バカ話しかしない。わかる人だけに、わかる話をすると、『どうしてそんなことまで知ってるんですか、今さん』って、ぶったまげるよ」

＊

東光死す！ の知らせを、いの一番に知った和尚とは親しい柴田錬三郎氏は、ただ一言、

「もったいない！ あの脳ミソが灰になるのか……」

＊

かつて、今東光が昔の出来事を、つい昨日のことのように、相手の会話までそっくり再現して話すのを聞いた石川達三氏は、

「今さんの話はでたらめだ。昔のことを、そんなにはっきり覚えていられるはずがない！」

「なに言いやがる。みんながみんな、てめえみたいなお粗末なドタマの持ち主だと思ったら大間違いでな」

＊

「うちのかあちゃんが言ったよ。あんたは気の毒だって。なんでもかんでも、全部覚えている。小さい頃、どんなにお母さんに差別待遇されたか、どこかの人が、何回煮え湯を飲ますようなことをしたか……。そうなったら、もう地獄じゃないの。そこへくるとあたしなんか、ケンカした

ことだってすぐ忘れちゃうし。気楽なものよ。あなたは可哀相……だって。オレ、これ聞いてゾッとしたよ。こりゃあ、おまえ、記憶地獄だよ」

＊

巨星が墜《お》ちた。

死顔は安らかで、ガン患者のようにやせこけてはいず、生前のふくよかさを保っていた。足がむくんでいるので、納棺のために持ち上げる時、注意を必要とした。ふくらはぎの皮がズルリとむけてしまいそうだったからである。

きよ未亡人が泣きながら、ドライアイスのパックを棺に詰める。

「あなた、寒いでしょうけど、かんにんしてください……」

今東光は寒がりだった。夏でもクーラーのきいた部屋で、コタツにもぐり込んで執筆していた。その寒がり屋が、自分に課したひとつの健康法があった。それは毎朝、必ず、水のようなぬるい風呂に一時間以上もつかることであった。

彼はどんなに熱があっても、この習慣を破ったことがなかった。数年前、ガンの手術で入院した時だけは、さすがにこれができず、へきえきしていた。

「もう、オレ、自分の体が臭いような気がしてね。かあちゃんに、臭いだろう、臭いだろうって何回も聞くんだよ、毎日」

この水のようにぬるい風呂に入る習慣が、最終的には今東光の命を奪ったようであった。

今東光の影武者のようにそっくりで、息子同然の役割を果たしている文藝春秋の樋口進氏が、ついに見かねて怒鳴った。

「オヤジ！　そんな水風呂に入る習慣やめねえと、いまに肺炎になるぜ。オヤジはガンじゃ絶対に死なないけど、肺炎で死ぬぞ！」

六月、風邪で熱があるのに、今東光は水風呂に入り、軽い肺炎を起こして高熱が続いた。みるみる体力が失われていく。

病床を見舞った樋口氏が、

「言った通りだろう！」

と言うと、今東光は恥ずかしそうに毛布をずりあげて顔をかくした。叱られた子供がやる仕草そのものだった。

「オヤジ、顔を出せ。自分に都合の悪いことだと、すぐこうなんだから……」

悪戯《いたずら》を見つけられた子供のように、大僧正の目がニッと笑った。

点滴生活が始まった。回復したら、尿管と腸管の間に開いた穴を手術でふさぐ予定だったが、死の二、三日前に急性肺炎を併発。胃からの嘔吐《おうと》物がのどにつまり、窒息死する。

＊

「でも、死んでからの方が、むしろホッと落ち着いたの。毎日点滴したり、診察したりするのを見るのがつらくて、つらくて……」

そのきよ未亡人が謝りながら、寒がり屋の夫にドライアイスをのせていく。

「あら、眼に涙が！」

遺族のひとりの声で、みんなが驚きの声をあげた。

「ほんとだ！」

軽く瞼《まぶた》を閉じさせると、ホロリと涙がひと滴《しずく》、白蠟のように硬く青ざめた今東光の目尻に光った。

「オレは何がなんでも八十九まで生きるんだ！　八十八で死んだクソばばあ（母親）より長生きしなけりゃあ、死んでも死にきれねえ！」

それより十年も早い七十九歳六カ月で死んだことの口惜しさからの涙だろうか？

それとも、ツッパリにツッパって生き、いまこそやっと自然の姿に戻れた安らぎからくる安堵《あんど》の涙だろうか。

「棺に入ってから、ずっとおだやかな顔になったわ。楽になったみたい……」

遺族の声がする。弟の今日出海《ひでみ》氏がポツリと呟《つぶや》いた。

「いまにも、バカヤローー！　って怒鳴りそうな顔してるじゃないか」

＊

いまでも、あの陽気な笑い声が、はっきり聞こえてくる。

角川文庫版解説

M＊＊へ。

あなたにこの本――式貴士の『虹のジプシー』を贈ろう。

作者の式貴士という人について、ぼくもあまりよくは知らない。なんでも、別のペンネームを使ってミステリ畑で活躍して来た人らしい。〝式貴士〟名義でSFを書きだしたのは、つい五、六年前からだ。

SF好きなあなたのことだから、この作者が「A型SF作家」と呼ばれていることは知っているだろう？　「A型」というのはABO式の血液型のことだ。――では、なぜ式貴士がこう呼ばれるのかご存知だろうか。

もう亡くなった能見正比古という人が『血液型人間学』という著書に「創作プロパーのSF作家には、A型が一人もいない」と書いたのが、そもそもの始まりだった。ところで式貴士がたまたまA型だったものだから、今までのSFとはちょっと違うその作風――エロチックでグロテスクでちょっぴり残酷で、それでいてハート・ウォーミングなところのある一連の作品の持ち味を、まず作者自身が「A型のSF」と形容し、それを「過去になかったまったく新しいタイプの

SF」と捉えた読者がどんどん広めていったわけだ。

だけどぼく自身はこの「A型SF作家」という呼び方をあまり好まない。能見説そのものが少々勇み足だったんだ。『血液型人間学』ではO型とされている小松左京が実はA型だったりするように、数こそ少ないけれどA型の作家はいるし、翻訳や評論をやらない「創作プロパー」の人でも、SF以外にミステリや冒険小説《アドベンチャー》を書いたりしているのだから。

まったく当り前の話だけど、SF界に限らず、作家には一人一人の作風、スタイルがある。式貴士の小説を一度でも読んだことのある読者ならば、名前を聞いただけでパッとその印象を思い浮かべるはずだ。それほど強烈な個性の持ち主に、わざわざ「A型SF作家」なんていう漠然とした形容をつける必要なんかないだろう。どうしてもつけたいというのなら「式式SF」（二番目の式は、リアス式やオギノ式の式、ね）とでも呼ぶしかない——とぼくは考えているんだけど、M**、あなたはどう思う？


『虹のジプシー』は、式貴士初めての長編だ。ところが、基本的なアイディアは二十年以上も前、学生時代から暖めて来たそうだ。プロとしてのデビューこそ遅かったけれど、この人のSFファン歴は相当なものだ。日本の学内SFサークルのはしりである早大「ワセダ・ミステリ・クラブ」に所属し、機関誌『アステロイド』の創刊号（昭和三十六年五月発行）に小説「虹のジプシー　第一部π《パイ》の哲学」を発表している。ただし、この時のプロットや構成、主人公などは、現在のものとまったく違っていた。この長編は、長い熟成期間を経て生まれて来たんだ——物語冒頭の神田の古本屋街や聖橋界隈の描写がなんだか妙にノスタルジックにぼくらの胸に響いてくる秘密は、そこらへんにあるのかもしれない。

さて、物語は〝無数の地球がぽっかりと宙天に浮かび、集団となって太陽を回り始めた〟というプロローグに始まり、主人公の流水五道《つるみごどう》がそのうちのいくつかの〝地球〟を遍歴していく様子を描く。

なぜ無数の地球なのか？――その理由を作者自身はこう説明している。

「もし地球がいっぱいあれば、パラレルワールドと、多元宇宙と、タイムトラベルとが一度に可能になるからだ」（ハードカバー版「ほどほどに長いあとがき」）

なるほど、五道の訪れる〝地球〟のヴァリエイションにはそれぞれ違った設定がなされていて、読者はいろいろな趣向を味わえるようになっている。作者自身が挙げているパラレルワールド、多元宇宙、タイムトラベルのほかにも、ホラーあり、プラクティカル・ジョークだとしか思えないようなシャレあり、Ｐ・Ｆ《ポリティカル・フィクション》やサタイアあり……。ときには、少々やりすぎではないか、と思える部分もあるけれど、それも作者の旺盛なサーヴィス精神の表われだろう。

ところでＭ＊＊よ、あなたは「ビルドゥングス・ロマン」という言葉を知っているだろうか？一人の人間がさまざまな経験を積んで成長していく様子を描く小説のことで、日本では「教養小説」と訳されている。

この『虹のジプシー』も立派な教養小説だ、と言い切っていいだろう。厭世的な主人公――「死にたくなったら、さっさと死んでもかまわないじゃないか」「……人間には考える力があり、しかも〝自殺〟という他の動植物にはない衝動性というか、能力というか、があるわけだ。……だとしたら、その能力を使ってもいいではないか」（紫の章）と考えていた青年が、遍歴の末、ついに「人生はπ《パイ》なんかじゃない。生きても、生きても、生ききれないほど、夢と希望にあふれているんだ」（赤外の章）という強烈な〝生〟への熱情《パッション》に至るまでを描いているのだから。

　ひとつの地球から別の地球へと、ジプシーのように渡っていく五道の遍歴は、言い換えれば〝死〟から〝生〟への遍歴だ。そして、〝死〟の呪縛から〝生〟を解き放つ鍵《キイ》となるのが性——セックスなんだ。

「性による〝生〟の解放」なんて言うと、M＊＊よ、あなたはこう反論するかもしれないね。生と死の接点としてセックスを用いるのは、現代文学でよく使われる手法ではないか、いわば常套句《クリシェ》になっている手法を何でいまさら持ち出すのか——と。

　しかし、M＊＊よ、これは「式式SF」なんだよ。ここに登場するのは、文字通り並みのセックスじゃあない。順番にパターンを追ってみようか。

　最初に出てくるのは、なんともシリアスかつクラシカルな純愛だ。大正から昭和初期のロマンティズムの世界もさもありなんという、竹久夢二か蕗谷虹児《ふきたにこうじ》あたりが絵にしたらピッタリきそうな男女の愛だ。口の悪い照れ屋さんなら「読んでるだけでノドのあたりがムズガユクなってくる」と形容しそうなところ。

　次のお相手は、五道が住んでいた地球での恋人に相当する別の地球の女性。数ある地球のなかには、もとの地球とほとんど変わらない世界だってある。そこではもとの地球の住人とほとんど変わらない人々が暮らしている――パラレルワールドなのだ。ところが彼女はヘルマプロディット――両性具有者だった。で、五道は驚いて何もしないか、というと、これがちゃんと恋人づきあいをしてしまうんだな。

さあ、だんだん妖しくなってきたぞ。

三人目は成長促進薬のせいで、体格は一人前の大人だが生殖器官が未発達という女性。これはロリ・コンの変格活用（？）だね。

そして最後は、出ました、少年愛。ただ、相手の美少年が次第に女の役割《ロール》をするようになるので、少女マンガや日常生活で「少年を少女の代用ではなく、少年として愛する」ピュアな少年愛に慣れている人には、このパターンは異常に見えるだろう（なにか変だけど、まあいいや）。

こう並べてみると、初めの「純愛」以外は現実からかけ離れた大変アブノーマルなものに写るに違いない。だけどね、M＊＊、それぞれの世界に浸りきってしまえば、アブノーマルではあっても納得できるんじゃないか?――なぜなら、そこには普通の異性愛とまったく変わらない〝愛〟がある。

例えば四番目の少年愛（赤の章）――少年は五道に向けられたナイフを、自らを盾にして防ぐ。もちろん、少年が五道を愛していたからだ。

死に瀕した少年と五道との最後の〝愛の交歓〟シーンを見てごらん。凄惨ではあるけれど、その本質は最初の「純愛」と同じじゃないか。もしそれを奇矯なものと思うのなら、「純愛」だって同様にグロテスクだろう。

余談になるけれど、男同志で対面横臥位、つまり正常位ってできるものなんだろうか？　この本がハード・カバーで出た直後、マンガ家のとり・みきとこの問題について話し合ったときには、下になる方の付属物を持ち上げてやればなんとかなるのではないか、という結論になったのだけど……。

話を戻そう。五道の遍歴におけるセックスは、愛を知ることによって、肉の交わりを越える〝エロス〟——〝神の愛《アガペー》〟に対する〝人の愛〟——へと拡がっていく。そして〝エロス〟こそが五道をアクティヴな〝生〟へと駆りたてるものなのだ。

〝生〟への希求に目覚めた五道を描く「赤外の章」をもって、この物語の幕は下されている。が、一般に「教養小説《ビルドゥングス・ロマン》」は主人公が死を迎えるまで終わらないものなのだ。物語の終幕は単にひとつのエピソードの終わりでしかない。幕が閉じられても物語世界のなかの主人公は、なおも成長を続けてゆく。

五道の人間形成も「赤外の章」の先（「電磁波の章」とでもいうのかな？）へと、まだまだ続くはずだ。ぼくとしては、それが読んでみたい——もちろん「式式SF」で。この作者のことだから、きっと奇想天外な物語、それもヒロイック・ファンタジィなんかができることだろう。M＊＊よ、あなたもそう思わないか？

M＊＊。

いささかおしゃべりが過ぎてしまったようだ。こんな毒にも薬にもならない文章など、読みとばしてくれてかまわない。

あなたにこの物語を心から楽しんでさえもらえれば——
ぼくは、それで満足だ。

土屋　裕

巻末資料　単行本版と『奇想天外』版の差異について

『虹のジプシー』には、ＣＢＳソニー出版から発行された単行本版、角川文庫版、同人誌『アステロイド』版のほかに、ＳＦ雑誌『奇想天外』に掲載されたバージョン（以下、『奇想天外』版）がある。

『奇想天外』版は、単行本版の発売直前に「話題の作家初の長篇二回分載」のキャッチで、一九八〇年十月号に前篇、同年十一月号に後篇を掲載。大半は単行本版と同じだが、何点か大きな違いがある。本稿では、それらの差異についてまとめた。

1、全体の章立て

『奇想天外』版の章立ては次頁の通り。

前篇、後篇にそれぞれタイトルがつけられ、単行本版では虹の色だった章のナンバリングが、シンプルなローマ数字になっている。

前篇　地底の巨猿
プロローグ
Ⅰ　πの哲学
Ⅱ　Down,down……
Ⅲ　ヤコブの梯子
後篇　地球がいっぱい
Ⅳ　マリー・セレステの幻影
Ⅴ　狂った向日葵
Ⅵ　ジベレリンの精

後篇の末尾には、「著者より――」という見出しで、以下のコメントが掲載されていた。

この『虹のジプシー』は10月15日、CBSソニー出版より単行本として出版されるが、それには最後にもう一章半つけ加えられ、結末もまったく違ったものになっている。本誌に掲載したものは、これはこれで完全に完結している。それに、雑誌掲載時には、編集サイドの要望でセックス描写を数カ所、著者の責任において削除した。またイラストを一切つけなかったのは、著者側からの要望によるものである。拙い処女長篇に最後までおつき合い下さり、どうもありがとうございました。

著者のコメントにある通り、『奇想天外』版では、赤の章「血まみれのアンドロギュノス」、エピローグ、赤外の章「日輪の大団円」は割愛され、独自の結末がつけられている。

2、『奇想天外』版の結末

単行本版との最も大きな違いが、物語のラストである。『奇想天外』版の結末は、本書198頁、右から7行目の次から、以下のように続く。

イオネイラの涙が月光のかげんで琥珀色に光ったように、五道には思えた。その美しい成熟した少女の姿は、まさに、ジベレリンにも似たあのオレンジ色の薬液の結晶ということができよう。

地球Vにおける五道の生活は快適といえた。毎日のテレビ番組に出たあとの残りの時間は講演と執筆とに費やされた。五道は改めて青の世界での三年間の修行時代の貴重さをいまこそしみじみと感じるのだった。

五道の地球に関することを書けばキリがなかった。歴史、地理、文学、芸術から科学、医学、天文の分野まで、素人の知識の域を出ないものではあったが、この地球Vにおいては、それなりの価値はあるはずであった。細かいデータが欲しい時には、即アゴンの助けを借りた。アゴンのデータ・バンクの収容量の豊富さは、まさに驚異に値した。アゴンの存在の尊さも、五道はここに来てはじめて理解できたと思った。

「お兄さま、またお仕事？」

五道はいつか、イアネイラ一家の家の居候のような形になっていた。居候というより、家族、いや、我が家のように気楽で居心地がよく、懐しい所になっていた。イアネイラの部屋が、彼の仕事場であり、書斎になった。

ここではどの家も大理石でできている。インテリアも芸術的に凝り、超近代的な設備も地球以上だった。口述するだけで、印刷された文字がでてくるライティングデスクの前に座り、地球について喋っていると、家事を終えたイアネイラが入ってきては、五道にじゃれつくのだった。

ぴったり体を押しつけてきては、五道の全身を嗅ぎ回るようにして唇を這わせたり、指を這わせたりする。イアネイラは、もうそれだけで満足のようであった。

名士としての生活の楽しさに、五道は満足していた。世界各地、どこへ行っても大歓迎をうけ、パーティーでは美女に囲まれ、夜をともにしてくれる女にもことかかない。イアネイラの姉のゴルゲーとも時々セックスを楽しむこともある。

そんな幸福な日々の中に月日が流れた。五道が地球Vに居ついてから二年目に、大空に変化が起きた。現われた時と同じ唐突さで、突然、空に浮かぶ無数の地球が消え始めたのである。

五道が決心をつける間もなく、数日もたたないうちに大空から地球が全て消失してしまい地球Ⅴだけが残った。

五道の地球も、緑の地球Ⅰも、ふたなり娘のいる地球Ⅲも、どこかへ消えてしまっていた。

巨猿はどうしたのだろうか？　と、五道は時々思うことがある。そういえば、アゴンも、地球が消え始めた時、フッといなくなってしまった。巨猿の後を追ってテレポートしてしまったのだろうか。

五道は長いような短いような、不思議な旅を思い返すことがある。そしてある時父の言葉を思い出した時、ハッと胸をつかれた。

「……五道っていう名前は、だな。仏教の言葉で死後の世界のことを意味するんだ。人間は死んでから、その善悪の軽重により、それぞれ違った五つの世界に送りこまれる……」

この、いまいる世界は、なんと五つ目の地球ではないか！　奇しくも、五道は水簾洞で自殺してから五つの世界を経《へ》めぐってきたのだ。そしていま、やっと安住の地を見つけだした。

「お兄さま、お仕事、終わった？　だったら、抱いて……」

イアネイラが一糸まとわぬ白い体で五道の体に優しく抱きついてきた。

「いいよ。イアネイラ、君はほんとに天使みたいに無邪気で美しいよ」

五道もまた服を脱ぐと、イアネイラの体を優しく抱きしめるのだった。父の声がまた聴こえた。

「その五つの世界というのは、地獄、餓鬼、畜生、人間、そして天上だ……」

天上の世界で、いま、二つの唇が愛で溶けて一つになった。

——終——

3、セックス描写の削除

同じく著者のコメントにある「編集サイドの要望でセックス描写を数カ所、著者の責任において削除した」部分は、確認したかぎり8カ所あった。該当する箇所を、単行本版、『奇想天外』版の順に並べ、『奇想天外』版ではどのように書き換えられたのか一目で分かるようにした。

削除箇所①

◇単行本版（本書129頁、右から3行目〜）

「しぶとい女《あま》だな。さっさと言わんと、大切なお道具が使いものにならなくなるぞ」

男の竹刀の先端が、大きく左右に開かれた股間にのび、江里奈の陰阜をこじるようにぐいっと押した。

「うぐっ……」

◇『奇想天外』版

「しぶとい女だな。さっさと言わんと……」

「うぐっ……」

削除箇所②

◇単行本版（本書152頁、右から9行目〜）

まるで飢えた野良犬のように、五道は貴美子に襲いかかった。

「ああ、なになさいますの！……いやっ！　やめてえ……」

藍色の着物の裾がまくれ、白い脚が藍色の花びらの中で、二本の雌蕋のようにゆらいだ。

「貴美子！」

「いやっ！」

死にもの狂いの烈しい抵抗に、まだ昔の内気な五道の片鱗が残っていたらしく、一瞬たじたじとなり、情欲の鬼の角が少し萎《な》えかかったが、すぐに気をとり直し、硬直した体をぐいぐい押しつけるようにして、貴美子の体から自由を奪っていく。

か細い貴美子の両手首を、五道は左手だけで束ねるように鷲づかみにすると、彼女のおすべらかしの頭の上に万歳の形で抑えこむ。

「あっ……」

両手の自由を奪われ、エビのように体を弾《は》ね返らせて男の体の下でもがく貴美子の、まくれ上った十二単の裾に手をさしこみ、膝頭からすべすべした内腿に手を滑らせていく……。

むっちりした太腿の交わる熱い接点に五道の指先が触れた。かそけき繊毛に縁どられたしっとりとした柔肌の襞が息づいている。

貴美子の体から力が抜けた。

五道の指先が、もう濡れ始めている肉の果烈を辿り、恥毛に覆われた丘へと伸びた時、五道は全身に水を浴びせられたようなショックを受けた。

(な、なんだ、これは?!)

ふっくらした肉のあわい目が閉じた所に、なんと男のペニスが硬くなっておののいているではないか。

「ふたなり、か……」

◇『奇想天外』版
まるで飢えた野良犬のように、五道は貴美子に襲いかかった。

「ああ、なになさいますの!……いやッ! やめてえ……」

か細い貴美子の両手首を、五道は左手だけで束ねるように鷲づかみにすると、彼女のおすべらかしの頭の上に万才の形で抑えこむ。

「あっ…」

両手の自由を奪われ、エビのように体を弾《は》ね返らせて男の体の下でもがく貴美子の、まくれ上った十二単の裾に手をさしこみ、膝頭からすべすべした内腿に手を滑らせていく……。

貴美子の体から力が抜けた。

（な、なんだ、これは⁈）

「ふたなり、か……」

削除箇所③

◇単行本版（本書157頁、右から12行目～）
仄暗いルームライトの中で、五道はもう嫌悪感を感じずに貴美子の体を愛した。

「邪魔にならない？」

「ああ、大丈夫……でも、面白いね。君も興奮すると、これがちゃんと勃起するんだな」

「うん、男と同じでしょ。面白い？」

「うん、とても面白い。痛くないか？」

「ええ、少し……。あ、だめ、そんなにきつく押しつぶしちゃあ……ああ、すごうく、いいわ」

「わかるよ、こんなにビーンと硬くなって……」

そして、二人は同時にピークに達し、同時に射精した。

「おかしいもんだな」

◇『奇想天外』版
仄暗いルームライトの中で、五道はもう嫌悪感を感じずに貴美子の体を愛した。

「おかしいもんだな」

削除箇所④

◇単行本版（本書158頁、右から17行目～）

「ねえ、オカマ、やってもよくってよ」

五道にホモの趣味はまったくなかったが、いま味わった若い女の体の、蠱惑的なまでの官能美の中でならきっと素晴らしいような気がしてきた。

同時に〝オカマ〟の語源をふと思いだして五道の頬が微笑が走った。オカマとはもともと僧侶の間での隠語であり、語源は仏教の原典であるサンスクリット語なのだ。カーマ・スートラの〝カーマ〟からきたという。

（孫先生のセリフじゃないが、また教養が邪魔したか……）

ベッドに仰向けに、体を丸めて白い裸身を晒している貴美子のふくよかな肉体は、瘠せ衰えて死んだあの貴美子とはあまりにも対照的であった。

◇『奇想天外』版

※単行本版の描写、全文削除

削除箇所⑤

◇単行本版（本書159頁、右から11行目～）

（前略）くびれたウエストと、丸く、あくまでもふくよかな二つの双丘。

「ラーゲはどうなるんだ」

「どっちでも。ほんとは正常位の方がいいみたいだけど」

「じゃ、バックから。いいか？」

「ええ、どうぞ……あっ……そう……」

はじめて味わうアナル・セックスの異様な快感に、五道の五感は痺れた。

（こんな世界があったのか……）

ふたたび、同時に果てた時、貴美子がクスクス忍び笑いをした。

「あのね、これをやる時いつも思いだす小咄があるの。知っている？」

「いや……」

「はじめてオカマを抱いた男がいたの。彼は相手がオカマだとは知らないで、ふつうの女だお思っていたのね。で、バックで攻めている最中、あんまり気持がいいんで後ろから相手を抱きしめたわけ。それも手でオカマのモノを握りしめ、それを自分のモノと勘ちがいしてびっくり仰天。『あっ、ごめん、おれ突き破っちゃった！……』」

五道も声を立てて笑いながら、ふと死んだ貴美子を想った。

◇『奇想天外』版
（前略）くびれたウエストと、丸く、ふくよかな二つの双丘。

(こんな世界があったのか……)
五道はふと死んだ貴美子を想った。

削除箇所⑥

◇単行本版/本書162頁、右から11行目
もう硬くなりはじめた貴美子のペニスが、五道の背中をくすぐったく突っついた。

◇『奇想天外』版
※単行本版の描写、全文削除

削除箇所⑦

◇単行本版(本書196頁、右から18行目〜)
(前略)胸乳は少女のままの小さな、儚《はか》な気《げ》なふくらみのまま、ピンク色の乳暈が薄く広がり、その真ん中に小さな乳首がひっそりとつつましげについている。そして下腹部のふくらみには、少女期のままの亀裂が深々と、くっきりと刻みこまれ、恥毛の翳りもないすべすべした肌に深い影を作っていた。

◇『奇想天外』版

※単行本版の描写、全文削除

削除箇所⑧

◇単行本版（本書197頁、右から13行目〜）

硬い蕾であった。

やっと体を入れ終り、ゆっくり動かし始めると、妖精が苦痛に呻いた。体を弓のように反らせ、苦痛に耐えている。

◇『奇想天外』版

※単行本版の描写、全文削除

4、その他の修正箇所

他にも細々とした違いがあるが、そのほとんどが『奇想天外』版にあった間違いを正すものだった。一般的な著者校正の範疇と考えてもらってよいと思う。

最後に、内容に関わる修正だと編者が判断した2つの修正箇所を紹介する。

修正箇所①

◇単行本版（本書97頁、右から7行目〜）

『だいじょうぶ。邪魔になったら、どこにでも捨てていい。私は私で、どこででも生きていかれるから』

◇『奇想天外』版

「ご安心ください、邪魔になったら、どこにでも捨ててくださってかまいません。私は私で、どこででも生きていかれますから」

修正箇所②

◇単行本版（本書181頁、右から5行目〜）

（前略）人口中絶は皆無だという。それなのに、なぜ人口過剰にならないのか？　その答えは、ここで行われている奇妙な避妊法であった。

◇『奇想天外』版

（前略）人口中絶は皆無だという。それなのに……。

その答えは、ここで行われている奇妙な避妊法であった。

編者解説

五所光太郎（式貴士研究家）

異能のＳＦ作家・式貴士が遺した唯一の長篇『虹のジプシー』が、ついに復刊となった。没後に刊行された『鉄輪の舞』（出版芸術社）、『カンタン刑』『窓鴉』（光文社文庫）は、いずれも短篇をセレクトした作品集。亡くなった作家の、知る人ぞ知るＳＦ長篇を出版するのは色々な意味でハードルが高く、復刊の機会に恵まれないできた。今回「完全版」として、再び世に出ることを喜びたい。

「ほどほどに長いあとがき」からもうかがえる通り、本作は著者の想い入れが特に強い作品だった。日本文藝家協会に所属する作家たちが眠る、冨士霊園の「文學者之墓《ぶんがくしゃのはか》」には自選の代表作が刻まれているが、式貴士は自身の墓標に『虹のジプシー』を選んでいる。

＊

本書の最大のトピックは、ワセダミステリクラブのＳＦ同人誌に発表された幻の習作「『アステロイド』版　虹のジプシー」を収めたことにある。加えて、『虹のジプシー』に関連するエッセイ、角川文庫版にあった土屋裕氏の解説も収録。ＳＦ雑誌『奇想天外』に発表されたバージョンと初刊単行本との差異についても調査し、巻末資料としてまとめた。
初めて『虹のジプシー』を読む方はもちろん、すでに初刊単行本や文庫をお持ちの方にも楽しんでいただけるよう編んだつもりだ。

＊

個別に解説する前に、全体の構成と底本について記しておく。

本書の冒頭から「ほどほどに長いあとがき」までが、一九八〇年にＣＢＳソニー出版から発行された初刊単行本の再録となる。底本には2刷の単行本を使用し、登場人物の名前の不統一など、明らかな間違いのみ、角川文庫版を参照しながら編者の責任で修正を施した。

「『アステロイド』版　虹のジプシー」、関連エッセイ4本、角川文庫版解説が「完全版」のボーナストラックにあたる。『アステロイド』版は、同人誌掲載ということもあり、表記のゆれ等が散見されたが、ルビも含めて基本的に初出（第一部は直筆原稿も参照）の通りとした。

虹のジプシー（一九八〇年十一月十五日発行／ＣＢＳソニー出版）
あとがきと角川文庫版解説があるので、ここでは式貴士の短篇とのリンクのみ補足しておく。

青の章「ヤコブの梯子」で、巨猿が「カラスの姿でしばらく滞在した」と語っているのは、「窓鴉」（第二短篇集『イースター菌』所収）のこと。現在、同名の光文社文庫で読むことができる。また、緑の章「マリー・セレステの幻影」の冒頭に登場する、人間のいない〝地球I〟は、「エイリアン・レター」（第四短篇集『吸魂鬼』所収）の主人公が任務で訪れた地球だと思われる（後にアゴンが語る「物質転送機」のエピソードが符号する）。

『アステロイド』版　虹のジプシー（間羊太郎名義／『アステロイド』創刊号［一九六一年五月二十四日発行］、2号［一九六二年四月一日発行］）

作家修行時代に書かれた、本作の原型となる作品。同じ時期に、『宇宙塵』で「空が泣いた日」、島崎博氏主宰の同人誌『みすてりい』で「夢の子供」「幽霊には足があった（第八短篇集『天虫花』収録時に「面影抄」と改題）」を発表しており、『ヒッチコックマガジン』に処女作「海の墓」が載ったのもこの頃だった。いずれの短篇も抒情あふれる作風で、著者が根っからの〝抒情とセンチメンタリズムの人〟であることが分かる。

ちなみに、間羊太郎《はざまようたろう》の筆名は、ワセダミステリクラブ在籍時代から使い始めたもので、初期は「間羊之介」だったこともある。式氏と交流のあったワセダミステリクラブOBの、仁賀克雄氏と石上三登志氏（故人）にうかがったところによると、姓の「間」は『金色夜叉』の主人公・間《はざま》貫一《かんいち》から、名前の「羊」はコーネル・ウールリッチの「ウール」に由来する。また、両者の間には「（ウール）リッチ→金持ち→高利貸し（間貫一の職業）」という連想があったのだそうだ。

『アステロイド』は、ワセダミステリクラブの有志が作ったSF同人誌で、創刊号の価格は五十円。事前に購読者を募り、四十部限定版として発行された。創刊号は自前の印刷だったが、2号は印刷会社で刷ったため部数はもう少し多かったそうだ。

当時のワセダミステリクラブの状況は、創刊号のカッティングを担当した曽根忠穂氏（『奇想天外』編集長）の回想に詳しい。

（前略）ぼくがいた当時のミステリクラブというのは、伊藤さん（編注：翻訳家の伊藤典夫氏）が言ったように、SFの話などする人は本当に居なかったのだ。

（中略）「SFマガジン」が創刊されたのが昭和三十四年の暮、つまりぼくが大学に入る前年の冬だから、当然新しがり屋のミステリクラブの人達もそれを手にしていたのだろうけれど、何故かSFは疎外されていた。翻訳ミステリ誌が隆盛で〝ヒッチコックマガジン〟や〝EQMM〟は当時商学部の地下に在った薄暗い部屋に行くと誰かが持って来てはいたのだが〝SFマガジン〟を見かけたことは殆どなかった。

未だミステリが今ほど人の口にのぼっていなかった頃で、マニアのマニアたる存在感に重みがあったせいだろう。作家でいうと、イアン・フレミングが紹介されたばかり、創元社のクライム・クラブが新鮮なしたたかさでクラブでは人気になっていた。

（曽根忠穂「プロにかこまれて」［特集「俺はプロだ‼」内］／『フェニックス』二十周年特

別記念号［一九七七年十二月三日発行］）

創刊号掲載の第一部「πの哲学」には、囲みで以下のような紹介が載っていた。著者の解説が大上段なのは、内輪の同人誌ならではのおふざけだろう。

「虹」特集の巻頭を飾るこの作品、作者の間氏にとっては「虹」「心の虹の消える時」に続く第三作です。間氏については、今更述べる必要もないでしょう。

「この作品は、早川書房主催『ＳＦコンテスト』用に書き下されたものであるが、審査員にこの作品の偉大さが分らぬ者が万に一人でもいる時の危険性を考慮し、闇に葬むられるのを恐れるの余り、ＷＭＣのＳＦ機関誌に特別に発表されることになったものである。この大作に接することの出来る本誌愛読者は、真に、日本一の幸せ者であるといえよう」というのが作者自身による解説でした。ハイ。

第一部「πの哲学」執筆の時点では、第二部「クラインの壺」、第三部「虹のジプシー」の三部作として構想されていた。創刊号には、編集部からの予告として、幻の第二部「クラインの壺」の冒頭が載っている。以下の通りだ。

3

……僕は君の親友の乾靖之助。僕の声、聞える？　いやいや驚かなくてもいいんだ。何も「西遊記」に出てくる金角、銀角の瓢箪の……

第一部で「私」が語る「海野十三の小説」は、おそらく蘭郁二郎《らんいくじろう》の短篇「脳波操縦士《のうはそうじゅうし》」（『科学ペン』一九三八年九月号／「人造恋愛」を改題）のことだと思われる。「突然一人の男が失踪した」というストーリーではないが、物語終盤に「πの遺書」のくだりがある。電子図書館『青空文庫』で公開されているので、興味のある方は読み比べてみてほしい。

本書の目玉といえる『アステロイド』版の収録が実現したのは、同誌編集長の西田恒久氏から貴重な同人誌の現物を快く提供していただけたおかげである。ご厚意に感謝いたします。

アステロイドな私（間羊太郎名義／『アステロイド』第3号〈復刊第1号〉〔一九六八年六月七日発行〕）

二号発行から六年後、米内孝夫《よないたかお》氏（故人）によって『アステロイド』は復刊された。その巻頭に「特別寄稿・復刊によせて」の副題で載った一文。執筆当時の心境を交えながら、未完に終わった「『アステロイド』版　虹のジプシー」への想いが語られている。

私はプロ（清水聰名義／『フェニックス』二十周年特別記念号〔一九七七年十二月三日発行〕）

ワセダミステリクラブの機関誌『フェニックス』の記念号が初出。クラブ出身の作家や編集者が寄稿するコーナー「俺はプロだ‼」内に掲載された（引用した曽根氏の文章も同様）。式貴士としてデビューし、『奇想天外』で「おてて、つないで」「カンタン刑」「Uターン病」「ドンデンの日」を立て続けに発表していた頃のエッセイだ。身内の機関誌ということもあり、当時関係者以外には秘密だった蘭光生名義のことなど、赤裸々に自分の仕事を明かしている。

SFとはお伽話だ、と思っている。（『漫画アクション増刊　Super Fiction Special　ニュー・スタイル‼はらはら予感中』一九八一年三月七日発行）

『虹のジプシー』刊行から約1年後に発表されたエッセイ。奇しくも、二見書房から『女教師犯す』で、官能小説作家・蘭光生としてデビューしたのと同時期だった。最後の宣言通り、その後の作品集からはエロティックな要素が強まり、一九八二年にはエロ・ナンセンス短篇のみ収めた第七短篇集『なんでもあり』も編まれた。

『最後の極道辻説法』あとがき（清水聰名義／一九七七年十二月二十五日発行／集英社）

著者は『週刊プレイボーイ』のアンカーマンを務めていた時期があり、『極道辻説法』はその代表的な仕事のひとつ。全3巻ある当時の単行本の入手は困難だが、そのセレクト集『毒舌 身の上相談』（集英社文庫）は今でも新刊で読むことができる。
今和尚の肉声を聴きたい方には、一九七七年発売のLPレコード『極道辻説法』『和尚の遺言続・極道辻説法』を合わせてCD化した『合本 極道辻説法』（ソニー・ミュージックダイレクト）をお勧めしたい。本CDのライナーノーツには、清水聰名義の紹介文「裸の今東光」が再録されている。ちなみに、文中に登場する『週刊プレイボーイ』編集者（後に同誌編集長）の島地《しまじ》勝彦《かつひこ》氏は、現在作家として精力的に活動中。『甘い生活　男はいくつになってもロマンティックで愚か者』『人生は冗談の連続である。』（講談社）、『お洒落極道』（小学館）などの著作がある。

角川文庫版解説（一九八三年十一月二十五日発行／角川書店）
角川文庫版『虹のジプシー』では、あとがきの代わりに解説が寄せられていた。二人称の文体も相まって、本作の読後感にあった独特のムードを醸している。
執筆者の土屋裕氏は、小松左京研究会の初代会長を務めたSFに縁の深いフリーライター（二〇〇八年に逝去）。SF雑誌のコラム、文庫解説、アニメ映画のノベライズ等の執筆を手がけ、『小松左京のSFセミナー』（集英社文庫）の聞き書き、『ぬいぐるみさんとの暮らし方』（グレン・ネイプ著／新潮社）の翻訳（新井素子と共訳）、映画『さよならジュピター』のCGディレクターなどの仕事もある。ちなみに、文中で漫画家のとり・みき氏が登場するのは、とり氏も小松左京研究会の創設メンバーだからだ。
今回の再録にあたっては、ご子息の土谷たかし氏に許諾をいただいた。記して感謝いたします。

＊

以下、解説の役割から逸脱した余談を書き連ねることをお許しいただきたい。

筆者はほとんど小説を再読しないが、本書『虹のジプシー』は、今でも折にふれて読み返す。読む度に新しい発見があるし、何より読むと元気がでる。ただ、普段好きで読んでいる他の小説と比べてどうかと訊かれると「傑作だから絶対読め！」とは強く言えない自分もいる。

読み巧者として知られる作家の殊能将之氏が、生前にツイッターで、「短編型作家が長編を書くと、短編がいくつかくっついたような話になっちゃうんだよね。42.195kmをペース配分を守って走れないから、2000mずつ思いっきり走って埋めていくという感じ。ただし、これはその作品自体のおもしろさとは関係ない。」とつぶやかれたことがある。

そのつぶやきに反応したライターの石川誠壱氏（サイト「式貴士と私（仮）」を運営）のリプライ「日本人作家では『虹のジプシー』が典型ですね。」に答えるかたちで、「でも、蘭光生は長編が書けるんですよね。式貴士となにがちがうのかw」と殊能氏のつぶやきは続く（二〇一〇年二月十九日／ツイッターアカウント「@m_shunou」と「@ishikawasei1」のつぶやきを引用）。

これらの指摘に筆者もまったく同感で、本作が〝巧い小説〟であるとは思わないし、作品の完成度という観点でいえば、式貴士は短篇の方がお勧めできる。けれど、歪《いびつ》な寄木細工のような構成も込みで心に響くところがあって、唯一無二の作品になっているのだとも考えている。式貴士ファンを公言されている作家の瀬名秀明氏は、『窓鴉』の巻末エッセイで「身体が式貴士を覚えている。死ぬまでこの感覚は消えないに違いない」と書かれていた。筆者も同じで、極私的な読書体験を含めて『虹のジプシー』は特別な作品になっている。

もうひとつ余談を書かせていただくと、「『虹のジプシー』には、最近のライトノベルと似ているところがあるのでは?」と常々思っていた。主人公の厭世的な悩みは「中二病をこじらせている」とも言えそうだし、数々の〝地球〟を旅していく様はロールプレイングゲームの感覚に近い。ちなみにロールプレイングゲーム繋がりでいうと、角川文庫版のカバーは、スーパーファミコン『聖剣伝説2』のメインビジュアルアートワーク等で知られる磯野宏夫氏（イラストレーター／故人）が手がけている。どこかのライトノベルのレーベルから出版されても、フリーダムな作品に寛容なラノベ読者はすんなり受け入れてくれるのでは……と夢想したこともあった。

若者特有の悩みや欲望、そしてユートピアが描かれているという点において、『虹のジプシー』は今の読者にも〝刺さる〟作品になっているのではないかと思っている。

＊

本書の企画が実現したのは、昨年九月に行われた『戦後の講談社と東都書房〈出版人に聞く14〉』の出版記念会で、論創社の方と知己を得たのがきっかけだった。その著者である出版芸術社の原田裕会長には、同社の『鉄輪の舞』を読んで式貴士のファンになった筆者が、「縁の人に話を聞きたいので、どなたか紹介してほしい」というぶしつけな手紙を送ったところ、快く会ってくださって以来、何かとお世話になっている。その後も、編集に携わった書籍をお送りするたびに、「やっぱり式さんは面白いねえ」と感想を伝えてくださるのが励みになっていた。

この出版記念会に招待していただかなかったら本書の刊行はなかっただろうし、そもそも原田会長と当時同社の社員編集者だった日下三蔵氏が『鉄輪の舞』を出版していなかったら、筆者は式貴士を知らないまま過ごしていたかもしれない。そうした縁を作ってくださった原田会長に、この場を借りてお礼を申し上げたい。有り難うございました。

最後に、今回の刊行を快諾してくださった論創社の森下紀夫社長、担当編集者としてお世話になった林威一郎氏に深く感謝申し上げます。

参考文献

「ダイジマンのSF出たトコ勝負！」SFファンジン列伝　其之一　第1期〈アステロイド〉（書評サイト「銀河通信」内）http://www2s.biglobe.ne.jp/~yasumama/daijiman-05.htm

本文には現代において不適切な表現が含まれているが、発表当時の社会意識を反映したもので、作品の歴史性や価値を鑑みてそのまま表記した。これは、あくまで資料としての正確性を期するためである。

〔著者〕

式貴士（しき・たかし）

1933年2月6日、東京都生まれ。本名・清水聰《さとし》。早稲田大学大学院文学研究科（英文学専攻）修士課程修了。ワセダミステリクラブの創設メンバーのひとり。1977年に短篇「おてて、つないで」でデビューし、79年に第1短篇集『カンタン刑』を上梓。1985年までの約8年の作家活動で、9冊の短篇集と長篇『虹のジプシー』を著す。式貴士の他に複数の筆名をもち、間羊太郎《はざまようたろう》でミステリ評論や雑学読み物、蘭光生《らんこうせい》で官能小説、小早川博《こばやかわひろし》で性雑学本やジョーク記事執筆、ウラヌス星風《せいふう》で西洋占星学研究など、幅広い分野で健筆を振るった。1991年2月18日没。

〔編者〕

五所光太郎（ごしょ・こうたろう）

1975年、東京都生まれ、埼玉県育ち。高崎経済大学経済学部卒業。2000年より、式貴士研究サイト「虹星人《こうせいじん》」（http://www008.upp.so-net.ne.jp/siki/）を運営。編集に携わった書籍に、式貴士『カンタン刑』『窓鴉』（光文社文庫）、間羊太郎『ミステリ百科事典』（文春文庫）、蘭光生『SM博物館』（河出i文庫）『生贄たちの宴』（悦文庫／イースト・プレス）がある。

虹《にじ》のジプシー 完全版

2015年4月25日　初版第1刷印刷
2015年4月30日　初版第1刷発行

著者　式貴士
編者　五所光太郎
装丁　奥定泰之
発行所　論創社
〒101-0051 東京都千代田区神田神保町2-23 北井ビル
電話 03-3264-5254 振替口座 00160-1-155266

印刷・製本　中央精版印刷
組版　フレックスアート

ISBN978-4-8460-1405-6